AF403049

Daniela Kappel wurde 1988 in Wien geboren und lebt derzeit mit ihrem Mann und den beiden Söhnen in Niederösterreich. Neben ihrem Beruf als Krankenschwester nutzt sie das kreative Schreiben als Ausgleich und Ruhequell im oftmals stressigen Alltag: „Die Liebe zu Geschichten brachte mich dazu selbst zu schreiben."

DANIELA KAPPEL

PERFECT OPPOSITES

From Enemies to Lovers

Überarbeitete Neuausgabe Mai 2022

© 2022 dp Verlag, ein Imprint der dp DIGITAL PUBLISHERS GmbH

Made in Stuttgart with ♥
Alle Rechte vorbehalten

Perfect Opposites

ISBN 978-3-98637-904-9
E-Book-ISBN 978-3-98637-704-5

Covergestaltung: Herzkontur – Buchcover & Mediendesign
Umschlaggestaltung: ARTC.ore Design
Unter Verwendung von Abbildungen von
shutterstock.com: © maxim ibragimov, © Emerald Raindrops,
© OlegRi
Lektorat: Nadine Buranaseda, typo18, Bornheim
Satz: dp DIGITAL PUBLISHERS GmbH
Druck und Bindung: Books on Demand GmbH, Norderstedt

Sargnagel

Lex

Gedankenverloren wischte ich über die schwarz lackierte Holztheke. Mein Blick ging ins Leere, und meine Lippen formten lautlos den Text des Songs, der aus der Jukebox dröhnte. Schon lange nicht mehr war ich so spät – oder sollte ich besser sagen früh? – in der Bar gestanden. Es war bereits Viertel nach sieben an einem Montagmorgen, und es kam äußerst selten vor, dass ich den Laden gerade sonntagnachts bis in den Morgen hinein geöffnet ließ. Allerdings gab es auch wenig Gelegenheiten dazu, wie in diesem Fall ein Junggesellenabschied, dessen betrunkene Schar nicht hatte abziehen wollen. Was dieser Umstand für die bevorstehende Hochzeit bedeuten würde, konnte ich nur erahnen.

Das Quietschen der Eingangstür riss mich aus meiner Trance.

Wir hatten seit zwei Stunden geschlossen, verdammt, und ich hatte keine Lust auf irgendeinen besoffenen Vollidioten, der noch immer um die Häuser zog und hoffte, bei mir einen Absacker abstauben zu können.

Warum hatte ich nicht abgeschlossen? Selbst schuld, Lex!

Seufzend pfefferte ich den Putzlappen ins Spülbecken und drehte mich Richtung Tür.

Beim Anblick des ernst dreinschauenden Schlipsträgers, der mit großen Schritten auf mich zukam, blieb mir die unfreundliche Begrüßung im Hals stecken.

Dieser Kerl war nicht betrunken, und ich war mir fast sicher, dass er nicht wegen eines Drinks hergekommen war.

Er wedelte die Rauchschwaden beiseite, die von meiner Zigarette im Aschenbecher aufstiegen, und hievte seinen Aktenkoffer auf die Theke.

„Mein Name ist Eliot Jenkins. Ich bin Notar und mit der Erbschaftssache von Marian Stuart betraut", teilte er mir mit professioneller Gleichgültigkeit mit und streckte mir die Hand entgegen.

Meine wischte ich schnell, und wie ich hoffte, unauffällig an meiner Jeans ab, bevor ich Jenkins' schüttelte. Dabei versuchte ich mir einzureden, dass die Feuchtigkeit vom Lappen rührte und nicht meiner steigenden Nervosität zuzuschreiben war. Doch wem wollte ich eigentlich etwas vormachen? Dieser Typ war wegen Marians Vermächtnis hier. Meine Zukunft stand auf dem Spiel.

Nachdem ich seinen laschen Händedruck erwidert hatte, räusperte sich Jenkins gekünstelt und löste die Verschlüsse seines Aktenkoffers. Der Deckel klappte gespenstisch geräuschlos auf und verdeckte sein Gesicht. Mein Herz schlug mir bis zum Hals, und jetzt war ich mir hundertprozentig sicher, dass ich die feuchten Hände meiner Aufregung zu verdanken hatte. Ich ermahnte mich, cool zu bleiben, griff aber gleichzeitig nach meiner halb abgebrannten Zigarette und nahm einen tiefen Zug. Ich zitterte leicht, was die Asche an der

Spitze hinabregnen ließ. So viel also zum Thema Coolness.

„Den bei mir hinterlegten Papieren zufolge war Marian Stuarts einziger Besitz dieses Haus, was die Bar und die beiden Wohnungen im Obergeschoss einschließt“, begann er.

Verkrampft hielt ich mich an der Thekenkante fest. Die Bar war Marians Leben gewesen und meines, zumindest seit sie mich vor knapp fünf Jahren als Barkeeper eingestellt und mir das freie Apartment neben ihrem überlassen hatte.

Ihr Tod hatte nicht nur sie aus dem Leben gerissen. In dem Moment, als ich sie reglos in ihrem Bett gefunden hatte, war meine Welt aus den Fugen geraten. Ich hatte ihren kalten Körper aus den Laken gezerrt, den Notruf gewählt und sie so lange vergeblich wiederzubeleben versucht, bis die Rettungskräfte eingetroffen waren. Einer der Sanitäter hatte auf mich eingeredet und mich irgendwann, weil ich nicht reagierte, gepackt und von Marian weggezogen. Einen Tag später hatte ich mich beim Bestatter wiedergefunden und ihr Begräbnis organisiert, bei dem gerade mal zwei weitere Personen anwesend gewesen waren, eine davon der Pfarrer, die andere ein Stammgast aus der Bar.

Und seitdem bangte ich jeden verdammten Tag darum, wie es mit mir weitergehen würde.

„Sie sind doch Alexander Richardson, oder?“

Jenkins’ Frage riss mich aus den Gedanken. „Äh … ja …, der bin ich“, antwortete ich schnell.

„Könnten Sie sich bitte identifizieren?“

„Ja, natürlich“, murmelte ich und griff mir in die hintere Hosentasche, um mein Portemonnaie hervorzuholen. „Hier." Ich legte meinen Führerschein neben Jenkins' Aktenkoffer.

Nickend griff er danach und notierte sich die Nummer, bevor er ihn mir wieder aushändigte. „Miss Stuart hat Ihnen ein unbegrenztes Bleiberecht für das eine der beiden Apartments in diesem Haus eingeräumt. Das ist die Beglaubigungsurkunde."

Jenkins streckte mir ein Blatt entgegen, das ich, ohne auch nur ein Wort davon zu lesen, zweimal faltete und hinter meine Geldbörse in die Hosentasche schob.

Missbilligend sah mich Jenkins an. „Da wäre noch etwas."

Ich hielt die Luft an.

„Die Bar …", begann er.

Ja, die Bar! Was, zur Hölle, passierte mit der Bar? Hatte Marian sie mir etwa ebenfalls vererbt? Mir wurde heiß und kalt gleichzeitig.

„Miss Stuart hat sie ihrer Tochter vererbt."

Ihrer Tochter? Nein, das konnte nicht sein. Marian hatte keine Tochter!

„Da muss ein Fehler vorliegen", hörte ich mich mit rauer Stimme sagen.

„Kein Fehler. Nur ein Problem", räumte er meinen Einwand ungerührt aus.

Eine Tochter? Meine Augenbrauen wanderten nach oben.

„Was für ein Problem?", presste ich zwischen zusammengebissenen Zähnen hervor, kurz davor, die Geduld mit diesem stoischen Mistkerl zu verlieren.

„Wir können sie nicht erreichen. Der hinterlegte Kontakt stimmt offenbar nicht."

Mein Hirn war wie leer gefegt. Ich konnte einfach nicht fassen, dass Marian eine Tochter gehabt und sie all die Jahre über mit keinem einzigen gottverdammten Wort erwähnt hatte. Diesem Mädchen, wer auch immer es war, gehörte nun die Bar. Marians Bar. Meine Bar. Scheiße!

Automatisch griff ich nach einer neuen Zigarette und steckte sie mir an.

Wieder wedelte Jenkins gegen den aufsteigenden Qualm an. Missmutig schloss er seinen Aktenkoffer und schob ein Blatt Papier über den Tresen zu mir. Ich schielte darauf und erkannte die Kopie eines Reisepasses. Daneben stand in Marians Handschrift eine Telefonnummer.

„Wenn Sie Miss Stuart nicht innerhalb von zehn Tagen erreichen, geht das Haus in den Besitz der Bank über, und Ihr Bleiberecht für die Wohnung erlischt leider", erklärte Jenkins in nüchternem, geschäftsmäßigem Tonfall. Ich legte die Stirn in Falten. Was faselte er da eigentlich? Marian war doch tot und ... Da verstand ich erst, was oder vielmehr wen Jenkins meinte. Er sprach gar nicht von Marian, sondern von ihrer Tochter. Diese Miss Stuart musste ich finden, wenn ich nicht in zehn Tagen alles verlieren wollte, was ich mir in den letzten fünf Jahre aufgebaut hatte.

Ich nickte steif. Zu meiner Erleichterung verschwand Jenkins und ließ nur seine Visitenkarte auf der Theke zurück.

Zischend stieß ich Luft aus, trat gegen den Sodacontainer und wandte mich zu den Spirituosen um.

Jenkins' Karte und die Ausweiskopie von Marians Tochter ignorierte ich erfolgreich, griff mir die nächstbeste Flasche, umrundete die Theke und schloss die Tür ab.

Bevor ich die Treppe erreicht hatte, schraubte ich den Deckel ab und genehmigte mir einen großen Schluck.

Der Scotch brannte angenehm in meiner Kehle, während ich die Stufen hinaufstapfte.

Als mein Blick auf Marians geschlossene Wohnungstür fiel, setzte ich die Flasche gleich noch einmal an. Ich bog nach rechts ab und knallte die Tür meines Apartments hinter mir zu, ließ mich daran nach unten sinken und trank einen weiteren Schluck.

Ich hatte ein pelziges Gefühl auf der Zunge, und das Licht der untergehenden Sonne war schmerzhaft hell in meinen Augen.

Stöhnend fuhr ich mir durchs Haar, rappelte mich auf und wäre beinah gegen den Beistelltisch neben der Wohnungstür gekracht.

Ich gab einen Fluch nach dem anderen von mir, setzte die Scotchflasche etwas zu fest auf dem Couchtisch ab und schleppte mich ins Bad.

Als Erstes stellte ich das Wasser in der Dusche an, weil es immer Ewigkeiten brauchte, um warm zu werden. Dann zog ich mir das T-Shirt über den Kopf und stieg aus meiner Jeans, den Socken und Boxershorts.

Mein grimmiges Gesicht blickte mir aus dem Spiegel entgegen, und ich war drauf und dran, mit der Faust hineinzuschlagen.

Stattdessen begnügte ich mich mit einem tiefen Seufzen und stellte mich unter die laufende Brause.

Nachdem ich fertig geduscht und abgetrocknet war und mich glücklicherweise wieder einigermaßen lebensfähig fühlte, griff ich nach meinen muffigen Klamotten auf dem Fliesenboden. Als ich sie anhob und gerade in den Wäschekorb stopfen wollte, fiel mein Portemonnaie aus der Tasche, gefolgt von einem gefalteten Blatt Papier.

Die Erinnerungen holten mich ein, ließen mein Herz einen Schlag aussetzen.

Heilige Scheiße, die Tochter. Marians Tochter. Ich musste sie finden, sonst würde ich in weniger als zehn Tagen auf der Straße stehen.

Leise grummelnd schnappte ich mir Geldbörse und Beglaubigung, ging ins Schlafzimmer und zog mir frische Sachen an.

Bereits auf dem Weg die Treppe nach unten begrüßte mich der altbekannte Geruch der Bar. Eine undefinierbare Mischung aus Alkohol, Schweiß und kaltem Rauch.

Auf dem Tresen, genau dort, wo ich sie am Morgen zurückgelassen hatte, lagen immer noch Jenkins' Visitenkarte und die Passkopie.

Ich zündete mir eine Zigarette an und holte eine Coke aus der Kühllade. Nach einigen großen Schlucken konnte ich das Unvermeidliche nicht länger vor mir herschieben. Also griff ich nach dem Blatt und betrachtete es eingehend.

Die Kopie hatte keine sonderlich gute Qualität, aber ich konnte alles lesen und das Foto einigermaßen erkennen.

Amy Lynne Stuart. Das war also der Name von Marians Tochter. Die Adresse konnte unmöglich stimmen, denn ich wüsste es, wenn sie hier wohnen würde.

Als Nächstes stach mir das Geburtsdatum ins Auge. Sie war fünfundzwanzig. Gerade mal zwei Jahre jünger als ich. Kein Mädchen also, sondern eine Frau.

Dem Foto nach zu urteilen, war sie aber bei der Aufnahme um einiges jünger gewesen. Ihre grünen Augen wirkten etwas zu groß in dem herzförmigen Gesicht, das von weichen braunen Locken umspielt wurde. Unverkennbar Marians Tochter.

Ich riss mich von dem Foto los und sah mir die Telefonnummer genauer an.

Konnte es vielleicht sein? Marian hatte gern unbeabsichtigt die letzten beiden Ziffern vertauscht. Diese kleine Marotte hatte mich bei der Kontrolle der Lagerstandslisten regelmäßig zur Verzweiflung gebracht. Was, wenn sie auch hier einen Zahlendreher eingebaut hatte, ohne es zu bemerken? Zögernd griff ich nach meinem Smartphone und tippte die Nummer ein.

Fertig! Ich schob alle Prüfungsbögen fein säuberlich zusammen und heftete sie wieder mit der Büroklammer aneinander. Meinen Rucksack über eine Schulter gehängt, stieg ich die Stufen des Hörsaals hinunter zum Lehrerpult und musste mich zusammenreißen, damit ich nicht bei jedem Schritt hopste, wie es die glücklichen Idioten in Filmen immer taten.

Das breite Grinsen konnte ich mir aber keinesfalls verkneifen, selbst wenn ich es gewollt hätte.

Ich war frei! Das war meine letzte Prüfung gewesen, und ich war mir hundertprozentig sicher, dass ich gut abgeschnitten hatte.

Professor Stevens schenkte mir das für sie typische steife Lächeln, als sie meine Prüfungsunterlagen entgegennahm.

Ein paar meiner Kommilitonen sahen zu mir auf und verfluchten mich sicherlich, doch das war mir so was von egal.

Während die meisten die Collegezeit mit wilden Partys und Bettgeschichten verbracht hatten, war ich über meinen Büchern gesessen. Hatte gearbeitet und gelernt. Gelernt und gearbeitet. Weiter nichts. Die Belohnung dafür war, mit Bestnoten und im Eiltempo mein Informatikstudium abgeschlossen zu haben.

Immer noch von dieser glückseligen Erleichterung getragen, ging ich ins Wohnheim.

Weil ich nie am letzten Tag vor einer Prüfung lernte, sondern den Stoff schon Tage vorher intus hatte, war mir gestern ausreichend Zeit geblieben, um die ersten Sachen zu packen. Den Rest würde ich jetzt verstauen, und dann nichts wie weg. Die Feierlichkeiten mit der Diplomübergabe waren kein Pflichtprogramm, daher würde ich nicht daran teilnehmen, mir meine Zeugnisse stattdessen abholen oder zuschicken lassen.

Ich betrat das halb abgedunkelte Wohnheimzimmer, das ich mir seit diesem Semester mit Emily teilte. Sie lag in ihrem Bett und stöhnte gequält, als ich die Verdunklungsvorhänge meines Fensters beiseitezog.

Schlaftrunken murmelte sie etwas in ihr Kissen, das nach „*Du Monster*" klang. Ich sparte mir eine Erwiderung und zog unbeirrt mein Bettzeug ab.

Emily und ich hatten das letzte halbe Jahr in stiller Koexistenz verbracht. Na ja, ich war still gewesen. Sie war eher der laute Typ, vor allem, wenn sie jemanden, und damit meine ich Männer, mit aufs Zimmer nahm. Das waren die einzigen Momente gewesen, in denen wir miteinander gesprochen hatten, wenn wir uns stritten.

Emily hielt nicht sonderlich viel von mir, was definitiv auf Gegenseitigkeit beruhte. Wenn ich ehrlich war, konnte ich niemanden hier besonders leiden. Oder Menschen im Allgemeinen. Ich mochte Zahlen und Technik. Vor allem Computer.

Dieses College war vielleicht nicht das Beste, die Studiengebühren dafür halbwegs erschwinglich, und ich hatte meinen Abschluss, ohne Schulden gemacht zu haben, in der Tasche, weil ich nebenbei Websites und kleinere Apps programmiert hatte.

So stellte ich mir auch meine Zukunft vor. Programmieren und meine Ruhe haben. Mehr wollte ich nicht vom Leben.

Da gab es aber leider ein kleines Problem. Ich hatte keinen Job in Aussicht. Die meisten Stellen, die es für Computerfachleute und Programmierer ohne Berufserfahrung gab, hatten etwas mit Projektentwicklung oder Großraumbüros zu tun. Was hieß, viele Kollegen zu haben und mit diesen zwangsläufig zusammenarbeiten zu müssen. Das kam für mich definitiv nicht infrage. Ich träumte davon, allein zu arbeiten. Nur ich und mein Computer, ohne andere Leute, die mich nerven konnten.

Vielleicht war ich eigenartig. Ein Nerd. Eine Einzelgängerin. Aber so war ich eben, und ich wollte es nicht anders. Nicht ums Verrecken.

Beziehungen zu anderen Menschen machten einem bloß Probleme.

Der Haken an der Sache war allerdings: Ohne Job und ein festes Einkommen hatte ich nicht genügend Geld für eine eigene Wohnung. Die Immobilienpreise außerhalb des Campus waren nicht ansatzweise mit den Gebühren für mein Wohnheimzimmer vergleichbar. Nicht einmal in Addition mit den Studiengebühren.

Also würde ich die erste Zeit in meinem Wagen schlafen müssen. Das war zwar eine äußerst unangenehme Aussicht, aber allemal besser, als in eine WG zu ziehen.

Ich legte mein perfekt gefaltetes Bettzeug in den Karton oben auf meine Bücher und wollte gerade ins Bad, um meine Toilettensachen zu holen, da erklang eine Durchsage im Zimmer.

Die hohe Stimme von Mrs. Phelbs, der Wohnheimaufsicht, schallte aus den Lautsprechern. *„Ein Telefonat für Miss Stuart. Bitte kommen Sie in mein Büro.“*

Hatte sie das gerade tatsächlich gesagt? Ein Telefonat für mich? Wer rief mich denn an?

„Wer ruft dich denn an?“, kam es von Emily, die sich gleich darauf demonstrativ das Kopfkissen über die Ohren zog.

Eine bitterböse Vorahnung keimte in mir auf.

Es gab nämlich nur einen einzigen Menschen, der diese Telefonnummer kannte. Meine Mutter. Und die hatte mich in all den Jahren nie, kein einziges verdammtes Mal angerufen. Wofür ich ihr dankbar war. Auch wenn es ganz sicher das Einzige war, wofür ich ihr dankbar sein konnte.

Als ich mich mit sechzehn für volljährig hatte erklären lassen und von zu Hause ausgezogen war, hatten wir eine Übereinkunft getroffen. Sie ließ mich in Ruhe. Im Gegenzug sorgte ich dafür, dass sie immer eine Nummer hatte, unter der sie mich im allerschlimmsten Notfall erreichen konnte.

Was zum Glück bisher nie der Fall gewesen war. Also was, zum Teufel, musste vorgefallen sein, dass sie es jetzt tat?

Zaghaft klopfte ich an Mrs. Phelbs’ verglaste Bürotür. Scheiße, war ich aufgeregt.

„Herein.“

Scheiße. War. Ich. Aufgeregt.

Normalerweise brachte mich nichts so schnell aus der Ruhe. Ich war ein ausgeglichener Mensch, solange mir niemand auf die Nerven ging. Aber schon beim bloßen Gedanken an meine Mutter brach mir der kalte Schweiß aus.

Ich drückte die Klinke hinunter, trat ins Zimmer und schloss gleich darauf die Tür hinter mir.

Mrs. Phelbs hielt mir den Hörer ihres Festnetztelefons entgegen.

Ich musste mich regelrecht dazu zwingen, zum Schreibtisch zu gehen und ihn entgegenzunehmen, machte dann jedoch keine Anstalten, ihn mir ans Ohr zu halten. Stattdessen legte ich eine Hand übers Mikrofon und sah Mrs. Phelbs demonstrativ an.

Was auch immer meine Mutter von mir wollte, ich würde dieses Gespräch sicher nicht im Beisein von Zeugen annehmen.

Mit pikiertem Blick erhob sie sich von ihrem Schreibtischsessel. „Ich hole mir mal einen Kaffee", teilte sie mir mit.

Ich nickte stockend und wartete, bis sie das Büro verlassen hatte.

Tief durchatmen, Lynne! Egal was sie bewegt hat, dich anzurufen, du schaffst das.

Ich hatte es immer geschafft, obwohl ich jeden Augenblick meines alten Lebens gehasst hatte.

„Ja", krächzte ich schließlich in den Hörer.

Es raschelte in der Leitung. „Spreche ich mit Amy Lynne Stuart?" Das war nicht die Stimme meiner Mutter, es war ein Mann. Ein Arzt? War meiner Mutter etwas zugestoßen? Lag sie im Krankenhaus?

Eine erdrückende Leere breitete sich in meinem Brustkorb aus. Plötzlich fühlte ich mich so einsam, dass es mir die Kehle zuschnürte. Bis zu diesem Zeitpunkt hatte ich geglaubt zu wissen, wie sich Einsamkeit anfühlt. Meine Mutter war praktisch nie für mich da gewesen. Hatte sich nie wirklich um mich gekümmert. Ihr war immer nur die Bar wichtig gewesen. Und der Alkohol. Ich war diejenige gewesen, die sich um sie gekümmert hatte. Die einkaufen gegangen war, die Wohnung geputzt und die Wäsche gewaschen hatte. Ich hatte sie beinah jeden Abend von der Bar die Stiegen ins Obergeschoss hochbugsiert und ihren besoffenen Hintern ins Bett verfrachtet.

Trotzdem überkam mich bei der Vorstellung, es könnte ihr etwas zugestoßen sein, ein eisiges Gefühl. Ich lebte mein Leben vielleicht ohne sie. Stand auf eigenen Beinen. War froh darüber. Aber trotzdem war es etwas anderes, die Gewissheit zu haben, tatsächlich ganz allein auf dieser Welt zu sein. Über meinen Erzeuger wusste ich rein gar nichts, hatte ihn kein einziges Mal zu Gesicht bekommen. Was mich anbelangte, existierte er nicht.

„Einfach Lynne", murmelte ich ins Telefon.

Eine kurze Pause folgte. „Okay, Lynne. Ich bin Lex, ein Mitarbeiter deiner Mutter." Wieder eine Pause.

Jetzt spuck's schon aus, verdammt! Ich konnte diese Anspannung keinen Augenblick länger ertragen. „Was ist mit ihr? Ist sie …?", setzte ich an, unfähig, die Frage ganz auszusprechen.

Er fluchte leise und räusperte sich. „Marian hatte vorletzten Freitag einen Herzinfarkt. Lynne, deine Mutter ist gestorben."

Ich hatte ein Rauschen im Ohr und fühlte, wie mir das Blut aus dem Gesicht wich.

Meine Mutter war gestorben. Sie war tot.

Ich meinte, nicht imstande zu sein, etwas darauf zu erwidern, doch ich hörte mich mit leiser kratziger Stimme sagen: „Okay." Okay? Was redete ich da? Nichts war okay! Nichts, verdammt! Meine Vergangenheit, meine ganze beschissene Kindheit holte mich in diesem Moment ein, und die saftige rote Kirsche auf dem Sahnehäubchen war der Tod meiner Mum. Warum tat das so weh? Warum war es mir nicht egal? Immerhin hatte ich ihr nie das geringste bisschen bedeutet, und trotzdem trauerte ich jetzt um diese Frau, die mich zwar auf die Welt gebracht hatte, aber niemals eine richtige Mutter gewesen war.

„Okay?", wiederholte Lex ungläubig. Sein Ton holte mich zurück ins Hier und Jetzt. Klang er vorwurfsvoll, oder bildete ich mir das ein? Was wollte dieser Kerl eigentlich von mir?

„Okay", sagte ich noch einmal, etwas zu laut und zu schroff, aber immerhin gewann ich dadurch wieder ein wenig von meiner Fassung zurück. Sollte er denken, was er wollte. Was interessierte es mich?

„Die Sache ist die, sie hat dir die Bar vererbt", erklärte Lex mit eisiger Stimme.

Nein! Das hatte sie nicht getan! Sie war nicht gestorben und hatte mir diese gottverdammte Kneipe hinterlassen. Was sollte ich damit? Seit meinem sechzehnten Geburtstag hatte ich jede Bar gemieden. Mein Bedarf an Barbesuchen war lebenslang gedeckt.

„Und das Apartment", setzte Lex nach.

Apartment. Das Apartment!

Konnte ich es ertragen, in die Bar, in dieses Haus zurückzukehren? Dann hätte ich wenigstens ein Dach über dem Kopf und müsste nicht im Auto schlafen. Ich müsste mir keinen schlecht bezahlten Job suchen, sondern konnte mich, wie ich es mir vorgestellt hatte, in meinen eigenen vier Wänden verkriechen und weiter vor mich hin programmieren. Das Geld, das ich damit verdienen würde, reichte allemal für meinen Lebensunterhalt, wenn ich keine horrende Miete davon bezahlen musste. Allerdings war es in meiner Vorstellung definitiv nicht *diese* Wohnung gewesen.

„Lynne?" Er klang ungeduldig.

„Du arbeitest in der Bar?", fragte ich. Wenn er sich um die Bar kümmerte, konnte ich mit den Einnahmen das Haus halten, und mein Plan könnte tatsächlich funktionieren.

„Ja", antwortete er gedehnt. Ich hatte das Gefühl, dass er noch mehr hatte sagen wollen, doch er schwieg.

„Okay", erwiderte ich schließlich.

„Okay was?" Wieder diese Ungeduld.

„Ich komme", sagte ich ins Telefon und legte ohne ein weiteres Wort auf.

Hätte ich es nicht getan, hätte ich vermutlich einen Rückzieher gemacht. So aber stand mein Entschluss fest. Ich würde nach Hause fahren.

Viereinhalb Stunden Fahrt später passierte ich das Ortsschild meiner Heimatstadt. *Home sweet home.* Würg.

Ich war nur aus einem einzigen Grund hergekommen. Ich würde es irgendwie hinkriegen, mein Leben so zu leben, wie ich es wollte. Und der erste Schritt war nun mal, hier neu anzufangen.

Meinen klapprigen Ford Taunus, der den weiten Weg überraschend gut gemeistert hatte, parkte ich neben dem Haus, stieg aus und atmete den altbekannten Geruch von sonnengewärmtem Backstein ein, der die Gasse erfüllte.

Also gut. Ich würde einfach reinspazieren und sehen, was passierte. Entschlossen bog ich um die Ecke und blieb abrupt vor der Tür zum Pub stehen. Alles in mir schrie plötzlich, mich ganz schnell wieder umzudrehen und zu verschwinden. Ich hatte niemals wieder herkommen wollen! Nie mehr ins Gesicht meiner Mutter blicken wollen. Genau das würde ich auch nicht. Nie wieder. Sie war tot. Wirklich und wahrhaftig tot. Wenn ich diese Tür öffnen und die Bar betreten würde, wäre sie nicht da. Nicht hinterm Tresen, wie sie es stets gewesen war. Diese Tatsache hätte es vermutlich einfacher machen sollen, tat sie allerdings nicht. Ich hatte allen Grund, meine Mutter zu hassen, aber das einzige Gefühl, das mich in diesem Moment durchströmte, war Traurigkeit.

Komm schon, Lynne! Ich verpasste mir selbst einen gedanklichen Arschtritt und schob meine Emotionen beiseite.

Die Tür quietschte genauso wie früher, und der Geruch nach Zigaretten, Menschen und Alkohol empfing mich ebenfalls sofort, als ich in die Bar trat. Es waren kaum Leute da. Keine vertrauten Gesichter. Nicht verwunderlich an einem Dienstagabend.

Nervös zupfte ich am Saum meines Shirts, auf dem die Aufschrift *Entschuldigung, ich spreche nur Ruby* prangte. Es war alt, verwaschen und ausgeleiert, aber eines meiner liebsten Teile. Ich fühlte mich wohl darin, und genau deshalb hatte ich es angezogen, obwohl mir der Halsausschnitt immer über eine Schulter rutschte.

Ich unterdrückte den Impuls, es hochzuziehen, und schlenderte mit all der Lässigkeit, die ich aufbringen konnte, zum Tresen.

Ein Kerl stand dahinter. Den Kopf über ein Glas gesenkt, das er mit dem Tuch in seiner Hand polierte. Wie klischeehaft!

War er der Typ, der mich angerufen hatte? Er musste es sein. Ich konnte mir nicht vorstellen, dass meine Mutter noch jemanden außer ihm eingestellt hatte. Es war ja bereits untypisch für sie gewesen, überhaupt jemanden in ihre heiligen Hallen aufzunehmen.

Sein dunkles Haar fiel ihm ins Gesicht und hinderte mich daran, mehr als einen dunklen Bartschatten erkennen zu können. Dafür ließ das eng anliegende Muskelshirt wenig der Fantasie übrig. Er war gut gebaut, aber ich hatte andere Dinge, über die ich mir Gedanken machen musste, als seine breiten Schultern und den ausgeprägten Bizeps. Die Bizepse. Äh, war das überhaupt der korrekte Plural?

Meine dämlichen Überlegungen verpufften, sobald er den Kopf hob und mich ansah. Überraschung spiegelte sich in seinen Augen, die einen warmen Karamellton hatten.

Ich schluckte und setzte ein Lächeln auf. Das immerhin beherrschte ich im Schlaf. Gute Miene zum bösen Spiel machen. Er erkannte mich, obwohl wir uns nie zuvor gesehen hatten, darauf würde ich meinen Arsch verwetten. Mir war allzu bewusst, dass ich ein Klon meiner Mutter war. Die gleichen Gesichtszüge, die gleichen braunen Locken, die dermaßen widerspenstig waren, dass ich das Haar nie offen tragen konnte, sondern es immer, wie jetzt, mit einem Band auf dem

Hinterkopf zusammenfassen musste. Nur meine grünen Augen hatte ich wohl von meinem Erzeuger geerbt, zumindest vermutete ich das.

Ein finsterer Ausdruck huschte über das kantige Gesicht des Barkeepers, dann senkte er wieder den Kopf und griff sich das nächste Glas.

War das Desinteresse? Na dann. Er hatte mich wohl doch nicht erkannt. Ich war mir nicht sicher, ob ich das gut oder schlecht finden sollte.

Beim Tresen angekommen, schwang ich ein Bein über den Hocker und zog mich an der Theke hinauf. Bei meiner überschaubaren Körpergröße von knapp fünfeinhalb Fuß hätte ich genauso gut auf ein Pferd klettern können, so hoch waren diese verdammten Barhocker. Erst mit fünfzehn war ich in der Lage gewesen, überhaupt allein hinaufzukommen.

Ich schob die aufkeimenden Erinnerungen vehement beiseite und klopfte auffordernd auf den Tresen. Mr. Gläser-polieren-ist-viel-interessanter-als-Kunden-bedienen sah auf. Ein kokettes Lächeln umspielte seine Lippen. Oha! Unerhört langsam ließ er den Blick über meinen Körper wandern und lehnte sich weit nach vorne.

„Na, Schönheit, was kann ich für dich tun?", fragte er und lächelte mich nach wie vor dermaßen frech an, dass mir heiß wurde. O Gott, der flirtete mit mir! Das waren leider die Momente, in denen mir mein analytisches Gehirn den Dienst versagte. Weder mein IQ noch das jahrelange Studium wogen in solchen Situationen die mangelnde Sozialkompetenz auf.

„Eine Coke", antwortete ich und war gleichermaßen überrascht und dankbar, nicht so perplex zu klingen, wie ich mich fühlte.

„Keinen Drink?"

Nein, keinen Drink. „Ich trinke keinen Alkohol." Diesmal hatte ich meine Stimme nicht gut unter Kontrolle.

Ihm entging der Frost in meinen Worten nicht. Sein Lächeln wurde schmaler, und er zog leicht die Augenbrauen hoch, fasste sich aber schnell wieder. „Ich fürchte, dann bist du hier falsch, Schätzchen."

Schätzchen? Echt jetzt? Ich fühlte, wie Zorn in mir aufstieg. Genug der Scharade!

So graziös wie möglich glitt ich vom Barhocker, umrundete ohne zu zögern den Tresen und zog an der ersten Kühllade neben den Bierfässern. Ha!

Ich griff mir eine Coke und öffnete den Kronkorken an der Außenkante der Theke, wie ich es Hunderte Male davor gemacht hatte.

Der Kerl sah mir seelenruhig dabei zu, ohne Einwände zu erheben oder auch nur mit der Wimper zu zucken. Entweder er ließ jeden hinter den Tresen, oder aber ...

„Du wusstet gleich, wer ich bin", stellte ich in unterkühltem Tonfall fest.

Er hob die Schultern. „Ich wollte mir erst einen Eindruck von dir verschaffen", meinte er.

Ah ja. „Dito."

Einen Moment schwiegen wir beide. Maßen uns mit Blicken.

„Und, wie ist dein Eindruck von mir?", fragte er und klang so sachlich, als würde er übers Wetter sprechen. Oh, das willst du nicht wissen, Freundchen!

„Ich denke, du bist ein Typ, der alles besteigt, das nicht bei drei auf den Bäumen ist." Ups. Hatte ich das gerade tatsächlich gesagt?

Er lachte lauthals los.

Na, schönen Dank!

„Mag sein, aber das gilt ganz bestimmt nicht für Marians kleine Tochter. Egal wie niedlich sie aussieht", erklärte er, nachdem er sich wieder einigermaßen eingekriegt hatte.

Niedlich? Ich würde ihm gleich zeigen, wie *niedlich* ich war.

Er musste mir meine Gedanken angesehen haben, denn sein Lachen erstarb nun endgültig, und er lehnte sich mit verschränkten Armen seitlich an den Tresen. „Jetzt sei doch nicht so kratzbürstig."

Ich unterdrückte ein wütendes Schnaufen, verdrehte dafür aber die Augen und nahm einen großen Schluck aus meiner Cokeflasche.

„Also", setzte ich an.

„Also", wiederholte er.

„Du bist Lex?" Ich ließ es wie eine Frage klingen, obwohl ich mir mittlerweile sicher war, dass er es gewesen sein musste, der mich angerufen hatte.

„Alexander Richardson." Er streckte mir sogar eine Hand entgegen. Wie ein normaler Mensch mit Manieren und nicht wie der Affe, den er bisher gespielt hatte.

Nach kurzem Zögern schlug ich ein.

„Und du bist Amy Lynne Stuart, die stolze Besitzerin dieser Bar", meinte er, wobei sich seine Züge sichtbar anspannten. Er fand das eindeutig nicht gut, was ich ihm nicht verübeln konnte. Ich fand es ja selbst nicht besser. Er kannte mich nicht und sorgte sich bestimmt um seinen Job.

„Nur Lynne, und mach dir deswegen keinen Kopf. Ich werde dich nicht gleich feuern." Immerhin brauchte ich jemanden, der die Bar für mich schmiss. Auch wenn ich wusste, dass ich mich ganz schön weit aus dem Fenster lehnte, ihm einfach zu vertrauen. Ich hatte keine Ahnung, ob er verlässlich war oder mich vielleicht heimlich über den Tisch zog. Aber jemand Neues einstellen zu müssen oder gar selbst jeden Abend hinter der Theke zu stehen, konnte ich mir beim besten Willen nicht vorstellen.

Sein Blick verfinsterte sich. „Wie großzügig von dir, Lynne", entgegnete er gepresst.

Okay, das war jetzt vielleicht doch irgendwie falsch rübergekommen. Verdammt! „Ich …", setzte ich an.

Er unterbrach mich. „Schon gut. Wir kennen uns nicht. Du hast keinen Grund, mir zu vertrauen." Wow. Ja, genau. So viel Einfühlungsvermögen und gesunden Menschenverstand hätte ich ihm nicht zugetraut. Gleichzeitig traf mich die kühle Geschäftsmäßigkeit, mit der er das sagte. Warum, wusste ich selbst nicht so richtig.

Das war mein Zuhause. Ich kannte alles hier drinnen, da sich auf den ersten Blick nichts verändert hatte. Trotzdem fühlte ich mich plötzlich so fremd, so fehl am Platz und verloren, dass mir ganz anders wurde.

„Die Fahrt war lang. Ich werde dann mal raufgehen. Wir sehen uns morgen?", fragte ich und bemühte mich, offen und freundlich zu klingen.

Lex nickte steif und griff wieder nach einem Glas und dem Poliertuch.

Ich drückte mich an ihm vorbei zum anderen Ende der Bar und verließ sie durch die Hintertür, wo mein Ford auf mich wartete.

Nun merkte ich, wie müde ich war.

Ich schnappte mir meine Reisetasche und den Laptop, versicherte mich, dass der Wagen wieder abgeschlossen war, und stieg die abgewetzten Stufen ins Obergeschoss hinauf.

Dort angekommen, überlegte ich kurz, ob ich die zweite, leer stehende Wohnung nehmen sollte, statt die Räume zu beziehen, in denen ich aufgewachsen war. Aber da drin erwarteten mich sicherlich eine dicke Staubschicht und jede Menge Spinnweben. Dann doch lieber Mums Chaos.

Mit leichter Beklemmung griff ich nach der Türklinke und stellte überrascht fest, dass abgeschlossen war. Unter der abgetretenen Türmatte fand ich den Ersatzschlüssel, der dort bestimmt schon lag, seit ich ein kleines Mädchen gewesen war. Meine Mutter war beim Heimkommen meistens nicht in der Lage gewesen, gerade zu gehen, geschweige denn, an einen Schlüssel zu denken, und hatte daher auf das Abschließen ganz verzichtet. Warum also gerade jetzt abgeschlossen war, verstand ich nicht recht, aber ich hatte andere Sorgen.

Ich drückte die Tür hinter mir zu, die sich mit einem leisen Klicken schloss, und lehnte mich dagegen. Das Licht der Straßenlaternen drang durch die schmutzigen Fenster und beleuchtete das Wohnzimmer vor mir nur spärlich. Von unten war gedämpfte Musik aus der Bar zu hören.

Ich tastete nach dem Lichtschalter und stellte fest, dass bloß eine der ursprünglich drei Glühbirnen in der Deckenlampe funktionierte.

Trotzdem entging mir nicht, wie ungewohnt aufgeräumt es war. Es lagen keine Klamotten auf dem Boden oder leere Getränkedosen auf dem Tisch. Auf der kleinen Kücheninsel zu meiner Rechten türmten sich keine Geschirrberge. Erleichtert und befremdet gleichzeitig legte ich das Gepäck auf die Couch und schlurfte ins Bad.

Bevor ich mich auszog, drehte ich das Wasser in der Dusche auf, damit es in der Zwischenzeit warmlaufen konnte.

Als ich mir schließlich frisch geduscht meine Schlafshorts und das *All You Need Is Linux*-Top überzog, war ich hundemüde.

Erstaunt stellte ich fest, dass sogar das Bett in meinem alten Zimmer frisch bezogen war. Mein Blick schweifte durch den schuhkartongroßen Raum, und ich gab mich den Erinnerungen hin, die unweigerlich in mir aufstiegen. Hier hatte ich von einem anderen Leben, einer freien und unbeschwerten Zukunft ohne meine immerzu betrunkene Mutter geträumt.

Und jetzt war ich zurück. Ohne Mum.

Ich ließ mich aufs Bett fallen und starrte hinauf zur Decke, die ich irgendwann mit mathematischen Formeln vollgekritzelt hatte.

Eine Stunde später wälzte ich mich noch immer herum. Obwohl ich echt erledigt war, wollte sich der Schlaf einfach nicht einstellen.

Ich hätte diese verdammte Coke nicht trinken sollen. Das Koffein, gepaart mit meinem unruhigen Geist, machte es mir unmöglich einzuschlafen.

Aus der Reisetasche holte ich mir eines meiner Bücher, das nicht mehr in den Karton gepasst hatte, und lehnte mich auf dem Bett mit dem Rücken an die Wand.

Ein Geräusch ließ mich hochschrecken.

Was war das? Mit pochendem Herzen lauschte ich in die Dunkelheit. Schwere Schritte waren von der Treppe zu hören. Ein eisiger Schauer lief mir über den Rücken.

Ich hatte nicht einmal gemerkt, dass ich aufgesprungen war und nach dem Baseballschläger gegriffen hatte, der zwischen Schreibtisch und Kleiderschrank an der Wand lehnte.

Auf Zehenspitzen huschte ich durchs Apartment. Das Blut rauschte mir in den Ohren und übertönte das leise Knarzen der Dielen unter meinen nackten Füßen.

Jemand hustete draußen auf dem Flur. Direkt vor meiner Wohnungstür.

Ohne nachzudenken riss ich sie auf und stürzte mich mit einem Kampfschrei auf den Eindringling.

Ich traf seinen Kopf, und er ging in die Knie, aber ausgeknockt hatte ich ihn nicht.

Er fluchte lauthals und hob schützend die Arme über den Kopf. „Was, zum Teufel? Lynne, hör auf!", schrie er.

Es war Lex! Mir klappte der Mund auf, und ich ließ den Baseballschläger fallen. Er polterte auf den Boden und rollte davon.

„Scheiße!", keuchte er und drückte sich die Hand gegen die Stirn. „Wolltest du mich umbringen?"

„Nein! Ich dachte, du wärst irgendein Betrunkener oder ein Einbrecher", stieß ich atemlos hervor und kniete mich neben ihn. Ich hatte ihn ganz schön erwischt, wie ich beklommen feststellen musste. Blut rann ihm über die Wange, und unter seiner Hand schauten die Ränder einer Platzwunde hervor.

Lex grummelte etwas Unverständliches und machte Anstalten aufzustehen, strauchelte aber und musste sich an der Wand abstützen.

Ich wollte ihn fragen, was, verdammt noch mal, er hier machte, allerdings wirkte er derartig angeschlagen, dass ich die Frage herunterschluckte. Stattdessen schnappte ich mir seinen Arm und legte ihn über meine Schulter. Mann, war der schwer!

„Komm." Ich hatte vor, ihn in mein Apartment zu ziehen, aber er hielt dagegen.

„Nicht da rein. Ich habe Verbandszeug in meiner Wohnung", sagte er schwach und dirigierte mich weiter.

In *seiner* Wohnung? O heilige Scheiße! Er wohnte hier? Mum hatte ihn ernsthaft bei sich einziehen lassen?

Wir wankten durch die Tür und weiter ins Bad, wo er sich an der Wand nach unten sinken ließ.

„Dort." Lex deutete auf den kleinen Spiegelschrank über dem Waschbecken. Ich öffnete ihn und holte Desinfektionsmittel und einige Kompressen heraus.

Der war aber gut ausgestattet!

Neben ihm kniend, drehte ich sein Gesicht ins Licht und begann damit, die Wunde abzutupfen.

Er sog scharf die Luft ein, rührte sich aber kein Stück. Glücklicherweise war die Schramme weniger schlimm, als ich zuerst angenommen hatte, und blutete nicht mehr.

Mehrmals musste ich ihm ein paar widerspenstige Haarsträhnen aus der Stirn streichen, die sich unglaublich weich zwischen meinen Fingern anfühlten. Unwillkürlich stellte ich mir vor, wie es wäre, mit der Hand durch sein Haar zu fahren.

„Baseball, was? Ich hätte bei dir eher auf Yoga getippt", murmelte er.

Ich lachte auf, und unsere Blicke trafen sich.

„Entschuldige, dass ich dich angegriffen habe", meinte ich verlegen.

Lex zuckte mit den Schultern. „Ich schätze, ich bin selbst schuld. Du konntest ja nicht wissen, dass ich hier wohne, und ich bin froh zu wissen, dass du bestens ausgerüstet bist, wenn uns mal ein Einbrecher überrascht." Er grinste schwach.

Ich legte einen sauberen Tupfer auf die gereinigte Wunde und klebte sie notdürftig mit Pflastern ab. „So, das müsste gehen. Wie fühlst du dich?", fragte ich und stand auf.

„Erschlagen", antwortete er und lächelte wieder. Ich konnte nicht verhindern, dass sich auch meine Mundwinkel nach oben zogen.

Er ignorierte meine ausgestreckte Hand, rappelte sich hoch und betrachtete mein Werk im Spiegel.

„Also, Krankenschwester bist du schon mal nicht."

„Ich bin Informatikerin. Programmiererin, um genau zu sein", teilte ich ihm mit und straffte die Schultern.

„Soso." Lex ging durchs Wohnzimmer zur Kochnische und goss sich ein Glas Wasser ein.

„Also, ich werde dann mal“, setzte ich an und wandte mich zur Tür.

„Lynne.“ Seine Stimme ließ mich innehalten.

„Ja?“

„Danke.“

„Dafür, dass ich dich niedergeschlagen habe?“, feixte ich.

Doch Lex sah mich ernst aus seinen karamellfarbenen Augen an. „Dafür, dass du mich nicht blutend liegen gelassen hast“, meinte er und lächelte erneut. „Und dafür, dass du hergekommen bist.“ Nun war der Schalk aus seinem Gesicht verschwunden.

„Schon gut“, presste ich hervor und machte mich davon.

„Guten Morgen, Sonnenschein.“

Hä?

„Lass mich in Ruhe“, murmelte ich in mein Kissen und dämmerte wieder weg.

Eine große, warme Hand berührte mich an der Schulter und rüttelte sanft an mir.

Was ...? Ich fuhr hoch.

„Scheiße! Was tust du hier?“, wollte ich wissen. Hatte ich denn die Tür nicht abgesperrt?

„Ich hab dir Kaffee gemacht“, meinte Lex schmunzelnd. „Du bekommst ihn aber nur, wenn du jetzt brav aufstehst.“ Boah, war der fies.

Ich warf ihm einen bösen Blick zu, stand auf und schlurfte ins Bad. „O Gott“, stöhnte ich, als ich mein Spiegelbild erblickte. Ich hatte einen Abdruck vom Kissen an der Wange, und meine Haare sahen aus, als hätte ich in die Steckdose gefasst. Kein ungewöhnlicher Anblick für mich kurz nach dem Aufstehen, aber normalerweise bekam das niemand mit.

So schnell es mir in meinem schlaftrunkenen Zustand möglich war, ging ich zur Toilette und putzte mir die Zähne. Wie spät war es überhaupt, und was wollte Lex?

Leise vor mich hin grummelnd, lief ich ins Wohnzimmer, schnappte mir die Tasse vom Tisch und hockte mich Lex gegenüber auf den Futonsessel. Die Beine untergeschlagen, nippte ich vorsichtig an dem Gebräu.

Es war richtig guter Kaffee.

„Ich wusste nicht, wie du ihn magst", sagte Lex.

„Was?" Ich war eindeutig nicht munter genug für Konversation. Schnell nahm ich einen weiteren Schluck.

„Deinen Kaffee", erklärte er mir.

„Gut so", murmelte ich. Schwarz wie meine Seele.

Er nickte bedächtig.

„Wie geht's deinem Kopf?", fragte ich nach einer Weile.

„Der wird wieder. Ist dicker, als man glauben möchte", gab er zurück. Das konnte ich mir vorstellen.

„Was verschafft mir die Ehre deines frühmorgendlichen Besuchs?"

Er lachte. „Es ist zwei Uhr nachmittags."

Okay. Ich zuckte mit den Schultern.

„Wir müssen zum Notar, der die Erbschaftsangelegenheiten deiner Mutter regelt", erklärte er und wirkte mit einem Mal angespannt.

Mein Magen krampfte sich zusammen, aber ich zwang mich dazu, einmal zu nicken.

Lex stand auf und umrundete den Couchtisch.

„Zieh dich an und komm nach unten, wenn du fertig bist“, bat er und betrachtete meine nackten Beine.

Reflexartig zog ich ein Kissen auf meinen Schoß, doch er hatte sich bereits umgedreht und ging.

Jawohl, Sir, dachte ich genervt und trank noch einen Schluck Kaffee.

Lex

Ich hatte eigentlich keine richtige Vorstellung von Marians Tochter gehabt. Das wäre ohnehin zwecklos gewesen, denn *diese Frau* hatte meine Vorstellungskraft definitiv übertroffen.

Sie war eine Nummer für sich.

Frech und aufmüpfig – obwohl ich das Gefühl hatte, dass sie sich hier mehr als unbehaglich fühlte – und dabei so nerdig, wie man nur sein konnte. Fehlte bloß eine dickrandige Lesebrille und dass sie *Star-Wars*-Fan war.

Unter der zickigen Fassade und ihrer gelegentlichen Unbeholfenheit schlummerte aber offenbar eine Kriegerprinzessin. Mir war nie zuvor eine Frau begegnet, die sich mit einem Baseballschläger bewaffnet auf einen vermeintlichen Einbrecher stürzte. Ganz schön mutig, das musste ich ihr lassen.

Ach ja, und ihre Beine und der Po waren auch sehenswert, Vogelnestfrisur hin oder her.

Ich stellte die letzten leeren Flaschen unter den Tresen, und als ich aufsah, stand Lynne vor mir. Sie trug Chucks, eine schwarze Röhrenjeans und dazu ein schulterfreies Top mit dem Aufdruck *Systemfehler*.

„Können wir?", fragte sie und nickte auffordernd in Richtung Tür. Dabei wirkte sie keineswegs, als wäre sie sonderlich erpicht auf diesen kleinen Ausflug mit mir.

Ich nickte, ging voran zur Tür und hielt sie ihr auf. Jede andere Frau hätte sich über diese höfliche Geste gefreut. Doch Lynne verdrehte die Augen und sagte nicht einmal Danke. Okay. Das würde schwerer werden, als ich gedacht hatte.

Normalerweise hatte ich keine Probleme damit, das weibliche Geschlecht um den Finger zu wickeln, aber an Lynne biss ich mir die Zähne aus. Zumindest im Moment.

Ich sperrte die Bar ab und deutete auf mein Motorrad, eine mitternachtsblaue Victory Vegas.

„Da steig ich auf keinen Fall drauf", sagte sie sofort.

Ich zählte im Kopf bis drei und atmete tief durch. „Und warum nicht, wenn ich fragen darf?" Ich war echt stolz auf mich, weil meine Stimme nichts von der aufkeimenden Ungeduld in mir verriet.

Sie zögerte und sah mich an.

„Angst?" Betont spöttisch grinste ich ihr ins Gesicht. Jackpot! Ich konnte zusehen, wie sich ihre Miene veränderte. Von skeptisch zu entschlossen. Sie schlug wirklich keine Herausforderung aus.

„Na schön, wenn's unbedingt sein muss", meinte sie und streckte den Rücken durch.

„Gut."

„Warte", rief sie, als ich gerade ein Bein über die Maschine schwingen wollte. Was denn noch? Ich warf ihr einen fragenden und, wie ich hoffte, nicht allzu genervten Blick über die Schulter zu.

Sie wiederum blickte mich an, als würde sie vor einem Idioten stehen. Autsch. Ich hatte echt noch nie jemanden kennengelernt, der dermaßen ausdrucksstark war.

„Helme? Ohne Helm fahr ich nicht mit." Lynne verschränkte demonstrativ die Arme vor der Brust. Himmel!

Ich erwiderte nichts, weil ich stark vermutete, dass es ohnehin sinnlos gewesen wäre, mit ihr darüber zu debattieren, und ging zur Hintertür.

Mit zwei Helmen, einem unter jedem Arm, kam ich zurück und reichte ihr einen. Ich hatte die Dinger beim Kauf der Victory dazubekommen, allerdings nie Verwendung dafür gehabt.

„Danke", sagte Lynne steif und wollte sich den Helm überziehen, kam aber nicht weit. Der Haarknoten an ihrem Hinterkopf war im Weg. Grummelnd und mit schmerzverzerrtem Gesicht entwirrte sie das Haargummi aus ihren Locken und fächerte sie über ihren nackten Schultern auf. Wow. Sie waren etwas durcheinander, und trotzdem hatte ihre weiche hellbraune Mähne etwas Sinnliches an sich.

„Warum schneidest du sie nicht einfach ab?", hörte ich mich fragen und verfluchte mein loses Mundwerk im selben Moment.

Lynne hielt mit dem Helm über ihrem Kopf inne. „Es geht dich zwar rein gar nichts an, was ich mit meinen Haaren mache", begann sie.

„Aber?", hakte ich nach, als sie nicht weitersprach.

„Wenn ich sie kurz trage, sehe ich aus wie Brian May", gestand sie und verzog das Gesicht.

Ich musste lachen und wurde dafür mit einer rausgestreckten Zunge belohnt. *Also, also, Miss Stuart.*

Lynne schob sich den Helm über den Kopf und nestelte am Kinnverschluss herum.

„Lass mich mal", meinte ich und griff danach. Sie zuckte zurück und funkelte mich durch das Visier hindurch böse an.

„Hey, ich wollte dir nur helfen“, sagte ich und hob abwehrend die Hände. Lynne murmelte etwas in ihren Helm, das ich nicht verstand. „Was?“

Sie zögerte einen Herzschlag lang und klappte das Visier hoch. „Ich bin fürchterlich kitzelig“, grummelte sie und schaffte es endlich, selbst die Schnalle zu schließen.

Gut zu wissen, dachte ich bei mir, setzte meinen eigenen Helm auf und schwang mich aufs Motorrad. Ich sah herausfordernd zu Lynne. Sie war ein gutes Stück kleiner als ich, deshalb kippte ich die Victory etwas zur Seite, damit sie hinter mir aufsteigen konnte.

„Halt dich fest“, rief ich über das Startgeräusch des Motors hinweg. Sie tat nichts dergleichen. Ein Blick über die Schulter verriet mir, dass sie die Maschine nach Griffen oder Ähnlichem absuchte. Ich musste lachen. „An mir!“

Lynne starrte mich finster an, schlang aber gehorsam die Arme um meinen Bauch. Als ich anfuhr, verstärkte sich ihr Griff, und ich meinte, sie quietschen zu hören.

Auf dem Weg in die Stadt hinein vergaß ich einen Moment meine Sorgen. Das geschah immer, wenn ich auf meiner Maschine über den Asphalt glitt und der Wind an meinen Kleidern riss. Es befreite mich.

Bisher hatte ich nie jemanden mitgenommen, es war ungewohnt für mich. Nicht nur weil sich dadurch die Fahreigenschaften des Motorrads veränderten, sondern weil es einer gewissen körperlichen Nähe bedurfte, die ich in dieser Weise nie zuvor erlebt hatte.

Wenn mich eine Frau berührte, dann, wenn ich Sex mit ihr hatte, und sonst nicht. Keine Küsse außerhalb des Betts oder wo auch immer wir uns vergnügten.

Keine Zärtlichkeiten oder irgendein anderer Quatsch. Diese Dinge führten bloß dazu, dass sich meine Bettgespielinnen im Nachhinein mehr erhofften, als ich ihnen zu geben bereit war. Abgesehen davon gab es mir nichts.

Das hier aber, mit Marians durchgeknallter Tochter, war irgendwie … angenehm. Oder zumindest nicht unangenehm.

Eine Viertelstunde später hielt ich vor Jenkins' Kanzlei und stellte den Motor ab. Lynne rutschte vom Sattel und machte einen stolpernden Schritt zur Seite. Sie schaffte es, die Schnalle zu lösen, und zog sich den Helm vom Kopf. Zerzaust, aber sichtlich begeistert schaute sie mich an. Ihre Augen strahlten regelrecht. Sie waren das Einzige in ihrem Gesicht, das sie eindeutig nicht von Marian geerbte hatte.

Meine Lippen verzogen sich zu einem Lächeln, das ich bis in die Zehenspitzen spüren konnte. Ihre Freude und Begeisterung steckten mich an.

„Na komm, du Bikerbraut", neckte ich sie und ging voraus.

Lynne stieß verächtlich Luft durch die Nase, grinste aber weiter – bis wir ins Büro des Notars traten.

Schlagartig verflog die Leichtigkeit, die ich während meiner ersten Motorradfahrt gespürt hatte. Ich begann zu zittern, und die Gedanken, die ich bis jetzt, so gut es ging, unterdrückt hatte, prasselten auf mich ein wie ein Platzregen.

„Lex, warte!" Ich packte ihn am Arm und zog ihn ein Stück zurück. Gerade war mir etwas klar geworden, und ich verfluchte mich innerlich. Warum hatte ich ihn nicht gleich gefragt? Warum hatte er es mir nicht von sich aus erzählt? Ich war dermaßen dumm!

„Was hast du, Lynne?", fragte er mit besorgter Stimme. Besorgnis. Eine ganz neue Seite von Lex. Ich presste die Lippen zusammen und atmete hörbar aus.

„Wie …?" Ich stockte. „Wie ist sie denn genau gestorben?", brachte ich mühsam hervor und lehnte mich an die kühle Steinmauer in meinem Rücken.

Ein Schatten huschte über Lex' Gesicht, und er biss die Zähne zusammen. Sein Kiefer mahlte. Er tat ja gerade so, als wäre der Tod meiner Mutter eine Tragödie für ihn. Sie war doch nur seine Chefin gewesen. Oder war da etwa mehr zwischen ihnen gelaufen? Nein! Bitte lass meine Fantasie kranker sein als die Realität!

„Sie hatte einen Herzinfarkt. In ihrer Wohnung. In ihrem Bett. Sie ist im Schlaf gestorben, Lynne. Der Arzt meinte, sie hat es höchstwahrscheinlich nicht einmal mitbekommen. Der schönste Tod, den man sich wünschen kann", sagte er mit ungewohnt sanfter Stimme.

Ich schluckte schwer und nickte mechanisch. „Sie hat dir viel bedeutet, oder?" Die Worte waren heraus, bevor ich sie hatte aufhalten können.

Lex' Reaktion überraschte mich. Er sah traurig aus. Richtig traurig.

Trotzdem lächelte er. „Sie hat mich unter ihre Fittiche genommen. Mir geholfen, als ich eine schwere Zeit durchgemacht habe. Ja, Lynne, deine Mutter hat mir viel bedeutet." Er kratze sich verlegen am Hinterkopf, ganz, als bereute er, mir das verraten zu haben.

Es traf mich, dass er sie auf diese Weise erlebt hatte und ich nicht. Dass sie anscheinend für ihn da gewesen war, aber niemals für mich.

„Lass uns jetzt reingehen", sagte ich mit belegter Stimme und wandte mich zur Tür.

Lex folgte mir in Jenkins' Büro, wo wir vor seinem Schreibtisch Platz nahmen.

„Miss Stuart, wie schön, dass Sie hergekommen sind", begrüßte Jenkins mich.

Ja, sehr schön. Es musste nur meine Mutter sterben, damit wir uns kennenlernen durften. Ich nickte bloß, um nicht wieder mit etwas herauszuplatzen, das besser ungesagt blieb.

„Hier sind die Urkunde für das Haus, die Betriebsgenehmigung für die Bar und eine beglaubigte Kopie der Bleiberechtsurkunde von Mister Richardson", erklärte Jenkins und legte ein Blatt nach dem anderen vor mir auf den Tisch.

Bleiberechtsurkunde? „Was hat es mit dieser Bleiberechtssache auf sich?", wollte ich wissen und schielte zu Lex hinüber. Er musterte mich, scheinbar ruhig, abwartend. Allerdings entging mir nicht, wie angespannt seine Haltung war.

Jenkins räusperte sich. „Ihre Mutter hat Mister Richardson eingeräumt, auch nach ihrem Tod die Wohnung weiterhin behalten zu dürfen. Sie war vor ungefähr drei Jahren deshalb bei mir", teilte er uns mit.

Vor drei Jahren? Ich konnte gar nicht fassen, dass sich meine Mutter überhaupt Gedanken über ihren Tod gemacht hatte, geschweige denn, dass ihre Fürsorge für ihren Mitarbeiter so weit gegangen war.

Lex neben mir war offenbar ebenso überrascht darüber wie ich. Er atmete hörbar ein, blieb jedoch stumm.

Jenkins schenkte unseren Gefühlsregungen keinerlei Beachtung. „Dann benötige ich bitte noch ein paar Unterschriften von Ihnen." Er legte ein weiteres Blatt vor mir auf den Tisch. „Hier, hier und hier", meinte er und deutete auf die entsprechenden Stellen im Text.

Ohne einen Buchstaben des Dokuments zu lesen, unterzeichnete ich. Ich hätte genauso gut einen Pakt mit dem Teufel schließen können, es war mir egal.

Die allumfassende Leere, die ich in den letzten Jahren mit meiner Arbeit und dem Studium gefüllt hatte, nahm mich wieder in Besitz und hinderte mich daran, auch nur einen klaren Gedanken zu fassen.

„Sind wir fertig?", fragte ich schnell. Ich wollte raus hier. Aus diesem Büro. Aus der Stadt und am liebsten aus diesem Leben, in dem ich durch Mums Tod gelandet war.

Jenkins verabschiedete uns. Ich steckte die Papiere in das Kuvert, das er mir dankenswerterweise gegeben hatte, und klemmte es hinten in den Bund meiner Hose.

Lex voraus lief ich zu seinem Motorrad, schnappte mir den Helm und zog ihn über. Tränen brannten in meinen Augen. Das Letzte, was ich jetzt wollte, war, dass er sie sah.

Lex schwieg die ganze Heimfahrt über. Hing vermutlich ebenfalls seinen Gedanken nach.

Zu Hause angekommen, sprang ich gleich ab, ging zur Hintertür und hinauf in mein Apartment. Ich blieb erst stehen, als ich mit den Schienbeinen an Mums Bett stieß. Es war gemacht. Kissen und Decke aufgeschüttelt und hübsch drapiert. Mit einer energischen Bewegung krallte ich die Finger in die Decke und zerrte sie von der Matratze. Anschließend nahm ich mir das Kissen vor, schleuderte es gegen Mums Frisiertisch und fegte damit ein paar der Fläschchen und Dosen von der Kommode.

Plötzlich hatte ich das Gefühl, keine Luft mehr zu bekommen. Ich atmete und atmete, trotzdem gelangte irgendwie nicht genügend Sauerstoff in meine Lungen.

Stolpernd hastete ich zum Fenster und riss es auf. Das half ebenso wenig.

Hinter mir hörte ich ein Poltern, achtete aber nicht darauf. Selbst wenn ich gewollt hätte, wäre ich nicht dazu in der Lage gewesen. Schwarze Punkte tanzten vor meinen Augen, und meine Knie gaben nach. Ich kippte zur Seite, rechnete damit, auf den Dielen aufzuschlagen, aber es kam anders.

Starke Arme umfingen mich, bremsten meinen Sturz ab, und im nächsten Moment saß ich auf Lex' Schoß.

Er redete beruhigend auf mich ein, das Rauschen in meinen Kopf machte es mir allerdings unmöglich, etwas davon verstehen zu können. Mein Blickfeld flimmerte, trotzdem nahm ich wahr, wie Lex mich behutsam absetzte, aufsprang und hektisch in einer Küchenschublade kramte. Rasch kehrte er zu mir zurück und hielt mir eine Brottüte vor den Mund. Offenbar sah ich aus, als würde ich mich jeden Moment übergeben müssen. Was gar nicht so abwegig war.

Auf das Schlimmste gefasst, atmete ich in die Papiertüte, die Lex mir verbissen entgegenhielt. Es musste lustig aussehen, wie wir dasaßen. Er auf dem Boden, ich neben ihm, mit der Tüte an meinen Lippen, die sich bei jedem meiner Atemzüge einem Luftballon gleich aufblies.

Ich hatte keine Ahnung, wie viel Zeit vergangen war, aber irgendwann konnte ich wieder normal atmen, und Lex nahm mir die Papiertüte vom Gesicht.

„Geht's wieder?", fragte er leise. Seine Hand streichelte sanft über meinen Rücken.

Es dauerte ein paar Augenblicke, bis ich antworten konnte. Lex drängte mich nicht. Wartete und streichelte mir weiter den Rücken. Es fühlte sich gut an. Ich glaubte, mich nie zuvor derart geborgen und verstanden gefühlt zu haben.

„Noch ein erstes Mal mit dir", flüsterte ich.

Er neigte den Kopf, um mir direkt in die Augen sehen zu können, und war mir auf einmal so nah, dass sein Atem über meine Wange strich. „Was meinst du?"

Das war zu viel. Zu viel Nähe und zu viel Kribbeln in meinem Bauch. Ich rückte von ihm ab und setzte mich ihm gegenüber auf den Boden, den Rücken an die Kommode gelehnt.

„Na ja, vorher bin ich zum ersten Mal auf einem Motorrad mitgefahren, und das gerade war wohl meine erste Panikattacke“, erklärte ich und war selbst verwundert, dass sich meine Lippen zu einem schiefen Lächeln verzogen. Offenbar hatte ich durch den Sauerstoffengpass ein paar Gehirnzellen eingebüßt.

Lex erwiderte nichts. Sah mich nur an. Dann stand er auf, und ich dachte schon, er würde mich sitzen lassen, einen Augenblick später war er jedoch wieder da. Er reichte mir eine Cokeflasche und setzte sich mit seiner eigenen in der Hand wieder auf den Boden.

„Auf erste Male“, meinte er und prostete mir mit seiner Flasche zu.

Wir tranken ein paar Schlucke.

„Hast du hier aufgeräumt?“, wollte ich wissen. Eigentlich konnte ich es mir denken, dabei interessierte mich vor allem der Grund dafür.

„Ja. Marian hatte es nicht so mit Hausarbeit“, sagte er, ohne mich anzusehen.

Ich lachte trocken. „Wem sagst du das?“

Wieder nippten wir schweigend an unseren Cokes.

„Danke, dass du dich um alles gekümmert hast, Lex.“

„Es tut mir leid, dass ich dir nicht eher Bescheid geben konnte. Ich wusste bis gestern nichts von dir.“

Meine Mutter hatte mich also nie erwähnt. Wie schön.

„Willst du zu ihrem Grab?“, fragte Lex vorsichtig.

Auf gar keinen Fall! Ich schüttelte vehement den Kopf. „Ich glaube, die eine Panikattacke reicht mir für heute“, erwiderte ich.

„Das war ganz schön gruselig“, neckte er mich.

„Und es macht hungrig“, gab ich gespielt beleidigt zurück.

„Pizza?“

„Unbedingt.“

Bartender

Lex

Nachdem wir uns die Pizzas einverleibt hatten – ich war erstaunt, in was für einem Tempo diese zierliche Person eine ganze Pizza mit Peperoni und extra Käse vertilgen konnte –, hatte ich Lynne nicht mehr zu Gesicht bekommen. Sie war in ihrem Zimmer verschwunden und werkelte an ihrem Computer. Nerd.

Es störte mich nicht, etwas Abstand zwischen uns zu bringen nach ihrem Ausraster und meiner für mich untypischen Reaktion darauf. Ich konnte mir nicht erklären, warum ich so gehandelt hatte. Als ich das Klirren durch die an Marians Apartment angrenzende Wand gehört hatte, war ich ohne zu zögern hinübergerannt.

Lynne war völlig aufgelöst gewesen und hatte hyperventiliert. Ich wusste aus eigener Erfahrung, wie das war und was dagegen half. Mein Verstand hatte sich verabschiedet und war erst wiederaufgetaucht, als Lynne von mir abgerückt war.

Ich versuchte mir einzureden, dass ich nur so reagiert hatte, weil sie Marians Tochter war, konnte dabei aber das Gefühl nicht verdrängen, das sie in mir ausgelöst hatte.

Okay. Ich musste mir wohl oder übel eingestehen, dass ich sie heiß fand. Dennoch ... Ich seufzte schwer und trocknete unnötig fest das Glas in meiner Hand ab – sie war tabu. Eindeutig. Definitiv.

„Na, Lex, harten Tag gehabt?", fragte Jimmy, einer unserer ältesten Stammgäste.

„Ach, der übliche Mist", antwortete ich ausweichend. Ich würde meine verqueren Gedanken sicher mit niemandem teilen. „Noch einen?"

Jimmy nickte bedächtig und hielt mir sein leeres Whiskyglas hin. Ich griff nach der *Cask*-Flasche und füllte ihm nach. Ich kannte keinen anderen Menschen, der dieses Gebräu herunterbrachte. Jimmy nahm indessen, ohne mit der Wimper zu zucken, einen kräftigen Schluck. Nicht einmal seine auffallend grünen Augen, die auch nach dem dritten Glas nicht an Wachsamkeit verloren, begannen zu tränen. Jimmy war ein Cop, und obwohl ich mit seinesgleichen keine besonders guten Erfahrungen gemacht hatte, mochte ich ihn.

Die Hintertür zum Treppenhaus schwang knarzend auf. Ich konnte sie nicht einmal sehen, trotzdem reagierte mein Körper sofort auf Lynnes Anwesenheit. Meine Muskeln spannte sich an, und Unruhe überkam mich. Keine Ahnung, woran das lag. Wahrscheinlich schlichtweg daran, dass es ohne Marian und stattdessen mit ihrer Tochter im Haus furchtbar ungewohnt war.

Jimmy sah auf und erstarrte. Seine Augen weiteten sich, und er fuhr sich sichtlich nervös über den Mund. Offenbar reagierte nicht nur ich absurd auf sie.

„Wo finde ich denn die ...?" Lynne brach ab, was mich dazu veranlasste, mich zu ihr umzudrehen. Heute trug sie eine schwarze Leggings und ein viel zu großes Shirt, das über und über mit Nullen und Einsen bedruckt war. Ihr Blick lag auf dem Mittvierziger hinter mir. Lynne sah aus, als hätte sie einen Geist gesehen. Ihre vollen, geschwungenen Lippen waren fest aufeinandergepresst. Die großen grünen Augen kugelrund. Dann zuckte ihr Mundwinkel. Einmal, zweimal, bevor ein breites, herzenswarmes Lächeln auf ihrem Gesicht erschien. Bei ihrem Anblick zog sich etwas in mir kribbelnd zusammen. Eine Empfindung, die ich nie zuvor verspürt hatte und nicht zuordnen konnte.

Glücklicherweise setzte sich Lynne in diesem Augenblick in Bewegung und umrundete schnellen Schrittes die lang gezogene Holztheke. Jimmy war seinerseits aufgesprungen und breitete die Arme aus. Lynne ließ sich mit einem erstickten Laut hineinfallen, und sie schlossen sich sofort um ihren zierlichen Körper. Wieder spürte ich dieses eigentümliche Ziehen, wenngleich es dieses Mal eindeutig unangenehm war. Was sollte diese Show? Und wie kam es, dass sich Lynne bereitwillig in Jimmys Arme warf?

„O Kleines, es tut mir so leid, das mit deiner Mum", nuschelte Jimmy in Lynnes Haar, drückte sie auf Armeslänge von sich und betrachtete sie mit feuchten Augen. Ach, der Whisky trieb ihm keine Tränen hoch, aber Lynne? Keine Ahnung, warum, aber plötzlich war ich sauer.

„Du bist ja richtig erwachsen geworden. Ich wünschte, es hätte einen anderen Grund für unser Wiedersehen gegeben", meinte Jimmy und setzte sich zurück auf seinen Hocker.

Lynne blieb unschlüssig stehen. Für mich sah es aus, als würde sie selbst über ihre Reaktion verwundert sein. Aber was wusste ich schon? Ich kannte sie kaum.

Schmal lächelnd stützte sie sich mit einem Arm auf der Theke ab und sah kurz zu mir herüber.

„Ich wollte nicht zurückkommen", murmelte sie. Ihre Stimme war kratzig.

„Ich weiß", seufzte Jimmy. Die Vertrautheit zwischen den beiden verstärkte mein Unbehagen.

„Ihr seid also alte Freunde?", fragte ich spröde in die Runde und stellte die Spirituosenflasche etwas zu heftig ab. Beide sahen sie mich mit dem gleichen durchdringenden Blick an. Irgendwie unheimlich.

„Ich kenne Lynne seit ihrer Geburt. Früher habe ich ihr immer mit den Hausaufgaben geholfen. Weißt du noch, Kleines?", wollte er von ihr wissen, während er mich nach der kurzen Erklärung wieder völlig ignorierte.

Lynnes Lächeln wurde erneut breiter, erreichte ihre Augen allerdings nicht mehr. „Ja, ich erinnere mich. Ohne deine Hilfe hätte ich den Abschluss wohl nicht geschafft, Jimmy", erwiderte sie, bevor sie sich mir zuwandte. „Ich möchte mir die Abrechnungen von der Bar ansehen."

Ich versteifte mich, nickte aber pflichtschuldig. Die Bar gehörte jetzt ihr. Es war nur vernünftig, dass sie sich die Bücher ansehen wollte. Trotzdem fühlte ich mich, als hätte Lynne mir ans Bein gepinkelt. Immerhin hatte ich mich die letzten Jahre beinah allein darum gekümmert, dass hier alles am Laufen blieb. Marian war fürchterlich schlampig gewesen, was die Buchhaltung anbelangt hatte. Na gut, wenn ich ehrlich war, nicht allein dabei, sondern generell. Sie hatte sich weder großartig dafür interessiert noch mehr getan, als unbedingt notwendig gewesen war. Erst als die Bar fast an die Bank gegangen wäre, weil wir den Kredit nicht mehr hatten zahlen können, war sie aktiv geworden.

„Liegt alles im Büro. Komm, ich zeige es dir", meinte ich etwas zu scharf. Lynne ließ sich davon in keiner Weise beeindrucken. Sie nickte und folgte mir.

Das Büro, Schrägstrich Lager war ein schmales Zimmer ohne Fenster, das mit Regalen, Flaschen und Getränkecontainern zugestellt war. In der hinteren Ecke stand ein kleiner Sekretär, auf dem sich Papiere und Rechnungen stapelten.

„Links sind die Zahlungsbelege, rechts die Forderungen, die noch warten können", wies ich sie ein und war mir ihrer Nähe in dem engen Raum allzu deutlich bewusst. Ein Bild blitzte in meinem Kopf auf. Lynne auf der Schreibtischplatte, ich über ihr.

Verdammt! Konzentrier dich, Lex! Ich verpasste mir eine gedankliche Ohrfeige, um den verführerischen, total unpassenden Tagtraum abzuschütteln, und bückte mich nach einem Karton, der bereits etwas Staub angesetzt hatte.

„Und das sind die Bücher der letzten Jahre", presste ich rasch hervor, drängte mich an der verkniffen dreinblickenden Lynne vorbei und verließ fluchtartig das Büro.

Stoisch blätterte ich durch einen Stapel Papiere. Der Aufruhr in meinem Inneren legte sich allmählich und ließ einen schalen Geschmack auf meiner Zunge zurück. Jimmy zu sehen, hatte ungefähr die Wirkung auf mich gehabt wie ein Presslufthammer, der sich durch meine Eingeweide stemmte. Er war ein fester Bestandteil meines alten Lebens gewesen. Als einer der wenigen Konstanten in meiner Kindheit hatte er eine wichtige Rolle für mich gespielt. Wie ein fürsorglicher Onkel oder dergleichen. Wenn Mum zu betrunken gewesen war, um mir etwas zu essen zu machen, hatte mir Jimmy Pizza bestellt. Er war mit mir in den Waschsalon gefahren, wenn ich wieder einmal nichts Sauberes zum Anziehen gehabt hatte. Und er hatte stets dafür gesorgt, dass meine Mum heil ins Bett kam, wann immer sie sich mit zu viel Alkohol aus dem Leben geschossen hatte.

Ohne diesen Mann wäre ich völlig aufgeschmissen gewesen. Obwohl ich ihm viel zu verdanken hatte, versetzte mir seine reine Anwesenheit einen Stich. Ihn wiederzusehen, hatte mir einen unerwarteten und überaus unerwünschten Flashback beschert.

Kopfschüttelnd vertrieb ich die letzten Fetzen der unliebsamen Erinnerungen, und mein Blick klärte sich allmählich. Ich zwang mich zur Konzentration. Hier warteten jede Menge Zahlen auf mich. Zahlen waren gut. Sie würden mich beschäftigen.

Zwei Stunden später musste ich erkennen, dass *diese* Zahlen *keineswegs gut* waren. Seufzend rieb ich mir über den steifen Nacken und schlug das letzte Budgetbuch zu. Etwas zu energisch. Staub wirbelte auf und brachte mich zum Niesen. Die traurige Wahrheit war, dass die Bar nicht einmal halb so viel einbrachte, wie sie sollte. Es reichte gerade, um die meiste Zeit alle Fixkosten zu decken und die Kreditraten für die Bank aufzubringen. Darüber hinaus blieb kaum ein müder Cent übrig. Das war schlecht. Ganz, ganz schlecht. Ich hätte diese bescheuerten Papiere beim Anwalt besser durchlesen und nicht blind unterschreiben sollen. Damit hatte ich mich eindeutig in ein Wespennest gesetzt.

Abgesehen davon wiesen die aktuellen Aufzeichnungen grobe Dokumentationsmängel auf. Mum war im letzten Jahr immer wieder in Rückstand mit den Ratenzahlungen geraten. Es hatte sich eine ganz schöne Summe zusammengeläppert, die im Februar endgültig fällig gewesen war. So wie ich das sah, hätte sie die Bar um ein Haar verloren. Dann – durch ein Wunder – war, wenn man den Büchern Glauben schenken wollte, ein edler Ritter in schimmernder Rüstung aufgetaucht und hatte meine Mum vor dem Bankrott bewahrt. Ein anonymer Ritter oder, wie es in den Aufzeichnungen hieß, *Spender*. Ich hatte von Buchhaltung zu wenig Ahnung, um beurteilen zu können, ob eine anonyme Spende tatsächlich bei der Finanzbehörde durchging. Mich machte der untypische Geldfluss jedenfalls skeptisch. Wie auch immer es Mum geschafft hatte, das nötige Geld aufzutreiben, es hatte die finanziell miese Situation, in der sich die Bar befand, nur kurzfristig entspannt. Wenn es weiterlief wie bisher, wäre ich am Arsch und mit mir Lex.

Augenscheinlich hatte ich zwei Optionen: die Bar verkaufen, den Kredit tilgen und damit Lex und mich obdachlos machen. Oder irgendwie dafür sorgen, dass die Bar zukünftig mehr einbrachte. Es gab zwar eine weitere Möglichkeit, die verwarf ich jedoch sofort wieder. Ich hätte theoretisch Lex, der den Büchern zufolge keine Miete zahlte, vor die Tür setzen und sein Apartment untervermieten können. Abgesehen davon, dass ich das nicht übers Herz brachte, so sehr er mich nervte, hätte ich mich in diesem Fall selbst hinter die Theke stellen müssen. Und *dieses* Erbe war ich nicht bereit anzutreten.

Murrend fuhr ich mir durchs Haar und brachte damit den ohnehin schon unordentlichen Dutt durcheinander. Ich zog und zerrte, wuschelte, massierte mir stöhnend die Schläfen, aber nichts davon half. Ich konnte mein ausgelaugtes Hirn einfach nicht dazu bringen, eine Entscheidung auszuspucken.

Ein Räuspern ließ mich mitten in der Bewegung innehalten, eine Hand gegen die Stirn gepresst, die Finger der anderen in mein Zopfgummi gehakt, um es aus meinen verstrubbelten Haaren zu ziehen. In dieser Haltung wandte ich mich zu der Quelle des Geräusches um und sah in ein Paar karamellfarbener Augen, die amüsiert aufblitzen. Meinen Unmut darüber, dass Lex mich derart derangiert überrascht hatte, tat ich mit einem weiteren großzügigen Murren kund, das sich in ein schmerzerfülltes Quietschen verwandelte, als ich an meinem Haargummi zog. Es saß bombenfest im Gewirr meiner Haare und ließ sich nicht lösen. Ganz große Klasse.

Mit zwei langen Schritten war Lex bei mir und griff beherzt an meinen Kopf. „Lass mich mal sehen", meinte er. Mein Anblick unterhielt ihn offenbar gut, das zumindest verrieten mir seine aufeinandergepressten Lippen, die trotz aller Anstrengung zu einem spöttischen Grinsen verzogen waren.

„Nein, was? Ich schaffe das", gab ich trotzig zurück. Ich wollte nicht, dass er mich schon wieder berührte. Die Erinnerung an seine warme Hand, die mir sanft über den Rücken streichelte, war präsent genug und brachte mich zu sehr durcheinander, als das ich einen Nachschub davon gebrauchen konnte.

„Sei still und setz dich gerade hin", erwiderte Lex streng und schob meine Hände beiseite.

Ja, Sir! O Mann.

Innerlich wand ich mich, hielt aber wie gewünscht ruhig. Unerwartet geschickt entwirrte Lex das Haarband aus meiner widerspenstigen Mähne und machte sich sogar daran, die größten Nester zu entknoten. Seine sanften Berührungen jagten mir einen Schauer nach dem anderen über den Körper, und es fiel mir zunehmend schwerer, mich nicht zu rühren. Endlich legte er mir die sicherlich nach wie vor verworrenen Haare über die Schulter. Dabei verharrten seine Finger einen Augenblick auf meinem Schlüsselbein. Ich hielt die Luft an, unfähig, einen klaren Gedanken zu fassen, und wartete, was er als Nächstes tun würde. Langsam beugte er sich über mich. Meine Nerven waren zum Zerreißen gespannt. Zur Hölle, seine Nähe war ... war ... Ich fand keine Worte dafür. Er griff nach meinen

Notizen. Lauter, als mir lieb war, stieß ich die angehaltene Luft aus und fasste schnell meine Haare wieder mit dem Zopfgummi zusammen, das er auf den Tisch gelegt hatte.

Kurz schloss ich die Augen und rief mich zur Vernunft. Was auch immer dieses verstörend kribbelnde *Etwas* war, das er in mir auslöste, es musste aufhören. Ich musste das in den Griff bekommen. Entschlossen, mir nichts von meinen überschäumenden Hormonen anmerken zu lassen, wandte ich mich zu ihm um. Lex studierte meine Aufzeichnungen mit gerunzelter Stirn. Nach einigen Augenblicken legte er das Blatt auf den Sekretär zurück, lehnte sich mit verschränkten Armen an das Regal hinter ihm und schaute mich grimmig an. Die prickelnde Nähe war verflogen. Jetzt sah Lex ziemlich angespannt, vielleicht sogar wütend aus. Ich wurde aus diesem Mann nicht schlau. Was war eigentlich sein Problem? Sofort ging ich Abwehrhaltung.

„Was?", fragte ich herausfordernd. Ihm gefielen die roten Zahlen nicht? Gut. Mir ebenso wenig! Sollte er mir doch erklären, was er davon hielt.

„Was willst du mit alledem?", stellte er eine Gegenfrage. Seine Stimme war eisig, das ansehnliche Gesicht hart.

Ich schluckte und war sicher, dass er mir meine wachsende Verärgerung ansehen konnte. „Erst einmal wüsste ich gern, wo meine Mutter den riesen Batzen Geld für die Bank aufgetan hat."

Lex zuckte mit den Schultern, als würde ihn das alles nichts angehen. Dabei war ich mir fast sicher, dass er die Bücher in den letzten Jahren geführt hatte. Es war jedenfalls nicht die unordentliche Handschrift meiner Mutter.

„Marian hat es aufgetrieben. Rechtzeitig. Mehr weiß ich darüber nicht. Sie hat mir nicht verraten, wo sie es herhatte", erwiderte er zähneknirschend. Er ließ sich ja nicht gerade freiwillig in die Karten schauen, aber es war deutlich spürbar, dass ihm dieser Umstand nicht gefiel. Ich glaubte ihm. Er wusste vielleicht nicht, wo diese anonyme Spende hergekommen war, vom Rest der Misere musste er dagegen mehr Ahnung haben.

„Und wie, zum Teufel, habt ihr das danach weiter geregelt? Die Bar wirft absolut keinen Gewinn ab."

Lex versteifte sich. Seine Oberarme spannten sich synchron mit seinem Kiefer an und lenkten mich einen Wimpernschlag lang ab. Lex' verächtliches Schnaufen ließ mich die geschmeidigen Muskeln allerdings schnell wieder vergessen.

Wir maßen uns mit giftigen Blicken.

Dann veränderte sich etwas schlagartig in seinem verbissenen Ausdruck. Er resignierte, ließ seine verschränkten Arme fallen und stieß gleichzeitig hervor: „Ich habe kein Gehalt mehr ausbezahlt bekommen. So haben wir das geregelt. Belassen wir's dabei, okay?" Aufgebracht fuhr er sich durchs Haar, und dunkle Strähnen fielen ihm in die Stirn. Wow.

Mir fehlten wirklich und wahrhaftig die Worte. Lex arbeitete umsonst? Für Kost und Logis, oder was? Ich verstand das nicht. Aus den Büchern ging doch hervor, dass er Gehalt bekam, obwohl es kaum zum Leben reichen konnte. Okay, wenn man mit einrechnete, dass er im Gegenzug für sein mickriges Gehalt nichts für die Wohnung bezahlte ... Nein, nicht einmal dann. Dieses

Geständnis hatte ihm sichtlich einiges abverlangt. Ich zweifelte also nicht am Wahrheitsgehalt seiner Worte.

Luft holend öffnete ich den Mund, um ihn zu fragen, warum er das mit sich machen ließ, kam aber nicht mehr dazu. Lex drehte sich um und stapfte, offenbar ziemlich angepisst, davon.

Ich brachte den Abend mehr schlecht als recht hinter mich. Jimmy merkte sofort, dass etwas nicht stimmte, hielt aber dankenswerterweise die Klappe und sprach mich nicht darauf an. Im Normalfall war ich ein richtiger Entertainer, sobald ich hinter der Theke stand, egal wie viel oder wenig Gäste anwesend waren. Ohne mir selbst auf die Schulter klopfen zu wollen, hatte ich ein Talent dafür, immer genau zu wissen wie ich die Menschen zu nehmen hatte. Bloß bei Marians verdrehter Tochter versagte mein Können kläglich, und das machte mich schier wahnsinnig.

Um halb zwei morgens verabschiedete sich der letzte Schluckspecht torkelnd aus der Tür. Ich war nie erfreuter gewesen, die Bar abschließen zu können. Missmutig ging ich nach oben und atmete tief durch, nachdem ich mich erschöpft und durcheinander auf meine kleine Couch hatte fallen lassen. Keine fünf Sekunden später sprang ich wieder auf und tigerte umher. Mein Körper war zwar müde, mein Geist aber viel zu aufgekratzt zum Stillsitzen oder gar Schlafen. Genervt von mir selbst und der Tatsache, dass diese ausgeflippt Frau es vermochte, mein Gemüt dermaßen aufzuwühlen, stemmte ich die Arme auf das Waschbecken der Kücheninsel. Ich knurrte, wollte am liebsten Sachen durch die Gegend werfen. Das würde Lynne jedoch bei den papierdünnen Wänden mit ziemlicher Sicherheit auf den Plan rufen, und ihr jetzt entgegenzutreten, war das Letzte, was ich in meinen Zustand gebrauchen konnte. Trotz meiner Wut auf sie und zugegebenermaßen mich selbst zuckten meine Mundwinkel bei der Erinnerung daran, wie sie mit dem Baseballschläger auf mich losgegangen war, nach oben. Sie war schon ein Fall für sich. Unerschrocken und unglaublich nervtötend. Diese Frau würde mir das Leben ordentlich schwer machen, daran hatte ich keinen Zweifel.

Meine Gedanken wanderten zu unserer Auseinandersetzung im Büro und meinem stupiden Geständnis. Warum hatte ich es ihr erzählt? Wenigstens hatte ich mich davon abhalten können, ihr auch unter die Nase zu reiben, dass Marian mich immer nur sporadisch bezahlt hatte. Lynne musste mich ohnehin für völlig durchgeknallt halten. Wer arbeitete ohne jegliche Entlohnung? Vermutlich würde das niemand hinnehmen. Zumindest nicht auf Dauer. Wäre mein Leben anders verlaufen, würde ich mich bestimmt nicht damit zufriedengeben, in einer abgefuckten Bar zu schuften, nur damit ich ein Dach über dem Kopf und meine Ruhe hatte.

Bis vor wenigen Stunden jedenfalls. Ich sollte gehen. Einfach meine Sachen packen und weiterziehen. In eine andere Stadt, mir einen neuen Job suchen und Marian und ihre verfluchte Tochter vergessen. Aber ich konnte es nicht. Genauso wenig wie vor Lynnes Auftauchen.

Mein verqueres Herz hing an diesem Ort. Es war zu meinem Zuhause geworden, und ich konnte mir kein anderes Leben mehr vorstellen. Armselig, aber wahr.

Als mich Marian vor fünf Jahren aufgenommen hatte, war ich heimatlos gewesen, ziellos, ein Wrack. Und jetzt? Was, zum Teufel, war ich jetzt?

Ziemlich aus der Bahn geworfen auf jeden Fall. Marians Tod und Lynnes unsagbarer Einfluss auf mich machten es mir unmöglich weiterzumachen wie bisher. Sie löste Emotionen in mir aus, die ich nicht kannte. Ihr reiner Anblick brachte meinen Körper zum Schwingen. Ich wollte sie, wie ich nie zuvor eine Frau gewollt hatte, und das war aufregend und verstörend gleichzeitig. Wenn sie den Mund öffnete, wusste ich meist nicht, ob ich lachen, mich aufregen oder das Gesicht in den Händen vergraben sollte. Lynne kostete mich den letzten Nerv.

Aufgewühlt schleppte ich mich ins Bett. Was würde sie jetzt tun? Was erwartete mich, wenn ich ihr morgen begegnete? Diese und hunderte weitere Fragen trieben mich um, bis ich endlich in den Schlaf fand.

Ich hatte nicht gut geschlafen. Die Überlegungen, was ich nun mit der insolventen Bar anstellen sollte, und Lex' Geständnis hatten mich die halbe Nacht wach gehalten. Es ging einfach nicht in meinen Schädel, wie man so blöd sein konnte. Was hatte er davon, hier zu sein? Mit seinem Aussehen und dem selbstsicheren Auftreten konnte er überall einen Job bekommen. Warum also war er ausgerechnet hier gelandet? Am liebsten wäre ich zu ihm rübergegangen und hätte ihm all diese Fragen gestellt. Lex an seinen muskulösen Schultern gepackt und ihn so lange geschüttelt, bis er auch die letzte Antwort ausgespuckt hätte. Aber das kam natürlich nicht infrage. Ich mochte vielleicht kein sonderlich großes Sozialtalent besitzen und ein wenig, na gut, sehr eigen sein, aber selbst mir war klar, dass es so nicht funktionieren würde.

Also wälzte ich mich weiter im Bett herum und grübelte über meine Möglichkeiten und das Mysterium Lex nach, bis ich es nicht mehr aushielt. Meine Mutter musste einen bestimmten Grund gehabt haben, diesen Kerl in ihr Leben zu lassen. Offenbar hatte sie etwas in ihm gesehen, und wenn ich es objektiv betrachtete, sah ich es ebenfalls. Unter der harten Schale vermutete ich einen weichen, liebevollen Kern. Ein Teil von mir wollte ihn knacken, unbedingt mehr über ihn erfahren. Ach herrje, wo war ich da bloß reingeraten? Seufzend strampelte ich die Bettdecke weg und sah auf die Uhr. Es war gerade einmal halb sieben. Großartig. Es half nichts. Ich war wach und getrieben von einem undefinierbaren Tatendrang.

Meine wie Schmeißfliegen schwirrenden Gedanken folgten mir durchs Apartment ins Bad. Während ich mich unter die Dusche stellte, manifestierte sich endlich ein Plan in meinem müden Schädel. Ich hatte diese verdammte Bar geerbt und mit ihr irgendwie Lex. Was auch immer dahintersteckte, es konnte nicht sein, dass er sein Leben verplemperte, wie es meine Mutter getan hatte. Ich würde versuchen, das Beste aus der Situation zu machen. Verantwortung zu übernehmen. Die Bar hatte, obwohl sie momentan schlecht lief, durch ihre Lage Potenzial. In der Nähe gab es ein College, und soweit ich wusste, existierten kaum andere Möglichkeiten, sich in der Gegend zu amüsieren. Wenn ich es schaffte, die jungen Leute als Publikum zu gewinnen, würde die Kasse klingeln. Ich wäre in der Lage, den Kredit regelmäßig und pünktlich zu bezahlen, und damit die Bar am Laufen zu halten und Lex zu vergüten. Und dann ... Ja, was dann? Würden Lex und ich uns zusammenraufen, sodass ich, wie geplant, in aller Seelenruhe meiner Arbeit nachgehen konnte? Oder würde er es auf Dauer nicht mit mir aushalten und weggehen? Nein. Mochte sein, dass er mich nicht besonders leiden konnte, aber er hatte bis jetzt ausreichend Chancen gehabt zu verschwinden und war noch immer da. Irgendetwas hielt ihn an diesem Ort. Was das war, wusste ich allerdings nicht. Das Geld und die schöne Aussicht sicher nicht.

Egal wie ich es drehte und wendete, ich musste dringend etwas unternehmen, um die Bar wiederzubeleben.

Mit dem Internetstick in der Hosentasche, dem alten Bastellaptop und einer Festplatte, machte ich mich auf den Weg nach unten. Hinter der Treppe holte ich den metallenen Werkzeugkoffer hervor. Vermutlich wäre es geschickter gewesen, erst das Technikzeug in die Bar zu tragen, denn jetzt balancierte ich zu viel Ballast auf meinen schmerzenden Armen, und es kam, wie es kommen musste. Wenige Schritte vor meinem Ziel, der steinzeitlichen Jukebox, geriet das Notebook gefährlich ins Rutschen und krachte schließlich auf den Linoleumboden. Es knackte laut, und ich war kurz davor, den Rest der Sachen gleich hinterherzuwerfen. Das fing ja gut an!

Frustriert packte ich das übrige Zeug auf einen der Tische neben der Jukebox und griff nach dem Laptop. Natürlich! Das Gehäuse war hinüber. Fluchend stellte ich ihn beiseite und angelte nach einem Schraubenzieher. Ich war zwar weit davon entfernt, mich für einen Technikguru zu halten, aber im Studium hatte ich den ein oder anderen Hardwarekurs besucht. Ich wollte immer wissen, wie die Dinge funktionierten. Von Grund auf. Es konnte also nicht allzu schwer sein, dieses alte Teil umzumodeln. Die Jukebox war nie gewartet worden, soweit ich wusste, und mehr als die Hälfte der Platten hingen. Ich bezweifelte, dass es dafür Rettung gab. Das war ohnehin egal. Ich benötigte lediglich die Verbindung zum Soundsystem. Den Rest würde das Notebook erledigen. Auch mit kaputter Außenhülle. Hoffentlich.

Flink schraubte ich den seitlichen Deckel ab, und ein ganzes Bündel bunter Kabel kam mir entgegen. Uff. Das würde wohl doch nicht so leicht werden.

Ich hatte keine Ahnung, wie lange ich schon an den Eingeweiden der Jukebox herumhantierte, aber wenn ich richtig lag, würde das Werk gleich vollbracht sein. Zu meinem Leidwesen hatte ich den schweren Deckel mit den Schaltknöpfen abnehmen müssen. Bei dem ohrenbetäubenden Lärm, den ich beim Herunterhieven des Bauteils verursacht hatte, war ich echt verwundert, dass Lex nicht sofort in die Bar gestürmt gekommen war. Der Kerl hatte offenbar einen guten Schlaf, im Gegensatz zu mir.

Nun hing ich kopfüber im ausgeweideten Korpus der Musikbox und fummelte die letzten beiden Drähte aneinander. Um mich herum herrschte das reinste Chaos. Die Platten waren allesamt ausgeräumt und in der nächsten Ecke aufgestapelt. Den dunklen Linoleumboden hatte ich beim Wegschieben des Tastendeckels ruiniert, scherte mich aber recht wenig darum. Darunter waren schwarz-weiß karierte Bodenfliesen zum Vorschein gekommen. Ein wahrer Schatz, wie ich fand. Später würde ich den restlichen Linoleumbelag herausreißen und damit den viel schöneren Fliesenboden freilegen.

Erst einmal forderten jedoch diese verdammten Kabel meine volle Aufmerksamkeit. Sie wollte einfach nicht ... Ha! Geschafft! Freudestrahlend und mit Staubfäden im Haar tauchte ich aus der Jukebox auf.

„Was, zum Teufel, machst du da?“, ertönte eine verschlafene und nur begrenzt begeistert klingende Stimme hinter mir.

Ich fuhr herum und sah in Lex' müdes Gesicht. Er rieb sich die Augen und starrte entgeistert zu mir herüber.

Zu gern hätte ich mir eine schlaue Antwort einfallen lassen, sein shirtloser Oberkörper vertrieb allerdings jeden vernünftigen Gedanken aus meinem Kopf. War er etwa nackt? Ob er nun eine Hose trug oder nicht, blieb meiner Fantasie überlassen, denn er machte keine Anstalten, hinter der Theke hervorzukommen. Das war bestimmt auch besser, denn seine durchtrainierte Brust reichte bereits, um meinen Herzschlag in die Höhe zu treiben.

Bemüht lässig zuckte ich mit den Schultern. „Ich bringe mehr Musik in den Laden." Neben dem Plan, die Bar auf Vordermann zu bringen, hatte ich mir fest vorgenommen, in Lex' Gegenwart ab sofort cool zu bleiben. In jeglicher Hinsicht.

„Es sieht eher so aus, als hättest du die Jukebox abgeschlachtet", erwiderte er trocken.

„Warte es ab", meinte ich betont selbstsicher und schickte ein stummes Stoßgebet an *Macintosh*. Bitte, bitte, lass mich jetzt nicht im Stich!

Angespannt beugte ich mich wieder über die klaffende Öffnung der Box und tippte eilig auf der Tastatur des Notebooks herum. Es knackte laut in den Boxen, die überall im Raum in die verspiegelten Wände und in die Deckenplatten eingelassen waren. *Yes!* Innerlich legte ich einen kleinen Freudentanz hin, als Musik aus den Lautsprechern schallte. Ich hatte mich in eine schier unerschöpfliche Songdatenbank gehackt und dieses Notebook, das nun als neues Herz des alten Kastens schlug, mit meinem Arbeitslaptop verbunden. So würde ich die Musik von dort aus steuern können.

Mit einem triumphierenden Lächeln auf den Lippen wandte ich mich wieder zu Lex um, der mich aus dunklen Augen ansah. Oha, was war denn das für ein hungriger Gesichtsausdruck? Cool bleiben, sagte ich gebetsmühlenartig zu mir selbst und klickte eilig ein anderes Lied an. Der *Bartender Song* in der Version von *Your Favourite Martian* erklang. Lex machte einen Schritt auf die Theke zu und stützte seine sehnigen Arme auf der Holzplatte ab. Sein Gesicht schien zu sagen: *Dein Ernst?*

„Nicht? Dann vielleicht das?", meinte ich, verkniff mir das Lachen und wählte einen anderen Song aus, den meine Suchanfrage nach *Bartender* ausgespuckt hatte. Nun strömte eine rauchige Stimme aus den Boxen, die nach wenigen Takten von harten Gitarrenriffs abgelöst wurde. Ich zuckte zusammen und regulierte mit verzogener Miene die Lautstärke. *Bartender* von *(Hed) Planet Earth* war mir nach der unruhigen Nacht zu punkig. Lex' einzige Reaktion darauf war eine hochgezogene Augenbraue. Mann, der war heute wieder unterkühlt.

„Na gut, dann hätte ich noch …", setzte ich an und wählte den nächstbesten Titel aus, in dem „Bartender" vorkam. Swingige Elektrobeats erfüllten die Bar, und als ich mich dieses Mal zu dem halbnackten Barkeeper umdrehte, zeigten die Bemühungen, meine zugegebenermaßen etwas in Chaos ausgeartete Umbauaktion zu rechtfertigen, endlich Wirkung. Lex lachte über die Musik hinweg kaum hörbar, aber mir reichte der Anblick seiner leuchtenden Augen und hochgezogenen Lippen, zwischen denen seine Zähne hervorblitzten, völlig aus. Ich stimmte mit ein und drehte den Lautstärkenregler an der Außenseite der Jukebox weiter runter.

„Also, was sagst du zu meinem Werk?", wollte ich wissen.

Lex grinste immer noch und schüttelte ergeben den Kopf. „Du hast zwar den Bodenbelag zerstört, aber ja, jetzt können wir, wie es aussieht, mehr als die paar verstaubten Platten für unsere Gäste abspielen", gab er zu. *Strike!* „Aber du räumst die Unordnung selbst wieder auf", setzte er nach.

„Ja", erwiderte ich und zog das Wort in die Länge. „Ich wollte dich fragen, ob du mir vielleicht mit dem da helfen könntest?" Mit einem Dackelblick deutete ich auf den Deckel der Musikbox, in den die mittlerweile nutzlos gewordenen Tasten eingelassen waren. Das Teil war zu schwer für mich allein. Runter war es der Schwerkraft sei Dank einigermaßen gegangen, wieder rauf brachte ich es ohne Unterstützung bestimmt nicht mehr.

Er schwieg, schien zu überlegen.

„Es muss ja nicht sofort sein", warf ich etwas geknickt ein. Er könnte sich ruhig ein wenig entgegenkommender zeigen oder wenigstens mehr Begeisterung an den Tag legen. Immerhin hatte ich uns durch den Umbau der Jukebox einen klaren Geschäftsvorteil verschafft.

Lex' Kiefer mahlte.

„Ich komme dann und helfe dir", meinte er schlicht und verschwand wieder nach oben.

Baustelle

Lex

Als ich mit Kaffee abgefüllt und anständig angezogen in die Bar zurückkehrte, hing Lynne glücklicherweise nicht wieder kopfüber in der Jukebox. Der Anblick ihres in die Luft gereckten Hinterteils hatte meinem müden Geist einiges abverlangt. Sofort war ein ganz bestimmter Teil meines Körpers putzmunter und einsatzbereit gewesen. Eine äußerst unangenehme Situation, in die ich in Lynnes Gegenwart ungern erneut geraten wollte.

Um mir ein bisschen Zeit zu verschaffen, in der ich die momentane Lage abschätzen konnte, zündete ich mir eine Zigarette an. Das leise Klicken des Feuerzeugs brachte Lynne, die gerade dabei war, die letzten Schrauben an der seitlichen Öffnung der Musikbox festzuziehen, dazu aufzusehen. Ein zurückhaltendes Lächeln erschien auf ihrem herzförmigen Gesicht, das ich unwillkürlich erwiderte, wenn auch nicht so breit. Die Schmach meines gestrigen Geständnisses saß noch immer tief, obwohl Lynne es mit keinem Wort erwähnt hatte. Ich fragte mich, ob die Aktion mit der Jukebox irgendwie damit in Zusammenhang stand oder nur die verrückte Idee eines technikverliebten Nerds war.

„So, ich bin fertig. Wenn du mir jetzt hilfst, den Deckel wieder aufzusetzen, ist der erste Schritt geschafft", meinte Lynne und wischte sich Staub von der Stirn. Erster Schritt? Was sollte das denn, bitte schön, bedeuten?

„Du meinst damit hoffentlich, dass du die Eingeweide der Jukebox wegräumen wirst?", wollte ich mit wachsender Skepsis wissen.

Lynne blickte ertappt drein und schwieg einen Moment. „Ja und nein", gab sie dann zögerlich zu und bückte sich nach einem Schraubenzieher, der Richtung Theke davongerollt war. Demonstrativ hielt sie ihn hoch. „Ja, ich werde natürlich zusammenräumen. Darüber hinaus wollte ich die ein oder andere kleine Umbau- und Verschönerungsmaßnahme vornehmen", teilte sie mir mit und straffte die Schultern. Diese Geste sollte mir vermutlich zeigen, wie ernst sie es meinte.

„Definiere Verschönerungsmaßnahmen." Ich klang, als hätte ich eine Kröte verschluckt und, ehrlich gesagt, fühlte ich mich auch so. Was, zum Teufel, hatte dieses durchgeknallte Weibsstück vor? Die ganze Bar niederreißen?

„Hauptsächlich mal ordentlich durchputzen. Da der Linoleumbelag jetzt ohnehin hinüber ist, werde ich ihn gleich ganz entfernen. Darunter sind echt schöne Fliesen. Ja, und vielleicht die abgewetzten Hocker neu tapezieren. Ich dachte daran, dass ...“

Ruckartig hob ich die Hand und brachte sie damit zum Verstummen. Ich hatte genug gehört. „Was bezweckst du mit alledem?", stellte ich die einzige Frage, die in diesem Gespräch wirklich von Bedeutung war.

Lynnes ausdrucksstarke Augen brannten mir ein Loch ins Gehirn, während sie eisern schwieg. In ihrem verkniffenen Gesicht konnte ich das Wechselbad der

Gefühle verfolgen. Dennoch hatte ich keinen Schimmer, was sie in ihrem hübschen Schädel ausgeheckt hatte. Sie schien wütend zu sein. Oder doch traurig? War das Mitleid, das da in ihrem Blick aufblitzte? Die einzige Emotion, die ich einwandfrei identifizieren konnte, war Entschlossenheit. Was auch immer sie sich da in den Kopf gesetzt hatte, offenbar würde ich es nicht abwenden können.

„Ich will es so. Können wir es dabei belassen?", fragte sie bissig.

„Nein", erwiderte ich ohne Umschweife. Nicht mit mir.

Lynne warf die Hände in die Luft und stieß ein Knurren aus, das ich in jeder anderen Situation unterhaltsam gefunden hätte, nur in dieser nicht. Sie rüttelte an meinen Grundfesten. Das war kein Spaß.

Jetzt war sie eindeutig wütend, stampfte auf mich zu und funkelte mich wild an. „Es ist meine Bar." Autsch. Das hatte gesessen. „Und ich will, dass sie mehr oder wenigstens überhaupt mal Profit abwirft." Ging es ihr etwa darum? Ums liebe Geld? Mit jedem Wort redete sie sich mehr in Rage. „Wir haben beide nichts davon, wenn wir in ein paar Monaten die Kreditraten wieder nicht bedienen können. Ich kenne nämlich keinen anonymen Gönner, der mir eben mal mit einem Sack voll Geld unter die Arme greift. Außerdem will ich dich für deine Arbeit bezahlen können. Es kann doch nicht angehen, dass du dir den Arsch aufreißt und nicht entlohnt wirst!" Sie stockte und presste die Lippen fest aufeinander, als hätte sie etwas gesagt, dass sie eigentlich für sich hatte behalten wollen.

Ein eigenartiges Gefühl durchzuckte mich. Es erinnerte mich an Marian, obwohl es sich in einem wichtigen Punkt von dem unterschied, was ich in Bezug auf sie empfunden hatte. Von *dieser* Miss Stuart wollte ich nämlich um einiges mehr, als ich es bei ihrer Mutter getan hatte. Aber das, was sie hier veranstaltete, wollte ich definitiv nicht. Weder diese unsägliche Anziehung, die sie auf mich ausübte, noch, dass sie sich um meine Angelegenheiten kümmerte. Und schon gar nicht, dass sie die Bar auf den Kopf stellte.

„Warte! Soll das heißen, du willst die Bar verschönern, damit sie mehr abwirft, um *mich* bezahlen zu können?", presste ich hervor. Ich glaubte es einfach nicht. War das ihr Ernst? Warum ...?

Ihre nächsten Worte unterbrachen jäh meine Gedanken. „Ja, verdammt! Finde dich gefälligst damit ab. Ich will die Bar eigentlich nicht. Ich brauchte bloß ein Dach über dem Kopf, um in Ruhe arbeiten zu können. Das kann ich aber nicht, wenn nicht alles geregelt läuft. Ich wäre dir dankbar, wenn du weiterhin hier arbeiten würdest – kann, will und werde es allerdings nicht ohne Bezahlung von dir verlangen. Egal welche Art von *Vereinbarung* du mit meiner Mutter hattest, ich möchte es auf meine Art machen. Also hilfst du mir jetzt oder nicht?" Lynne atmete schwer und sah mich derartig durchdringend aus ihren grün schimmernden Augen an, dass mein Körper sofort heiß zu prickeln begann. Diese aufgedrehte, eigensinnige und unerwartet feurige Frau brachte mich zur Verzweiflung.

„Was, denkst du, das zwischen deiner Mutter und mir war?", sprach ich das Erste aus, das mir nach ihrer kleinen Rede in den Sinn kam.

Verlegen knabberte Lynne auf ihrer Unterlippe herum und zuckte mit den Schultern. „Sag du es mir", verlangte sie unter offensichtlicher Anspannung.

Ich musste ihr jetzt irgendetwas Plausibles liefern, sonst würde sich ihr absurder Verdacht, ich hätte etwas mit Marian am Laufen gehabt, nur erhärten. Aber wie sollte ich das anstellen, ohne gewisse Geschehnisse aus meiner Vergangenheit anzusprechen, die ich um keinen Preis mit ihr teilen wollte?

„Die Beziehung zu deiner Mutter war immer rein freundschaftlich. Wir hatten nie Sex", stellte ich klar.

Lynnes Schultern sackten merklich nach unten, und sie stieß erleichtert Luft aus, sah mich dann aber wieder abwartend an. Offenbar wollte sie mehr hören. Verdammt noch mal!

„Sie hat mir in einer recht ausweglosen Situation eine Chance gegeben und ein Zuhause. Mehr habe ich nicht ..." *Verdient.* Ich zögerte und schluckte das Wort herunter, mit dem ich diesen Satz eigentlich hatte beenden wollen. Es hätte bloß weitere Fragen aufgeworfen. „... gewollt", sagte ich stattdessen. Sie wirkte nicht überzeugt. Damit sie ja nicht auf die Idee kam, weiter nachzubohren, fügte ich schnell hinzu: „Mach mit der Bar, was du willst. Du hast recht, sie gehört dir. Ich helfe dir, die Jukebox wieder zusammenzusetzen. Darüber hinaus halte ich mich aber raus. Ich finde nicht, dass Änderungen nötig sind. Also: deine Bar, deine *Verschönerungsmaßnahmen*, deine Arbeit."

Zum Teufel mit diesem arroganten Mistkerl! Die Erleichterung, nachdem er klargestellt hatte, dass er nicht der *Toy Boy* meiner Mutter gewesen war, konnte mich kaum über die zum Himmel schreiende Ignoranz hinwegtrösten, die er an den Tag legte. Wie konnte man derart stur und verbissen an seinem eigenen Nachteil festhalten? Verspürte er nicht auch die Sorge, dass alles den Bach runterging? Die Bar war ihm nicht egal, das konnte sogar ein Blinder erkennen, und doch war er nicht bereit, etwas zu ändern, um damit hoffentlich eine entspanntere finanzielle Lage herbeizuführen.

„Schön", knurrte ich und überging seinen stechenden Blick.

Lex setzte sich augenblicklich in Bewegung, peilte die Jukebox an, schnappte sich die Schaltplatte mit einer Leichtigkeit, als wöge sie nicht zwei Zentner, und setzte sie punktgenau an die Stelle zurück, wo sie hingehörte. Mir klappte der Mund auf. Ich hatte mir beinah den Hals gebrochen beim Herunterheben des Teils und Mr. Mach-doch-was-du-willst kostete es keinen Tropfen Schweiß. Die Welt war ungerecht!

Selbstzufrieden rieb er sich in bestem Alles-erledigt-Stil die Hände, bevor er mir voll triefendem Sarkasmus viel Erfolg wünschte und verschwand.

Na, das ist ja absolut blendend gelaufen. Ganz toll gemacht, Lynne, rügte ich mich selbst. Offenkundig hatte meine mickrige Sozialkompetenz nicht ausgereicht, um diese Misere positiv und Männerego schonend abzuhandeln. Lex war beleidigt. Na gut, sollte er eben schmollen!

Von grimmigem Eifer getrieben, griff ich nach einem Schraubenzieher und den rostigen Schrauben der Jukebox und machte mich daran, sie fertig zusammenzubauen. Danach sammelte ich das restliche Werkzeug und die alten Vinylplatten ein und verstaute alles im Büro.

Zurück in der Bar betrachtete ich skeptisch den beschädigten Linoleumbelag. Wenn ich ihn entfernen wollte, blieb mir nichts anderes übrig, als die ganzen Tische, Stühle und Barhocker aus dem Weg zu schaffen. Seufzend ging ich zur Eingangstür und schloss auf. Die warme Frühsommerluft empfing mich, und ich hatte das Gefühl, endlich wieder durchatmen zu können. Mochte sein, dass Lex nichts von meinem Vorhaben hielt. Womöglich war es zum Scheitern verurteilt. Aber das brachte mich nicht davon ab. Ich würde das durchziehen, egal ob er mich nun unterstützte oder nicht.

Mit neuem Elan räumte ich einen Stuhl nach dem anderen vors Haus. Bei den Tischen hatte ich größere Probleme. Und diese verdammten Barhocker waren dermaßen schwer, dass mir nach dem letzten die Arme schmerzend durchhingen. Der Schweiß rann mir in dünnen Rinnsalen den Rücken hinab, und am liebsten hätte ich mich auf der Stelle auf den Bürgersteig gelegt. Dabei fing die schweißtreibende Arbeit erst an. Der Boden musste raus. Also schleppte ich meinen müden Körper zum Tresen, genehmigte mir eine Coke und krempelte die imaginären Ärmel hoch.

An manchen Stellen ließ sich das brüchige Linoleum überraschend leicht ablösen. Dort aber, wo die Tische gestanden hatten, war er durch den jahrelangen Druck regelrecht festgefressen. Jedes Ziehen und Zerren war aussichtslos. Schließlich kratzte ich die klebrigen Reste auf allen vieren mit dem Spachtel ab.

Als es draußen langsam dämmerte, war ich endlich fertig. Fix und fertig, um genau zu sein. Mein ganzer Körper schmerzte. Die rechte Hand war vom Umklammern des Spachtels völlig verkrampft, daher ließen sich meine Finger nur mehr unter Protest bewegen.

Den ganzen Tag über hatte ich nichts gegessen, abgesehen von ein paar Erdnüssen aus der Bar, weshalb mir jetzt gehörig der Magen durchhing.

Im Vertrauen, dass niemand altes, abgelebtes Barmobiliar stehlen würde, ließ ich es draußen stehen, schloss ab und schlurfte mit brennenden Muskeln die Treppe nach oben. Lex hatte sich tatsächlich kein einziges Mal blicken lassen, das wurde mir bewusst, als ich nun an seiner geschlossenen Wohnungstür vorbeiging. Ich verzog das Gesicht und lenkte meine Schritte zu meinen eigenen vier Wänden.

Warum störte es mich, dass er schmollte? Es sollte mir egal sein, war es aber ganz und gar nicht. Mit schmerzender Hand betätigte ich den Lichtschalter und staunte nicht schlecht. Auf dem Couchtisch stand ein Teller mit Sandwiches. Meine Augen wurden groß, und der Sabber tropfte mir beinah aus dem Mund. Begeistert gab mein leerer Magen ein lautes Grollen von sich, und ich stürzte mich wie ein Raubtier auf das Essen. Dabei fühlte ich ein Ziehen im Bauch, das weder von meinen überbeanspruchten Muskeln noch vom Hunger kam. Lex hatte mir etwas zu essen gemacht. Ich war ihm nicht egal. Er sorgte sich um mich. Tat das, was meine Mutter nie getan hatte. Ein ungewohnt warmes Gefühl machte sich in mir breit.

Sie brachte alles durcheinander. Meinen Alltag, der nach Marians Tod ohnehin aus den Fugen geraten war. Meine Hormone, die jedes Mal zu summen begannen wie ein verdammtes Hornissennest, sobald ich in ihre Nähe kam. Mein vermaledeites Gefühlsleben, das ich versuchte, so gut es eben ging, zu ignorieren. Und jetzt noch die Bar. Ich wollte das alles nicht.

Natürlich war mir bewusst, dass es ohne Gehalt immer recht knapp sein würde, aber es reichte. Da war ich mir sicher. Lynne dramatisierte alles und machte mich damit auf so vielfältige Weise verrückt, dass ich Sorge hatte, bald Amok zu laufen. Das Schlimmste daran war, sie machte es scheinbar nicht allein dafür, um die Bar erhalten zu können. Dass sie sich nicht für das Geschäft interessierte, hatte sie deutlich gemacht. Sie tat es auch für mich. Diese dämlichen Verschönerungsmaßnahmen zumindest, durch die sie sich einen besseren Umsatz erhoffte.

Mochte sein, dass sie ihrer Mutter optisch sehr ähnelte, Lynnes Wesen und ihr Gerechtigkeitssinn hingegen schienen sich deutlich von denen Marians zu unterscheiden. Die hatte sich nie sonderlich darum geschert, ob ich anständig für meine Arbeit entlohnt wurde. Aber nicht aus Boshaftigkeit oder Desinteresse. Marian war einfach total und von Grund auf unorganisiert gewesen. Es war ihr vermutlich nicht einmal groß aufgefallen. Ich wiederum war ihr zu dankbar dafür gewesen, mich nach dem Knast aufgenommen zu haben, endlich neu anfangen zu können, dass ich kein Problem mit der Situation gehabt hatte. Lynne dagegen warf Probleme auf, wohin sie ging.

Sie hatte den ganzen Tag unermüdlich dort unten gewerkelt. Von meinem Fenster aus hatte ich beobachtet, wie diese halbe Portion die schweren Barmöbel vors Haus geschleppt hatte. Nicht nur einmal war ich drauf und dran gewesen, meine Bedenken und meinen Stolz beiseitezuschieben und mit anzupacken. In dem Fall aber hätte ich ihr und mir eingestehen müssen, dass sie recht hatte, und das brachte ich nicht über mich. Also hatte ich versucht, mich ebenfalls zu beschäftigen und den Lärm von unten sowie mein stetig größer werdendes schlechtes Gewissen auszublenden. Ich hatte Wäsche gewaschen, das Badezimmer geputzt und war einkaufen gegangen.

Die Beschäftigungstherapie hatte so lange gewirkt, bis mir aufgefallen war, dass ich den ganzen Tag über nichts gegessen hatte. Dabei waren meine Gedanken wieder zu der selbsternannten Hobbyhandwerkerin gewandert, und ich hatte mich gefragt, ob sie etwas gegessen hatte. Dann hatte ich beschlossen, wenn es mein Ego schon nicht zuließ, Lynne zu helfen, dass ich ihr wenigstens etwas zu essen machen konnte, und hatte ihr einen Teller mit Sandwiches in die Wohnung gestellt. Früher hatte ich das oft für ihre Mutter getan. Ein eigentümliches Déjà-vu hatte mich heimgesucht und die halbe Nacht wachgehalten.

Am nächsten Morgen erwachte ich durch lautes Gefluche. Mir war, als würde Lynne direkt neben mir stehen. Verschlafen und verwirrt sah ich mich im Schlafzimmer um.

„Verdammte Scheiße, warum geht das denn da nicht rein?", erklang ihre Stimme ganz in der Nähe.

Unwillkürlich musste ich grinsen und schlug die Decke zurück. Mann, konnte die aufdrehen. Als ich aufstand, gelang es mir endlich zu orten, woher die aufgebrachte Stimme und das frustrierte Brummen kamen. Ich hechtete zum gekippten Fenster und riss es auf. Da stand sie, direkt unter meinem Schlafzimmer und hantierte mit der verdreckten Abdeckung der Leuchtreklame herum. Das U im Schriftzug *Stu's Bar*, der über der Eingangstür angebracht war, leuchtete seit knapp zwei Jahren nicht mehr. Marian hatte das nie gestört, und auch ich hatte, was ich zu meiner Schande gestehen musste, nie daran gedacht, die Glühbirne auszutauschen. Lynne aber hatte zwei der wackeligen Tische und einen Stuhl aufeinandergestapelt und balancierte nun, weiterhin lauthals fluchend, darauf, bemüht, die Abdeckung wieder anzubringen. Beim Anblick ihrer schwankenden Gestalt wurde mir sofort anders. Blitzartig war ich hellwach.

„Was, zum Geier, machst du da?", stieß ich ungläubig hervor und sah auf sie hinunter.

Ein großer Fehler, wie ich feststellen musste. Lynne erschrak und wäre beinah von dem Möbelturm gefallen, der bedrohlich zu schwanken begann. Jetzt fluchte ich ebenfalls und stürmte los, während sich Bilder von einer abgestürzten, verletzten Lynne wie Säure durch meinen Kopf fraßen. Eilig drückte ich die Wohnungstür auf. Kümmerte mich nicht darum, dass sie hart gegen die Wand schlug, und nahm immer zwei Stufen auf einmal auf meinem Weg die Treppe hinunter. In der Bar erwartete mich ein penetranter Duft nach Zitronen und ein linoleumfreier, schwarz-weiß karierter Fliesenboden, den Lynne offenbar frisch gewischt hatte. Ich kam ins Schlittern, fing mich aber wieder, bevor ich der Länge nach aufschlagen konnte, und nutzte den Schwung, um mich mit voller Kraft gegen die schwere Eingangstür zu stemmen. Sie schwang auf, und mein Blick heftete sich sofort auf Lynnes aufgerissene Augen. Unter einem Arm hielt sie nach wie vor die U-Abdeckung geklemmt. Mit der freien Hand klammerte sie sich an die Halterung der Leuchtreklame. Ein Bein des oberen Tisches war von dem darunter stehenden gerutscht, daher wurde der Sessel, der die Spitze des Turms bildete, nur mehr durch Lynnes zitternde Beine auf dem schiefen Stapel gehalten. Sie ächzte und wimmerte leise unter der Anstrengung, sich mit einer Hand vor dem Abstürzen zu bewahren. Ich positionierte mich hinter ihr und breitete die Arme aus.

„Hey, ich bin ja da. Alles wird gut. Lass dich einfach nach hinten fallen", sagte ich so ruhig ich konnte. Dabei tobte ein Tornado in meinem Inneren. Mein Herz pochte so fest gegen meinen angespannten Brustkorb, dass es wehtat. Wenn sie sich tatsächlich verletzen würde, könnte ich mir das niemals verzeihen.

„Bist du irre?", presste sie zwischen zusammengebissenen Zähnen hervor und wimmerte erneut, weil der Stuhl weiter unter ihren Füßen wegglitt.

„Vertrau mir", flehte ich, und dann ging alles ganz schnell. Der Stuhl rutschte vollends unter ihr weg und krachte mitsamt dem Tisch seitlich auf den Gehweg. Lynne kreischte, verlor den Halt und kippte nach hinten. Sie landete ächzend in meinen offenen Armen. Instinktiv drückte ich ihren zitternden Körper fest an meine Brust und vergrub das Gesicht in ihrem wirren Haar. Sie roch gut, obwohl sich unter die Süße eine leicht chemische Zitronennote mischte. Ich hatte keine Ahnung, wie lange wir so dastanden. Lynne ihre Hände fest um die blöde Abdeckung gekrallt, die sich mit jedem ihrer schweren Atemzüge hob und senkte, ich meine Arme stützend unter ihrem Rücken und ihren Kniekehlen. Langsam ebbten Panik und Adrenalin ab und machten Platz für ein anderes berauschendes Gefühl. Ich genoss jeden einzelnen Sekundenbruchteil, in dem ich ihr nah sein konnte, auf eine bittersüße Art und Weise.

Irgendwann hob sie zögerlich den Kopf und sah mir direkt in die Augen. Ihre Iriden funkelten wie flüssige Smaragde und brachten mein Blut erneut in Wallung. Lynnes zartes Gesicht war blass, nur ihre Wangen überzog eine leichte Röte. Ihre einen Spalt breit geöffneten Lippen zogen mich magisch an. Ich starrte hypnotisiert darauf, während sich mein Kopf zu ihrem senkte. Sie schnappte hörbar nach Luft, als sich mein Atem mit ihrem vermischte. Unsere Lippen waren kurz davor sich zu berühren. Der Drang, sie zu küssen, sie ganz und gar mit meinem Mund in Besitz zu nehmen, war übermächtig und verbannte jeden vernünftigen Gedanken.

„Sucht euch ein Zimmer", rief jemand hinter mir und ließ uns erschrocken auseinanderfahren. Lynne hüpfte in hohem Bogen aus meinen Armen und sah sich ertappt nach der Quelle unserer unliebsamen Unterbrechung um. Ein junger Typ, vielleicht ein Student des örtlichen College, ging kopfschüttelnd und mit einem anzüglichen Grinsen in seinem pickeligen Gesicht an uns vorbei.

Schlagartig wurde mir wieder bewusst, dass ich lediglich ausgewaschene Shorts trug.

„Komm, lass uns reingehen", sagte ich mit rauer Stimme, fasste Lynne am Ellenbogen und bugsierte sie an den umgefallenen Möbeln vorbei in die Bar. Sie ließ es anstandslos geschehen, legte die Abdeckung der Leuchtreklame auf den Tresen und blieb mit dem Rücken zu mir stehen. Noch immer erfüllte der penetrante Putzmittelgestank die Luft, zerrte an meinen überreizten Sinnen.

„Danke", meinte Lynne leise und wandte sich halb zu mir um. Die weichen Züge ihres Profils hoben sich gegen das hereinscheinende Licht ab.

„Wofür?" Dafür, dass du dir meinetwegen fast den Hals gebrochen hättest?, fügte ich in Gedanken grimmig dazu.

Lynne sah mich jetzt mit festem Blick an. „Für die Sandwiches und fürs Auffangen." Ihre Worte brachten etwas in meiner Brust zum Rumoren.

„Ich werde dir ab jetzt helfen", hörte ich mich selbst erwidern, woraufhin sich Lynnes Augen überrascht weiteten.

„Offensichtlich kann man dich mit deinen *Verschönerungsmaßnahmen*", ich betonte das Wort bewusst abfällig, „nicht allein lassen." Sie kräuselte die Lippen, und ich erwartete eine schnippische Antwort, doch sie überraschte mich mit einem hellen Lachen.

„Sieht ganz so aus", stimmte sie mir schmunzelnd zu und fuhr sich mit der Hand über die Stirn. Ihre schmutzigen Finger hinterließen einen grauen Streifen direkt über ihrer linken Augenbraue. Ich erwiderte ihr

Lächeln, während ich mich bemühte, das angenehme
Ziehen hinter meinen Rippen auszublenden.

Ich sah die Schlagzeile schon vor mir: *Eingebildeter Barkeeper von talentierter Informatikerin ermordet.* So zumindest könnte Lex' Zukunft aussehen, wenn er mich weiterhin dermaßen in den Wahnsinn trieb. Zuerst zeigte er mir schmollend die kalte Schulter – von den Sandwiches einmal abgesehen –, obwohl ich ihm eigentlich bloß helfen wollte, dann fing er mich *Superman*-gleich auf und brachte damit mein Blut zum Kochen. Es ging mir so was von gegen den Strich, was er mit mir anstellte, und ich war fest entschlossen, ihn dafür büßen zu lassen.

„Den auch noch", kündigte ich fröhlich an und warf den letzten der vier rauchgrauen Vorhänge aus dem Wohnraum meines Apartments in Lex' Arme. Er wurde von dem schweren Stoff begraben und nieste herzhaft, wobei der Zipfel, der auf seinem Gesicht gelandet war, wieder hinunterrutschte. Sein dunkles Haar war zerzaust und elektrisch aufgeladen. Es stand ihm in alle Richtungen ab, als hätte er mit einem Luftballon darüber gerubbelt. Ich konnte mir das schadenfrohe Lachen nur mit äußerster Mühe verkneifen.

„Wofür brauchen wir das, bitte schön, alles?", grummelte er und blies sich genervt eine Haarsträhne aus den Augen.

„Die werden zu Tischdecken umfunktioniert. Die Tische sind dermaßen zerkratzt, dass sie eigentlich auf den Sperrmüll gehören. Da uns aber das nötige

Kleingeld für derlei kostenintensive Investitionen fehlt, müssen wir ein wenig tricksen."

„Ich hätte dich gar nicht für jemanden gehalten, der sich mit Innenarchitektur-Hacks auskennt", zog er mich auf und folgte meiner wedelnden Hand in Mums altes Schlafzimmer.

Die unbeschwert neckische Stimmung zwischen uns verpuffte schlagartig. Hier drin war sie gestorben. Hier hatte Lex seinen Erzählungen zufolge verzweifelt versucht, meine Mutter wiederzubeleben. Ich mied den Raum normalerweise, vor allem deshalb, weil ich dort zuletzt einen mittelschweren Nervenzusammenbruch erlitten hatte, aber jetzt brauchte ich etwas Bestimmtes aus Mums Kleiderschrank.

Mit verkniffener Miene beförderte ich einen Stapel bunt zusammengewürfelter Lederröcke in allen Längen und Stilrichtungen zutage. Meine Mutter war vielleicht kein Modefreak gewesen, Lederröcke hatte sie allerdings geliebt, seit ich denken konnte. Sie waren ihr Markenzeichen gewesen, wie meines die Computersprüche-Shirts waren.

„Gut, ich denke, das ist erst mal genug", verkündete ich zufrieden und packte den Klamottenstapel oben auf die Vorhänge in Lex' Armen.

„Denkst du, ja?", nuschelte er ironisch an den Teilen vorbei, die sein halbes Gesicht verdeckten. Ich tat, als würde ich ernsthaft darüber nachdenken, und begegnete seinem erschrockenen Blick. Jetzt konnte ich mein Lachen unmöglich zurückhalten, nahm ihm dafür gnädigerweise ein paar der Stoffstücke ab.

Mit unserer Beute betraten wir die Bar. Der Fliesenboden war immer noch ein ungewohnter, wenn auch sehenswerter Anblick. Zum Glück war der widerlich chemische Putzmittelgeruch mittlerweile verflogen.

Wir hatten die Möbel wieder nach drinnen getragen, wobei es meine von schlimmem Muskelkater geplagten Arme Lex dankten, dass er sich um die schweren Tische und Barhocker gekümmert hatte. Bei der Erinnerung an den Anblick seiner angespannten Oberarmmuskeln lief mir gleich wieder das Wasser im Mund zusammen.

„Hallo, Erde an Lynne. Was machen wir jetzt mit dem ganzen Zeug?" Lex schnippte mit den Fingern vor meinem Gesicht herum und riss mich damit aus meinen Tagträumen.

„Äh … ja", gab ich intelligenzsprühend von mir und holte einige weitere Utensilien aus dem Büro.

Die Vorhänge breitete ich über der Theke aus, maß einen der quadratischen Tische ab und übertrug den Wert auf den Stoff. Voller Enthusiasmus schnitt ich einen Vorhang nach dem anderen zurecht, während mich Lex skeptisch musterte.

„Das franst doch alles aus", meckerte er und zupfte einen Faden von der sich aufdröselnden Schnittkante des letzten Vorhangs.

„Gut erkannt, Mister Neunmalklug", konterte ich seelenruhig und warf ihm eine in dünne Plastikfolie eingeschweißte Rolle zu. Er fing sie auf und starrte sie fragend an. „Das ist ein Saumstreifen zum Aufbügeln", erklärte ich und griff nach der zweiten Rolle, die ich zusammen mit den Putzmitteln und den Glühbirnen im Haushaltswarenladen um die Ecke gekauft hatte.

„Wir haben aber kein Bügeleisen", gab Lex zu bedenken.

„Aber einen Plattentoaster“, ließ ich ihn wissen. Sein Blick war unbezahlbar.

„Einen Plattentoaster?“, wiederholte er ungläubig.

Ich nickte. „Auf diese Weise habe ich ab der zehnten Klasse die Röcke und Ärmel meiner Schuluniform gekürzt“, sagte ich ernst.

Lex gab ein ungläubiges Glucksen von sich. Er dachte bestimmt, ich wollte ihn auf den Arm nehmen. Nachdem ich die Säume des ersten Vorhangs alias Tischtuchs mithilfe des schmalen weißen Bügelstreifens und unseres Plattentoasters fixiert hatte, stand Lex der Mund offen. Ich hatte ihn ganz offensichtlich überrascht. Er wiederum überraschte mich damit, es selbst unbedingt ausprobieren zu wollen, und so waren wir bald mit dem neuen Outfit für alle Tische fertig. Nachdem wir auch die Barhocker von den brüchig gewordenen Kunstlederüberzügen befreit und mit Teilen von Mums Röcken neu tapeziert hatten, betrachtete ich zufrieden unser Werk. Es sah gut aus. Das Grau der Tischdecken harmonierte wunderbar mit den Fliesen und dem dunklen Holz der Einrichtung, aber irgendetwas fehlte. Ein Hingucker.

„Komm mit, Lex“, sagte ich, nahm ihn an der Hand und zog ihn hinter mir her, bis wir vor dem Altglascontainer hinterm Haus Halt machten.

„Was wollen wir hier?“, fragte er und sah mich wieder an, als hätte ich den Verstand verloren. Konnte er sich denn nicht auf meine kreative Genialität einlassen, ohne dauernd Widerworte zu geben?

„Weniger Fragen stellen, mehr mit anpacken!“ Ich drückte Lex einen leeren Bananenkarton in die Hände. Dann schob ich den Deckel des Containers auf und lugte hinein. Darin kugelten jede Menge leere Spirituosenflaschen in unterschiedlichen Farben und Größen herum. Genau das, wonach ich suchte. Auf Zehenspitzen angelte ich mit weit ausgestrecktem Arm nach einer viereckigen *Jack-Daniels*-Flasche, scheiterte jedoch kläglich. Ich war einfach zu kurz geraten. Wohl oder übel musste ich zu den Objekten meiner Begierde in den Container steigen. Seufzend wollte ich mich gerade umdrehen, da packte mich ein Paar starker Arme und hob mich hoch. Überrumpelt quietschte ich wenig ladyhaft und wäre vor Schreck beinah kopfüber in die Flaschenflut gekippt, hätte mich Lex nicht festgehalten. Seine Arme hatte er um meine Oberschenkel geschlungen, seine Wange presste sich gegen meinen Po. Ach, du lieber Himmel!

„Ich … ich …", stotterte ich blöde vor mich hin und wollte nichts lieber, als mich aus seiner Umklammerung zu winden. Sein fester Griff und diese unerwartete Nähe jagten heiße Wellen durch meine Adern.

„Mach schon", befahl Lex mit angestrengter Stimme.

Ich gehorchte und suchte mir acht unterschiedliche Flaschen aus dem Sammelsurium heraus. Jeweils zwei klemmte ich mir links und rechts unter die Achseln, während ich weitere vier in den Händen hielt. „Fertig", ließ ich ihn wissen.

Lex lockerte vorsichtig seinen Griff um meine Beine, sodass ich langsam und immer noch eng an ihn gepresst Richtung Boden glitt. Die berauschende Reibung unserer Körper ließ mich ein wenig schwindeln. Ich musste einen Moment innehalten, um mich zu sammeln. Verdammt, er zog mich an wie das Licht eine kleine sexhungrige Motte. Dabei war ich eigentlich gar nicht auf einen Mann aus. Ich gehörte nicht zu den Frauen, die jede Gelegenheit zum Flirten nutzten. Ja, ich wusste nicht einmal, wie das ging! Trotzdem wurden meine Knie bei diesem ganz speziellen Exemplar weich. Es war zum Heulen.

Lex schien das wenig auszumachen. Nachdem er mich abgesetzt hatte, schnappte er sich sofort die Bananenkiste und hielt sie sich vor den Bauch, bereit, mir die Flaschen abzunehmen.

„Was jetzt, MacGyver?", wollte er wissen, mied aber meinen Blick. Seine betonte Lässigkeit, die meinem laut pochenden Herzen entgegenstand, ärgerte mich.

„Fliesenschneider", antwortete ich bemüht gleichgültig, stellte die Flaschen in Lex' Kiste und ging ihm voran wieder hinein.

Während Lex seinen Dienst in der Bar schob, verzweifelte ich an meiner eigenen selbstgefälligen Großkotzigkeit. Ich, die Bastelfee! Bah! Da hatte ich mir schön was eingebrockt. Irgendwann vor Urzeiten war ich auf *Facebook* über ein DIY-Dekodingens-Video gestolpert. Eigentlich hatte ich mir den Clip nur deshalb reingezogen, weil die Tante mit den mintfarbenen Fingernägeln unter anderem alte PC-Teile zu Dekoration umfunktioniert hatte. Aus purer Langeweile hatte ich ihr weiter dabei zugesehen, wie sie leere Weinflaschen mit einem Fliesenschneider am unteren Ende geöffnet und mit Kerzen befüllt hatte. Bei ihr hatte das vollkommen leicht ausgesehen, wie sie die Flaschen eingehängt und einfach ein paarmal im Kreis gedreht hatte. Schwupp war das Glas durchgeschnitten gewesen, und sie drapierte einen kitschigen Blumenstrauß darin. Ich allerdings brach mir beinah die Finger bei dem Versuch. Meine Flasche war zwar zerkratzt, dennoch weit davon entfernt, durchgeschnitten zu sein. Ich war drauf und dran, die Dinger samt des Fliesenschneiders aus dem Fenster zu werfen.

„Hey." Ich schreckte hoch und sah in Lex' müdes Gesicht. War es schon so spät? „Noch immer am Werkeln?", fragte er.

Brummend verzog ich das Gesicht. „Es klappt nicht", gestand ich zerknirscht. Sollte er doch denken, was er wollte, mich auslachen oder mir sagen, dass er es gleich gewusst hatte. Lex aber lachte nicht oder kam mit einem besserwisserischen Spruch um die Ecke.

„Lass mal sehen", meinte er stattdessen und zog den sperrigen Fliesenschneider zu sich herüber. „Also, wie soll das funktionieren?", wollte er ungewöhnlich sanft wissen und strich mit dem Finger über das kleine graue Rädchen, das dafür da war, einen Ritz in die Fliesen zu schneiden.

„Man macht mit dem Folterinstrument da eine Rille in das Glas, die einmal rundherum geht. Danach stellt man die Flasche in heißes Wasser und anschließend in eiskaltes. Eigentlich sollte sie dann an der angeritzten Stelle aufbrechen", erklärte ich.

„Klingt simpel", erwiderte Lex und griff sich eine Flasche.

„Ist es aber nicht. Ich schaffe es nicht, eine saubere Linie ins Glas zu schneiden." Demonstrativ hielt ich ihm die Flasche vor die Nase, in die ich kunstvolle, aber völlig unbrauchbar krakelige Rillen gezogen hatte.

Er nickte und setzte seine eigene in den Fliesenschneider. Langsam und mit Bedacht drehte er sie einmal komplett um sich selbst. Fasziniert und zugegebenermaßen neiderfüllt sah ich ihm dabei zu, wie er am Ende wieder exakt den Ausgangspunkt traf und einen perfekten Ring in den Flaschenkörper gravierte. Er drehte die Flasche zwei weitere Runden im Kreis, bis die Rille eine ansehnliche Tiefe aufwies.

„Das kann doch nicht wahr sein!", schimpfte ich. „Warum kriegst du das hin und ich nicht?"

Lex grinste schief. „Mir scheint, Miss Stuart, es fehlt Ihnen am nötigen Feingefühl für diese Aufgabe."

„Ich geb dir gleich Feingefühl, du elender Angeber", rief ich und holte mit der verhunzten Flasche aus, ohne ihn tatsächlich schlagen zu wollen.

Lex lachte dunkel und drückte mir seine Flasche in die Hand. „Die Ehre gebührt dir." Er beobachtete mich, wie ich die Flasche in die vorbereitete Schale mit dem aufgekochten Wasser steckte.

Während wir einige Minuten warteten, linste ich immer wieder verstohlen zu ihm rüber wie ein dämliches kleines Schulmädchen. Es war wirklich übel, was er mit mir anstellte.

Als ich die Flasche schließlich aus ihrem warmen Bad hob, bat ich um Trommelwirbel. Lex schlug in bester Drummermanier mit seinen ausgestreckten Zeigefingern gegen den Tischrand, während ich die ziemlich heiß gewordene Flasche gespannt ins Eiswasser tunkte. Die Eiswürfel klackerten gegen das Glas, und dann war ein knackendes Geräusch zu hören. Erwartungsvoll hob ich die Flasche an, und tatsächlich blieb der Boden im Wasserbad zurück.

„Wir haben es geschafft", jubelte ich und sprang auf. Ohne nachzudenken, warf ich mich Lex an den Hals und drückte ihn. Der Geruch nach Zigaretten und Mann stieg mir in die Nase.

Er erwiderte meine Umarmung kurz, spannte sich aber deutlich an. Sofort ließ ich von ihm ab und wich zurück. Wie peinlich war das denn? Was hatte mich geritten, mich ihm so aufzudrängen? Es war zwar nicht das erste Mal gewesen, dass ich in seinen Armen gelegen hatte, trotzdem war das etwas anderes. Ich hatte aktiv, wenn auch etwas kopflos, nach seiner Nähe gesucht. Keine emotionale Ausnahmesituation oder ein Unfall hatten mich dazu verleitet.

„Sorry, das war wohl etwas zu viel. Wir ... wir sollten nicht ...", stammelte ich hilflos vor mich hin und hätte am liebsten den Kopf gegen die Tischplatte geschlagen. Oder wahlweise ins Eiswasser gesteckt.

„Ja, wir sollten uns nicht näherkommen. Es würde unsere Situation nur zusätzlich verkomplizieren", sagte er bestimmt.

Ich nickte. Er hatte recht. Es war keine gute Idee, etwas mit ihm anzufangen. Trotzdem versetzten mir seine Worte einen Stich. „Okay. Ich glaube, wir sollten für heute Schluss machen. Es ist schon spät, und wir müssen ..."

„Lynne", sagte Lex meinen Namen.

Aber ich war derart verlegen, dass ich weiter vor mich hin plapperte. „Wir sollten jetzt schlafen gehen. Ich meine ..."

„Lynne", wiederholte Lex lauter.

„Was?", fuhr ich ihn an. Seine karamellfarbenen Augen schienen sich in flüssiges Gold verwandelt zu haben. Sie blickten mich dermaßen durchdringend an, dass mir ein Schauer über den Rücken lief. Ich wusste nicht, wann genau das passiert war, aber wir hatten uns beide erhoben und standen uns nun gegenüber. Lex war mir so nah, dass ich den Kopf ein wenig nach hinten neigen musste, um seinen Blick zu halten.

„Nur weil wir uns nicht näherkommen *sollten*, heißt das noch lange nicht, dass ich es nicht *will*", erklärte er. Seine Stimme war samtig und rau gleichzeitig. Wie ein Versprechen. Nein, eine Herausforderung.

Unfähig, etwas zu erwidern, biss ich mir auf die Unterlippe, was Lex ein tiefes Grollen entlockte. Wir fixierten uns, ähnlich wilden Tieren kurz vor dem Sprung.

„Ich war nie gut darin, das Richtige zu tun", hauchte ich und trat einen Schritt näher. All meine Sicherungen schienen durchgebrannt zu sein. Ich wusste, dass es Ärger bedeuten würde, dem Verlangen, und war es noch so markerschütternd, nachzugeben. Doch jede Faser meines Körpers schrie nach diesem Kerl. Ich hatte etwas in der Art nie zuvor empfunden. Diese Anziehung. Diese Begierde.

Lex hob langsam seine große Hand und umfasste meine Wange. Zärtlich und verführerisch zugleich strich er mir mit dem Daumen über die Lippen. Ich bebte, wollte ihn gerade an mich ziehen, aber er war schneller. Sein Mund traf hart auf meinen, während er mich stürmisch an den Hüften packte. Wir stießen gegen den Tisch, sodass die Flaschen laut klirrten. Lex' Zunge teilte meine Lippen und tauchte forschend in meinen Mund ein. Meine Hände fuhren über die breiten Brustmuskeln nach oben und weiter über seinen Hals, krallten sich in sein seidiges Haar und zogen seinen Kopf tiefer zu mir. Er erwiderte meine Geste, indem er seinen Körper dichter an meinen presste und mich seine Lust spüren ließ. Ein leises Wimmern drang aus meiner Kehle, wurde aber sofort von Lex' Mund erstickt. Es fühlte sich unsagbar gut an, und ich war kurz davor, ihm sämtliche Kleider vom Leib zu reißen. Dazu sollte es jedoch nicht kommen. Lex löste sich mit einiger Anstrengung von mir. Keine Ahnung, woher er die Willenskraft dazu aufbrachte, denn ich hatte keinen Zweifel daran, dass er das hier genauso sehr wollte wie ich.

Hungrig sah er mich an, seine Lippen feucht und gerötet von unseren wilden Küssen. „Ich sollte jetzt lieber gehen", meinte er rau, aber bestimmt. Ich wollte ihm sagen, dass er sich seine Gentleman-Nummer getrost sparen konnte, aber ich nickte nur träge. Bestimmt würde ich es morgen bereuen, wenn ich ihn heute mit in mein Bett nahm.

Ein letztes Mal zog er mich an sich und drückte mir einen Kuss auf die Lippen. Sanft diesmal und trotzdem fürchterlich intensiv. Mein Unterleib zog sich erwartungsvoll zusammen.

„Geh", murmelte ich an seinen Lippen.

Lex tat, was ich gesagt hatte, löste sich von mir und floh geradezu aus meinem Apartment.

Geldfluch

Lex

Es hatte mich eine schier übermenschliche Willenskraft gekostet, nicht über Lynne herzufallen wie eine ausgehungerte Hyäne, stattdessen von ihr abzulassen und mit viel zu enger Hose in meine Wohnung zu verschwinden. Der Anfang vom Ende meiner Selbstbeherrschung hatte an einem Ort begonnen, den ich normalerweise nicht unbedingt mit sexuellen Fantasien in Verbindung brachte: am Müllplatz hinterm Haus. Nie hätte ich mir träumen lassen, dass mich eine mit Altglas beladene Frau so scharf machen konnte. Aber ihr weicher Körper an meinem, als ich sie absetzte, hatte mich augenblicklich in eine unangenehme Situation gebracht. Zum Glück war die Bananenbox in Griffweite gewesen, mit der ich meine ausgebeulte Hose hatte kaschieren können. Dieser *Zwischenfall* hatte mich den ganzen restlichen Abend verfolgt, sodass ich, blöd und geil wie ich war, Lynne nach meiner Schicht einen Besuch abgestattet hatte. Damit war alles nur schlimmer geworden.

Das Gefühl von Lynnes weichen Lippen, ihr zarter Körper, der sich perfekt an meinen schmiegte, und ihr süßer Duft ließen mich die halbe Nacht nicht mehr los. Die kalte Dusche half wenig. Entsprechend müde und unbefriedigt schleppte ich mich am nächsten Morgen hinunter in die Bar.

Besagter Grund meiner schlaflosen Nächte erwartete mich mit zwei Eimern Wasser, einem Haufen Lappen und einem scheuen Lächeln.

Zugegeben, war es nicht allein mein Notstand gewesen, der mich wach gehalten hatte. Es war auch die Sorge, dass es unbehaglich zwischen uns sein könnte, Lynne wütend wäre oder vielleicht sogar klammerte. Der erste Blick auf ihr offenes Gesicht verriet mir, dass nichts davon eingetreten war. Hoffentlich blieb das so.

„Heute sind die Fenster dran", verkündete sie und trank ihre Coke in einem großen Schluck aus.

„Ich dachte, wir müssen noch ein paar Flaschen schneiden?", erwiderte ich fragend.

Lynne machte einen demonstrativen Schritt zur Seite und präsentierte mir mit ausgestreckten Armen die Tische. Dabei sah sie aus wie eine Quizshowmoderatorin, die das rote Cabriolet hinter Tür Nummer eins anpries. Auf allen Tischen standen die verschiedensten Flaschen, bei denen fein säuberlich der Boden entfernt war, über flackernden LED-Teelichtern. Es hatte was. Die Atmosphäre in der Bar wirkte heimeliger und gleichzeitig moderner.

Scheinbar hatte Lynne gestern ebenfalls keine Ruhe mehr gefunden.

„Sag bloß, du hast dich nur hilflos gestellt, um mich rumzukriegen", sagte ich gespielt beleidigt.

Lynne lachte empört. „Nein, du Idiot. Nachdem du es mit einer derartigen Leichtigkeit hinbekommen hast, musste ich es einfach schaffen. Du weißt schon, der blöde Stolz", gestand sie, wobei ihre Augen blitzten.

Damit beeindruckte sie mich. Lynne gehörte nicht zu den Frauen, die sich verstellten, um jemanden zu manipulieren. Ebenso wenig lehnte sie sich zurück und lackierte sich die Fingernägel, während andere für sie arbeiteten. Sie war eine starke, eigenständige Frau, die sich von nichts und niemandem in die Suppe spucken ließ.

„Na dann, lass uns die Fenster putzen", meinte ich und verzog gequält das Gesicht.

Sie trug exakt den gleichen Ausdruck zur Schau. „Ich hasse es auch, deshalb habe ich es bis zum Schluss hinausgezögert. Aber ich fürchte, es bleibt uns nichts anderes übrig." Vielsagend schaute sie zu den vom Straßenstaub dunkel gewordenen Buntglasfenstern.

„Also gut, Miss Stuart. Auf in den Kampf."

Fenster putzen war eine öde Angelegenheit. Das Einzige, was mich dabei am Ball hielt, war Lynnes leckerer Anblick. Sie trug eng anliegende Jeansshorts und ein dunkelgrünes Shirt mit der Aufschrift *Typing 'till I die* und zwei Skeletthänden über einer Tastatur darauf, das zwar weit, aber relativ kurz war. Dadurch hatte ich jedes Mal, wenn sie sich streckte, um den oberen Teil eines Fensters zu erwischen, einen perfekten Ausblick auf ihren Hintern und erhaschte sogar gelegentlich einen sahnig weißen Streifen nackter Haut.

Es brachte mich wirklich in Fahrt, und bald war ich drauf und dran, die Fensterputzerei sein zu lassen und Lynne stattdessen nach oben in mein Schlafzimmer zu entführen. Herrgott noch mal. Ich war testosterongeladen wie ein Sechzehnjähriger.

Um mich abzulenken und ein wenig Abstand zwischen uns zu bringen, holte ich mir die Leiter aus dem Abstellraum und dazu gleich einen Eimer frisches Wasser.

„Wir haben eine Leiter?", fragte Lynne verblüfft und funkelte mich einen Herzschlag später bitterböse an.

„Jep."

„Mann, hättest du mir das nicht früher sagen können? Dann hätte ich nicht meinen Hals riskieren und wie ein Zirkustier auf dem Möbelstapel herumklettern müssen", entrüstete sie sich.

Ich grinste schief und stieg auf die Leiter, die ich direkt unter der Leuchtreklame positioniert hatte. „Reg dich ab, Prinzessin, und hol mir lieber mal die Abdeckung vom U", forderte ich Lynne auf, weil ich keine Ahnung hatte, wo sie das Teil verstaut hatte.

Ein Schnaufen entfuhr ihr, das verdächtig nach *Eingebildeter Vollidiot* klang und mich erneut zum Schmunzeln brachte. Langsam, aber sicher gefielen mir unsere Neckereien.

Kurz darauf kehrte Lynne mit der Abdeckung zurück und reichte sie mir die Leiter nach oben. Mit zwei leisen Klickgeräuschen war das Ding eingerastet und meine Finger voller Schmutz.

„Und jetzt den Eimer bitte", rief ich nach unten.

„Geht's noch? Wenn du glaubst, dass ich *eure Majestät* jetzt die ganze Zeit über bediene, hast du dich geschnitten", keifte sie, reichte mir aber trotzdem den Kübel mit dem frischen Putzwasser und einen sauberen Lappen. Es gefiel mir, sie zu reizen. Das war beinah genauso erfüllend, wie sie zu küssen, aber wesentlich ungefährlicher. Hoffte ich zumindest.

Mit abschweifenden Gedanken, die mich ein weiteres Mal zum gestrigen Abend und unserem heißen Geknutsche zurückführten, tauchte ich den Lappen ins Wasser und begann, die Buchstaben der Leuchtreklame vom ärgsten Schmutz zu befreien.

Lynnes Kreischen holte mich schlagartig in die Realität zurück. Erschrocken zuckte mein Kopf in ihre Richtung, und gleich darauf brach ich in Gelächter aus. Mein übermütiges und wohl um einiges zu feuchtes Wischen hatte Lynne eine unfreiwillige Dusche beschert. Ihr Haar und ihr Shirt waren von schaumigen Spritzern übersät.

„Na warte, du Mistkerl!", schrie sie und tunkte ihren Lappen in den Wasserkübel.

„Hey, das war doch keine Absicht", versuchte ich, sie zu beschwichtigen, und hob abwehrend beide Hände. Dabei spritzte ich sie nur mehr voll.

„Aber du hast mich ausgelacht!" Sie holte drohend mit dem triefenden Lappen aus.

„Wehe dir, Lynne Stuart! Ich komme nach unten und versohle dir deinen kleinen knackigen Hintern, wenn du das tust!", drohte ich ihr.

„Versuch's doch", erwiderte sie gelassen und schleuderte mir treffsicher den kalten, nassen Lappen ins Gesicht.

„Du wolltest es nicht anders!", brüllte ich lachend und sprang in einem Satz von der Leiter.

Lynne kreischte und versuchte zu fliehen, aber das ließ ich nicht zu. Wir bespritzten uns so lange, bis die Eimer leer und wir beide klatschnass und voller Schaum waren.

Lynnes Shirt klebte verführerisch eng an ihrem Körper. Hitze kroch mir unter die Haut.

„Hi, Lex", säuselte eine Frauenstimme hinter uns.

Lynne schielte an mir vorbei, und obwohl ich sie viel lieber weiter angesehen hätte, wandte ich mich um. Da stand Silvia. Nein, Cynthia. Oder hieß sie Sienna? Ich wusste es beim besten Willen nicht mehr. Sie war eine meiner Bettgeschichten vor einigen Monaten gewesen.

Im krassen Gegensatz zu Lynne trug sie Sachen, die sich auch ohne Wasserschlacht hauteng wie eine Wurstpelle an ihren Körper schmiegten und wenig der Fantasie überließen. Außerdem war sie derart stark geschminkt, dass ich unwillkürlich das Gefühl hatte, in eine Maske statt in ihr Gesicht zu sehen. Kurz stellte ich mir vor, was passiert wäre, wenn ich mit ihr solch ein feuchtfröhliches Spektakel veranstaltet hätte. Vermutlich würde ihre Kriegsbemalung längst in bunten Sturzbächen an ihr hinunterrinnen. Ich schauderte innerlich und warf einen Blick zu Lynne, deren Gesicht ohne jegliches Make-up perfekt aussah. Silvia, oder wie auch immer sie hieß, räusperte sich gekünstelt.

„Hi. Lange nicht gesehen", erwiderte ich etwas zu spät ihre Begrüßung, riss den Blick von Lynnes langen dunklen Wimpern los, in denen sich einzelne Wassertropfen verfangen hatten, und lächelte die andere Frau reserviert an.

„Ja. Ich war in L. A. bei einem Shooting. Aber jetzt habe ich erst mal ein paar Wochen frei, und da dachte ich mir, ich besuche dich", trällerte sie und stemmte lasziv die Hände in ihre schmalen Hüften.

„Schön, dich zu sehen", meinte ich pflichtschuldig.

Sie lachte aufgesetzt und zwinkerte mir zu. „Ich würde dich ja angemessen begrüßen, aber du bist völlig durchnässt, mein Großer." Es folgte wieder dieses künstliche Lachen, und ich war heilfroh, dass sie die Finger von mir ließ. In einem anderen Leben hätte ich ihr bestimmt einen Drink spendiert und danach meinen Spaß mit ihr gehabt. Jetzt aber wollte ich eigentlich nur, dass sie wieder verschwand.

„Lynne und ich putzen die Fenster", erklärte ich unnötigerweise und hob zur Veranschaulichung meinen Lappen etwas höher.

Sie sah von mir zu dem nassen Lappen und weiter zu Lynne. Ihr Blick wurde immer verächtlicher. „Die Kleine macht aber keinen guten Job. Sie sollte besser weiter putzen, statt mit dir solch eine Sauerei zu veranstalten. Dafür solltest du sie nicht bezahlen."

Wow. Die zickte herum. Was, zum Teufel, war ihr Problem? Ich wollte schon für Lynne in die Bresche springen, das war allerdings gar nicht nötig. Lynne setzte ein zuckersüßes Lächeln auf und warf sich schwungvoll ihren Lappen über die Schulter. Er klatschte auf ihren Rücken und spritze eine Landung Seifenwasser auf die überrascht kreischende Frau ihr gegenüber.

„Zerbrich dir darüber nicht dein hohles Köpfchen, Lex muss mich nicht dafür bezahlen, feucht zu werden", erklärte Lynne seelenruhig und legte einen filmreifen Abgang hin.

Mir klappte die Kinnlade runter. Was für eine Ansage! Silvia ging es da nicht anders, und ich nutzte ihre Verblüffung, um mich ebenfalls schleunigst abzusetzen. „Man sieht sich." Mit diesen Worten schnappte ich mir die leeren Eimer und folgte der durchnässten Kriegsgöttin ins Haus.

103

Ich hatte es mir mit einer Tasse Tee und meinem Laptop auf der Couch gemütlich gemacht. Es lief *Penny Dreadful*, eine meiner Lieblingsserien. Leider bekam ich wenig davon mit, weil meine blöden Gedanken immer wieder zu den Geschehnissen am Vormittag zurückkehrten. Bilder von einem nassen Lex, dessen T-Shirt ihm wie eine zweite Haut am Körper klebte, liefen in Endlosschleife in meinem Kopf ab. Natürlich waren da noch Miss Supermodel und ihre unverhohlene Gier auf Lex, die mich beschäftigten. Ich hegte keine Zweifel daran, dass sie mit ihm in der Kiste gewesen war. Wenn *das* – sprich: minderbekleidete, aufgetakelte, gertenschlanke Modepüppchen – sein Beuteschema war, konnte ich einpacken. Verdrossen rührte ich in meiner dampfenden Tasse und zwang mich, diese unleidigen Überlegungen sein zu lassen.

Es klopfte an meiner Tür, und Sekunden später steckte Lex den Kopf herein.

„Hunger?", fragte er und wedelte mit Lieferserviceflyern. Eigentlich nicht.

„Ja", antwortete ich trotzdem. Wie erbärmlich war das denn? Ich hatte keinen Appetit, wollte die Gelegenheit, Zeit mit ihm zu verbringen, jedoch nicht ungenutzt verstreichen lassen.

Grinsend trat Lex ein und pflanzte sich neben mich aufs Sofa. „Chinesisch, Pizza oder Burger?", wollte er wissen und hielt mir die Speisekarten hin.

Ich zuckte mit den Schultern, schloss die Augen und zog blind eine heraus.

„Burger also“, stellte Lex fest.

Wir bestellten Cheeseburger mit Pommes und entschieden uns einstimmig dafür, *X-men* zu gucken. Einträchtig saßen wir mampfend auf der Couch. Wie Freunde. Wann, zum Teufel, war das denn passiert? Noch vor wenigen Tagen hatte mich Lex mit der Nachricht über den Tod meiner Mutter aus meinem alten Leben katapultiert. Voller Beklommenheit war ich nach Hause zurückgekehrt und hatte mich damit meinen dunkelsten Dämonen gestellt. Ich hatte diesen ganz speziellen Barkeeper für einen überheblichen, selbstverliebten Weiberhelden gehalten. Nun gut, meine Meinung hatte sich dahingehend nicht geändert, aber immerhin hatte sich mein Bild von Lex seither um einige unerwartete Charaktereigenschaften erweitert. Er war klug, geschickt, witzig, fleißig und fürsorglich. Jetzt wo ich ihn etwas besser kannte, wunderte es mich weniger, dass meine Mutter ihn bei sich aufgenommen hatte.

Lex, der seine Pommes längst verputzt hatte, beugte sich zu mir herüber und klaute mir eine von meinen.

„Hey“, protestierte ich lautstark. „Behalte deine diebischen Finger gefälligst bei dir!“

„Sonst was?“, folgte die prompte Erwiderung.

„Das wirst du dann schon erleben“, konterte ich etwas lahm, weil mir auf die Schnelle nichts einfiel, das ich ihm entgegenzusetzen gehabt hätte.

Lex grinste mich teuflisch an. „Ich würde es allzu gern darauf ankommen lassen, denn so leid es mir tut, in deiner Gegenwart kann ich meine Finger nicht bei mir behalten." Hoppla! Flirtete er etwa mit mir?

„Mir scheint, es geht dir da nicht nur bei mir so." Doppelhoppla! Wo kam das jetzt her? Wann, bitte schön, war ich zu einer eifersüchtigen Zimtzicke mutiert?

Lex fragte sich vermutlich gerade das Gleiche. Der wölfische Ausdruck in seinem Gesicht erstarb, und er rückte ein wenig von mir ab.

Ganz toll gemacht, Lynne!, schimpfte ich mit mir selbst. Ich machte mich auf eine unschöne Antwort gefasst und sogar darauf, dass er einfach aufstand, sich meine Pommes schnappte und mich sitzen ließ. Doch bereits im nächsten Moment lächelte er wieder.

„Du bist eifersüchtig", sprach er das Offensichtliche mit unüberhörbarer Genugtuung in der Stimme aus. Ja, verdammt! So was von.

„Träum weiter! Nie im Leben wäre ich eifersüchtig auf solch eine Tussi!", empörte ich mich. Ups. Das war wohl etwas zu viel des Guten gewesen. Lex' Lächeln wurde breiter, begleitet von einem ernsthaften, warmen Ausdruck in seinen Augen, der mich mitten ins Herz traf.

„Das musst du auch ganz sicher nicht sein, Lynne." Echt nicht?

„Das musst du jetzt weiter ausführen", forderte ich ihn so neutral wie möglich auf. Dabei klopfte mein Herz dermaßen laut, dass er es eigentlich hätte hören müssen.

„Du hast den ganzen Schnickschnack, mit dem solche Frauen auffahren, um sich einen Mann zu angeln, gar nicht nötig", erklärte er sanft. Ach ja? „In deiner Gegenwart ..." Lex brach stockend ab und wirkte auf einmal ziemlich verlegen. Heilige Scheiße! Dass ich das erleben durfte.

„Ja?", fragte ich gedehnt. Ich musste unbedingt hören, was mit ihm in meiner Gegenwart passierte.

Mehrmals öffnete er den Mund, nur um ihn gleich darauf wieder zu schließen. Es sah süß aus, wie er unbeholfen dasaß und sich mit den Fingern durchs Haar fuhr. Allerdings hielt dieser Zustand viel zu lange an, sodass ich mir irgendwann nicht mehr sicher war, ob es nun ein gutes oder ein schlechtes Zeichen war, dass er nichts herausbrachte.

„Warte kurz. Nicht weggehen, okay", bat er mich schließlich und sprang auf.

Äh, ja. „Ich wohne hier, du Spinner!", rief ich ihm etwas verspätet hinterher und hörte sein Lachen, bevor die Tür hinter ihm ins Schloss fiel.

Ich wartete. Aß meine Pommes zu Ende. Und wartete. Wandte mich nach einer gefühlten Ewigkeit wieder dem Film zu. Und wartete. Wurde unsicher, ob Lex jemals wieder zu mir zurückkommen würde oder längst zur mexikanischen Grenze aufgebrochen war. Und wartete. Ich wurde wütend und war kurz davor, zu ihm hinüberzurennen, um ihm seinen hübschen, dämlichen Kopf zurechtzurücken, da polterte es an der Tür.

Verwirrt runzelte ich die Stirn und lauschte. Es polterte wieder, und gleich darauf rief Lex meinen Namen. Was trieb er denn da draußen? Warum kam er nicht herein? Ich stemmte mich aus den Kissen, stapfte neugierig zur Tür und machte sie genau in dem Moment auf, als Lex zum dritten Mal mit dem Fuß dagegentreten wollte. Durch den fehlenden Widerstand verlor er das Gleichgewicht. Beladen mit einem Tablett voller bunt gefüllter Gläser, kam er bedrohlich ins Schwanken. Die Gläser klirrten leise, und aus einigen schwappte es aufs Tablett. Lex fing sich gerade rechtzeitig wieder, fluchte aber wie ein Bauarbeiter.

„Was machst du denn für Sachen?", fragte ich ihn ziemlich verdattert und trat zur Seite, um ihn mit seiner Fracht einzulassen.

Statt mir zu antworten, murrte er mich an. „Warum hat das so lange gedauert? Warst du dir die Nase pudern?", meinte er verärgert. Das durfte jetzt nicht wahr sein! Dieser Idiot fragte *mich*, warum es so lange gedauert hatte?

„Haha! Ich habe *gewartet*", erwiderte ich trocken und betonte das letzte Wort.

Lex überging meinen Kommentar. Er hatte sich eindeutig wieder im Griff. Von seiner vorherigen Unsicherheit war nichts mehr zu spüren. „Und das Warten hat sich gelohnt, Miss Stuart", versprach er mir versöhnlicher und nahm eines der Gläser vom Tablett.

„Was soll das sein?", wollte ich skeptisch wissen, dabei hatte ich schon eine Ahnung.

Lex' freudiges Grinsen verrutschte ein wenig. „Das ist ein Mojito", erklärter er und wirkte nun wieder ein wenig verunsichert. Ich wusste, dass es ganz schön gemein war von mir, ihn so zappeln zu lassen. Aber er hatte es verdient, nachdem er mich ohne Erklärung, mitten im Gespräch hatte sitzen und dann ewig warten lassen.

„Ich trinke keinen Alkohol, wie du weißt." Obwohl ich gerade sehr in Versuchung geriet. Der Cocktail sah *wirklich* lecker aus.

Lex schien zu bemerken, dass ich auftaute, denn er strahlte mich mit einem Tausend-Watt-Lächeln an, bei dem mein Magen einen Purzelbaum schlug. „Virgin Mojito", flüsterte er verführerisch und rührte gemächlich mit dem schwarzen Strohhalm im Cocktail herum.

Das war's mit meiner Selbstbeherrschung. Ich konnte ihn ja genauso gut zu einer anderen Gelegenheit für sein unmögliches Benehmen bestrafen. Jetzt war ich heiß auf diesen Drink. Ich nahm ihm das Glas aus der Hand, fing den Trinkhalm mit meinem Mund ein und nippte daran. Süß und sauer gleichzeitig umspülte das Getränk meine Zunge. Das war so was von gut!

„Und, wie schmeckt's?", wollte Lex begierig wissen.

Phänomenal. „Ganz okay, schätze ich."

Lex riss Augen und Mund gleichzeitig auf. „Du Biest! Nun gib endlich zu, dass es dir schmeckt!", verlangte er.

Ich musste lachen. „Jaja, schon gut! Ich geb's ja zu. Der Drink schmeckt fantastisch. Was hast du denn da noch alles mit?" Ich linste auf das Tablett und überlegte, welche Cocktails hinter den bunten Getränken steckten.

Stolz präsentierte mir Lex einen nach dem anderen. Ich durfte alle verkosten, und am Ende war ich dermaßen voll, dass ich mich nur erschöpft auf die Couch sinken lassen konnte. Lex tat es mir gleich. Er griff nach meinen Beinen und legte sie auf seinen Schoß, damit ich auf dem schmalen Zweisitzersofa liegen konnte. Guter Mann!

Eine Weile schwiegen wir, was keineswegs unangenehm war. Tatsächlich hatte ich mich lange nicht mehr so wohl und entspannt gefühlt.

„Warum hast du das gemacht?", fragte ich irgendwann und suchte Lex' Blick.

„Was genau?“ Er wirkte, als hätte er etwas Bammel wegen meiner Frage.

„Die Drinks gemixt?“, präzisierte ich. Lex schenkte mir wieder dieses warme Lächeln, bei dem mein ganzer Körper zu kribbeln begann.

„Du hast so viel getan, um die Bar aufzupolieren. Da dachte ich, ich sollte ebenfalls etwas dazu beisteuern.“

Ich stemmte mich auf die Ellenbogen hoch und fixierte ihn. „Soll das heißen, du willst in Zukunft Cocktails für unsere Gäste mixen?“

Lex zuckte mit den Schultern. „Ich dachte, das wäre eine gute Idee. Aber natürlich nur, wenn du einverstanden bist.“ Seine Kiefermuskeln spannten sich merklich an, und er beendete den Blickkontakt zwischen uns.

Mir kam ein Gedanke, und ich ärgerte mich über mich selbst, dass ich erst jetzt daran dachte. Für Lex musste es total ungut sein, dass eine wildfremde Person auftauchte und sein neuer Chef wurde. Auch wenn ich mich nicht als seinen Chef betrachtete. Er arbeitete seit Jahren in der Bar, hatte seine geregelten Abläufe, und da kam ich daher und stellte alles, inklusive der Bar, auf den Kopf. Scheiße! Ich hatte ihm eigentlich nur helfen wollen, aber nie darüber nachgedacht, wie es ihm dabei gehen musste.

Damit zeichnete ich mich einmal mehr als der Sozialkrüppel aus, der ich war.

Ich setzte mich vollends auf. Meine Beine lagen nach wie vor auf seinem Schoß. Beherzt, aber sanft griff ich nach seinem Kinn und drehte Lex’ Kopf zu mir, sodass er mich ansehen musste.

„Ich hätte dich mit den ganzen Aktionen nicht überfahren dürfen. Es tut mir leid“, sagte ich und meinte jedes Wort ernst. Lex schwieg und musterte mich durchdringend. Ich schluckte schwer. „Und die Idee mit den Cocktails ist echt spitze“, ergänzte ich, was ihn endlich dazu brachte, auf mich zu reagieren.

Er lächelte träge und zog mich zur Gänze auf seinen Schoß. Sein heißer Atem streifte meine Wange, ließ mich schaudern.

„Das ist meine Masche, musst du wissen. Ich serviere den Ladys Drinks, und dann …“, flüsterte er, ließ den Satz jedoch unvollendet.

„Was dann?“, hauchte ich elektrisiert von seiner Nähe.

Zur Antwort legte Lex die Lippen auf die empfindliche Stelle unter meinem Ohr, folgte dem Schwung meines Kiefers, bis er bei meinem Mund angelangt war. Quälend langsam strich er mit seinen Lippen über meine, zog meine Unterlippe in seinen Mund und saugte vorsichtig daran. Er schaffte es binnen Sekunden, mich in einen willenlosen, triebgesteuerten Zombie zu verwandeln. Ich ließ mich nach hinten sinken und zerrte Lex mit mir. Wir passten gerade so nebeneinander auf die Couch und überhaupt nur, weil ich ein Bein um seine Hüfte schlang und halb unter ihm lag. Allerdings spielte das geringe Platzangebot sowieso eine untergeordnete Rolle. Wir küssten uns abwechselnd sanft und innig, dann wieder hart und leidenschaftlich, bis mir der Atem wegblieb. Der Großteil meines Blutvolumens schien sich zwischen meinen Beinen zu sammeln. Mein Hirn jedenfalls lief mittlerweile im Notstrommodus.

Lex schien es genauso zu ergehen, wenn ich das, was sich da gegen meinen Oberschenkel presste, richtig deutete. Ich rieb mich an ihm, während meine Zunge seine umkreiste, was ihn zum Stöhnen brachte. Obwohl mein Innerstes kurz davor war zu explodieren, machte ich keine Anstalten, weiter zu gehen. Ich kostete jede Millisekunde mit ihm aus, und ja, ein nicht zu verachtender Teil von mir wollte Lex hier und jetzt die Klamotten vom Leib reißen, aber ich spürte, dass es zu viel, zu früh gewesen wäre.

Lex

Mein Kopfkissen bewegte sich. In gleichmäßigen wogenden Bewegungen hob und senkte es sich, weich und warm, und roch so gut, dass ich die Nase tiefer darin vergrub. Das Einzige, was mich störte, war meine viel zu enge Hose, die im Schritt unangenehm zwickte. Ich konnte mich nicht daran erinnern, wann ich das letzte Mal eine derartig fiese Morgenlatte gehabt hatte. Ächzend öffnete ich die Augen und erblickte Lynne, die ich irrtümlich für mein Kissen gehalten hatte.

Wie eine heiße Welle trafen mich die Erinnerungen an den gestrigen Abend. Der Film in meinem Kopf spulte von unseren ausgelassenen Küssen, die alles und trotzdem nicht genug gewesen waren, rückwärts. Ich dachte an Lynnes Entschuldigung, die mir, obwohl sie nicht nötig gewesen wäre, sehr viel bedeutete. Sie verstand mich, so verquer mein Denken manchmal sein mochte, wie kein anderer Mensch jemals in meinem Leben. Diese Tatsache erschreckte mich mindestens genauso sehr wie mein unbändiges Verlangen nach ihr, das mich quälte und dem ich ungeachtet dessen nicht bereit war nachzugeben. Noch nicht zumindest. Ich hatte es in der Vergangenheit nie langsam angehen lassen. Schon gar nicht, wenn es um Frauen und Sex ging. Bei Lynne aber hatte ich das untrügliche Gefühl, alles kaputtzumachen, wenn ich meine alten Gewohnheiten beibehielt. Nicht allein, dass ich mit ihr auskommen musste, in Anbetracht meiner finanziellen Lage war ich sogar von ihr abhängig. Allerdings waren das nicht die einzigen Gründe für meine neu entdeckte Zurückhaltung. Das Letzte, was ich wollte, war, sie zu verletzen. Und das würde unweigerlich geschehen, wenn ich mit ihr schlief. Ich wollte mich nicht binden. Keine Beziehung eingehen. Nein, ich war einfach nicht dazu in der Lage. Auf der anderen Seite konnte ich die Anziehung zwischen uns nicht leugnen oder ihr gänzlich widerstehen. Also balancierte ich auf einem Drahtseil über dem klaffenden Abgrund.

Gestern hatte ich mich deshalb mit meinen unbedachten Worten in eine ziemlich brenzlige Lage manövriert. Um ein Haar hätte ich ihr gestanden, wie durcheinander und verletzlich ich mich in ihrer Gegenwart fühlte. Wie lebendig und frei und anders als bei jeder Frau vor ihr.

Lynne regte sich langsam unter mir. Wenn ich nicht wieder in eine unangenehme Situation kommen oder riskieren wollte, meine Vorsätze über Bord zu werfen, sollte ich sehen, dass ich hier wegkam.

Aber mich davonzustehlen, hielt ich für keine gute Idee. Also grübelte ich nach einer eleganten Lösung. Genau solche Miseren waren der Grund, warum ich mich bisher einzig und allein auf bedeutungslose Bettgeschichten eingelassen hatte. Doch Lynne war nicht bedeutungslos für mich. Leider.

Flatternd öffneten sich ihre Lider, und sie blinzelte verschlafen gegen das Licht an. Ohne nachzudenken, was ich da tat, drückte ich ihr einen schnellen Kuss auf die Lippen und kletterte über sie hinweg.

„Ich geh uns mal Kaffee machen", sagte ich, dann eilte ich zur Tür.

Eine kalte Dusche später brachte ich Lynne die versprochene Tasse dampfenden Kaffees.

Sie war in der Zwischenzeit auch im Bad gewesen und trug ein Shirt zur Schau, das ich bisher nicht kannte. *ERROR-TERROR* stand da in verzerrten Großbuchstaben. Es passte zu ihr wie die Faust auf Auge.

„Und was steht heute auf dem Plan, Prinzessin?"

Lynne, die ein ziemlicher Morgenmuffel zu sein schien, hatte gerade gedankenversunken an ihrem Kaffee genippt und sah mich nun über den Rand der Tasse an. Der Ausdruck in ihren Augen war schwer zu deuten, was ungewöhnlich für sie war. Lynne trug ihr Herz auf der Zunge. Ebenso verhielt es sich mit ihrer Mimik. Ihr ausdrucksstarkes Gesicht ermöglichte mir normalerweise einen Einblick in ihr Gefühlsleben. Jetzt jedoch glich das Grün ihrer Augen einer Barriere, die mir keinen Zutritt in ihre Gedankenwelt gewährte.

„Nachdem wir gestern die Fenster nicht fertig geputzt haben, steht das noch immer auf der To-do-Liste. Außerdem müssen zwei Spots in der Deckenbeleuchtung ausgetauscht werden", teilte sie mir geschäftsmäßig mit. Oha. Sie ging auf Abstand. Warum das? Ich kam nicht mehr dazu, Lynne und ihr merkwürdiges Verhalten zu analysieren, denn sie schüttete ihren Kaffee in drei langen Zügen hinunter, klopfte sich ihre Einsatzbereitschaft demonstrierend auf die Oberschenkel und sprang auf. „Ich fang dann mal an", verlautbarte sie.

Ihre aufgesetzte Fröhlichkeit machte mich wütend. „Warte, Lynne!" Ich stand ebenfalls auf, während sie stehen blieb und sich zu mir umdrehte.

Verdammt! Mal wieder zu schnell geschossen. Was sollte ich jetzt sagen? Die Frage, was mit ihr los war und

ob ihr die unbeabsichtigte gemeinsame Nacht, so ungewohnt sie gewesen war, ebenso viel bedeutete, lag mir
auf der Zunge. Aber wollte ich die Antwort darauf wissen? Was, wenn es ihr nicht so ging? Und was, wenn
doch? Beide Möglichkeiten schienen einen gewaltigen
Haken zu haben. Ich räusperte mich und schaltete,
feige wie ich war, in den Lässigkeitsmodus, den ich viel
besser beherrschte als diesen Gefühlskram.

„Wir stehen beide nicht sonderlich auf Fensterputzen, deshalb schlage ich einen fairen Wettstreit vor“, erklärte ich und grinste Lynne frech an.

Nun regte sich etwas in ihrem herzförmigen Gesicht.
Entschlossenheit, wenn ich es richtig deutete. Sie
grinste kampfeslustig zurück. „Schere. Stein. Papier“,
sagte sie bedeutungsschwer, als wäre ich ein Bandit
und sie der Sheriff, der mich zum Duell herausfordert.

„Ich dachte da eher an Gewichte stemmen“, gab ich
zurück. „Aber das ist auch in Ordnung.“

Lynne boxte mir lasch gegen den Oberarm und hob
ihre Faust. Ich hielt ihr meine entgegen, und wir zählten an.

„Ha!“, rief Lynne triumphierend und schlug meine
Schere mit ihrem Stein.

„Zwei von dreien“, versuchte ich mich zu retten, aber
Lynne schüttelte stur den Kopf.

„Keine Chance, Freundchen. Die Fenster erwarten
dich schon!“ Mit diesen Worten machte sie auf dem Ab-
satz kehrt.

Ich folgte ihr besiegt nach unten in die Bar.

„Bist du sicher, dass das so eine gute Idee ist?“, meinte
ich kurz darauf, als Lynne sich einen der Stühle heran-
zog. „Beim letzten Mal musste ich dich retten kom-

men“, gab ich zu bedenken. Es machte unheimlichen Spaß, sie zu necken.

„Beim letzten Mal war es ein wackeliger Möbelturm und nicht ein einziger Stuhl. Ich werde wohl auf einen verdammten Stuhl steigen und die Glühbirnen wechseln können.“

Ich setzte zu einer Erwiderung an, aber Lynne ließ mich gar nicht erst zu Wort kommen.

„Halt jetzt bloß dein vorlautes Mundwerk und geh gefälligst Fenster putzen!“, herrschte sie mich an.

Ich unterdrückte ein Lachen und salutierte, bevor ich mir Eimer und Putzlappen schnappte und vors Haus verschwand. Anscheinend hatte ich mir ihre abweisende Haltung nur eingebildet. Jetzt zumindest verhielt sie sich eigentlich wie immer.

Ich hatte gerade den Lappen im Wasser versenkt, da drang bereits Lynnes Fluchen zu mir heraus, das in einen Schrei überging. Es krachte gewaltig. Glas klirrte.

Scheiße! Ich rannte los, stürmte mit rasendem Puls in die Bar zurück und fand Lynne inmitten eines Scherbenhaufens vor. Der Stuhl war umgekippt und Lynne offenbar in die Wandverspiegelung gestürzt. Die wie durch ein Wunder heil gebliebene Glühbirne hielt sie hoch.

„Von wegen, du wirst ja auf einen verdammten Stuhl steigen können“, stieß ich hervor. Glas knirschte unter meinen Sneakers, als ich mich ihr näherte.

„Geh wieder Fenster putzen. Ich mach das schon“, murmelte sie und sah sich in dem Scherbenhaufen um.

„Sicher nicht“, erwiderte ich ungläubig. Ich würde sie definitiv nicht in den Splittern sitzen lassen. Was redete sie da?

„Du willst dich bloß vorm Fensterputzen drücken", provozierte sie giftig und wischte vorsichtig einige Spiegelscherben beiseite.

„Sag mal, spinnst du?" Offensichtlich hatte sie sich ganz schön den Kopf angeschlagen. Anders konnte ich mir diesen Schwachsinn jedenfalls nicht erklären.

„Lex!" Die Kälte in ihrer Stimme brachte mich tatsächlich dazu stehen zu bleiben. „Ich schaffe das ohne dich", zischte sie leise und so eisig, dass sich mir die Haare im Nacken aufstellten.

„Aber ..."

„Kein Aber. Ich habe es satt, mir von dir aus solchen Situationen helfen zu lassen. Mein Leben lang hat sich niemand um mich gekümmert, ich komme also prima allein zurecht."

Der Schmerz in ihren glühend grünen Augen versetzte mir einen Stich. Betreten wandte sie den Blick ab und rappelte sich hoch. Spiegelnde Glassplitter rieselten von ihrer Kleidung und aus ihren Haaren. Das schien Lynne allerdings wenig zu kümmern. Ohne sich umzusehen, rauschte sie davon. Da versteh mal einer die Frauen!

Scheiße, tat das weh! Ich war, nachdem ich intelligenterweise den Fuß auf die Stuhllehne gestellt hatte, um an diese bescheuerte durchgebrannte Glühbirne zu gelangen, umgekippt und hart aufgeschlagen. Dabei hatte ich natürlich die Spiegelwand zerbrechen müssen. Wie war das? Sieben Jahre Pech? Ich grunzte verbittert und sah mir die blutenden Schnitte in meinen Handflächen genauer an. Sie brannten wie Hölle, waren aber nichts gegen das schmerzhafte Pochen meines dummen Herzens. Warum konnte ich nie die Klappe halten? Ich hätte das nicht sagen sollen. Lex musste mich für komplett irre halten. Ihn anzugehen, obwohl er mir nur hatte helfen wollen. Aber ich wollte das alles nicht. Seine Hilfe, seine Zuneigung und alles, was damit verbunden war. Es würde niemals mit uns funktionieren. Ich war viel zu verschroben. Emotional unfähig, mich auf ihn einzulassen, das hatte ich heute Morgen erkannt. Ich war glücklich und zufrieden aufgewacht. Eingelullt vom gestrigen Abend, seinen Worten, seinen Küssen und Berührungen. Wenn ich es zuließ, dass er sich weiter in mein Herz stahl, würde ich bitter enttäuscht werden. Wenn meine eigene Mutter mich schon nicht geliebt hatte, warum sollte gerade er es tun? Es war besser, diese Geschichte zu beenden, solange ich dazu in der Lage war.

Mit schmerzenden Fingern griff ich nach Besen und Schaufel, atmete tief durch und kehrte in die Bar zurück. Lex stand inmitten der Scherben und starrte in das von scharfen Glasspitzen umrahmte Loch, hinter dem die rohe Backsteinmauer hervorblitzte. Ich ignorierte ihn und machte mich daran, die Scherben aufzukehren.

„Lynne." Ach, verdammt noch mal! Konnte er mich nicht in Ruhe lassen? „Lynne", wiederholte er eindringlicher, da ich nicht auf ihn reagierte.

„Was?", schnappte ich. Er drehte den Kopf in meine Richtung. Verblüffung stand ihm ins Gesicht geschrieben. Wenn mich dieser Vollpfosten auf den Arm nahm, würde ich ihm die Schaufel in seine Kronjuwelen rammen.

Grummelnd setzte ich den Besen knapp vor Lex' Füßen an und zog ihn samt den Scherben zu mir zurück, um einen splitterfreien Weg zu schaffen. Dann trat ich zu ihm und spähte in den dunklen Spalt zwischen der zersprungenen Spiegelscheibe und der Ziegelmauer.

Ach du dicker Zentralrechnerabsturz! In dem schmalen Zwischenraum steckten Geldbündel. Jede Menge Geldbündel! Bingo!

Ich wollte danach greifen, aber Lex schlug sanft meine ausgestreckte Hand beiseite.

„Ich mach das. Du bist verletzt." Sein Tonfall war nicht unfreundlich, eher sorgenvoll, ließ jedoch keine Widerworte zu. Also hielt ich ihm die Schaufel hin, die ich eigentlich für die Scherben mitgebracht hatte, und er legte ein Paket voller Scheine nach dem anderen darauf. Ich musste sogar einmal zum Tresen hinüberlaufen und die Schaufel dort leeren, weil es so viele Geldbündel waren.

Als Lex keine mehr erkennen oder ertasten konnte, holte er eine Taschenlampe aus dem Büro, um in den

Spalt zu leuchten. „Ich glaube, ich sehe was ganz unten. Macht es dir was aus, wenn ich den Rest des Spiegels auch entferne?“

„Tu dir keinen Zwang an.“

Wir sprachen zur Abwechslung wie normale Menschen miteinander. Kein Geplänkel oder bissiger Unterton. Ich schätzte, wir waren beide zu baff von unserem Fund.

Ich drückte Lex den Besen in die Hand, die er mir hinhielt. Er drehte ihn um und stieß mit dem Ende des Stiels gegen die Reste des Spiegels. Es klirrte laut, wovon ich allerdings nicht viel mitbekam. Ich sah Lex in stummfilmartiger Benommenheit zu, wie er immer mehr von der Ziegelwand freilegte und weitere Geldbündel zum Vorschein kamen.

„So, ich denke, das sind alle“, meinte er schließlich und legte die letzten Bündel zu dem großen Haufen auf die Theke.

Wir sahen uns an. Total perplex.

Nach gefühlten Stunden und einem kratzigen Räuspern fand ich endlich meine Stimme wieder. „Kehren oder zählen?“

Lex griff kommentarlos nach dem Besen und machte sich über die Scherben her. Mein schockgefrorenes Hirn fing langsam wieder zu arbeiten an, also ging ich, bevor ich mich ans Zählen machte, nach draußen, sammelte Eimer und Lappen ein, die Lex nach meinem Absturz hatte liegen lassen, und schloss die Tür ab.

Zögerlich griff ich nach einem der Bündel, dessen bunt gemischte Geldscheine von einem roten Gummiband zusammengehalten wurden, und begann zu zählen. Dieser Berg an Geld war, bis auf fünf Päckchen druckfrisch anmutender Hundertdollarscheine, total systemlos. Eindeutig die Handschrift meiner Mutter. Die einzelnen Pakete waren unterschiedlich viel wert. Einige waren mit Klebeband oder Haargummis gebündelt worden. Als hätte sie wahllos das, was sie gerade in der Kasse gehabt hatte, zusammengenommen und versteckt. Die Eine-Million-Dollar-Frage war nur: Warum hatte sie das gemacht?

Lex trat zu mir an die Theke, während ich die letzten paar Geldscheine auf einen Stapel legte. Der Tresen sah aus, als wären wir in einem schlechten Gangsterfilm.

„Achtundvierzigtausendneunhundertzweiunddreißig", teilte ich ihm ehrfurchtsvoll mit. Bei dem Anblick wuchs in mir augenblicklich der Wunsch, den Shoppingkanal aufzudrehen. Was ich damit alles anstellen könnte. Ein breites Grinsen trat auf meine Lippen. Mit diesem riesen Batzen Geld hatte sich ein Großteil meiner Sorgen erledigt. Ich könnte davon die Bar *richtig* aufmotzen. Plötzlich hatte ich den verrückten Drang, jubelschreiend durch die Gegend zu laufen und Lex abzuknutschen.

Zumindest, bis ich seine steinerne Miene erblickte.

Er schaute so verbissen und besorgt aus, wie ich ihn nie zuvor erlebt hatte.

„Das gefällt mir nicht", erwiderte er düster. Ich lachte freudlos. Wäre ja auch zu schön gewesen, um wahr zu sein.

„Was genau gefällt dir bitte an knapp fünfzigtausend Dollar nicht?", wollte ich seufzend wissen.

Lex schwieg.

„Schön, langsam glaube ich, du hast eine Geldallergie", ätzte ich. Oder einen riesengroßen Dachschaden.

Lex schwieg immer noch, wenngleich sein Kiefer mahlte und er mich mit Blicken erdolchte.

„Ach, komm! Du kannst mir nicht weismachen, dass du dir nicht gerade Flatscreens und Bierdeckel mit Goldrand hier drinnen vorstellst."

Er schien absolut immun gegen jeden Scherz zu sein. Innerlich kurz vorm Explodieren, zählte ich langsam von zehn rückwärts. Dieser Miesepeter verdarb mir die ganze Freude an unserem unglaublichen Geldsegen.

Vielleicht war er wenigstens für logische Argumente offen. „Uns hätte nichts Besseres als dieser Fund passieren können. Wenn wir damit die Bar ein wenig mehr aufpolieren, könnte es in Zukunft viel besser für uns laufen", erklärte ich hoffnungsvoll und malte mir aus, wie es sein würde.

Er wirkte nicht überzeugt und war offenbar nach wie vor nicht bereit, ein vernünftiges Gespräch mit mir zu führen.

„Du willst also nicht, dass ich diese Scheinchen in die Bar investiere?", stellte ich mit zunehmend schwindender Geduld in den Raum.

Lex schüttelte stur den Kopf. Sein Schweigen brachte mich langsam, aber sicher dazu, an rohe Gewalt ihm gegenüber zu denken.

„Das kann nicht dein Ernst sein!", blaffte ich. Ein kleiner Teil von mir stand dem Geldhaufen ebenfalls mit einer gewissen Skepsis gegenüber. Es war sehr, und ich meine wirklich *sehr,* untypisch für meine Mutter, so etwas Vorausschauendes und Vernünftiges zu tun, wie Geld zu sparen. Auch wenn die „Verpackung" und der Lagerort eigentlich keinen Zweifel daran ließen, dass sie es gesammelt hatte, theoretisch konnte es ebenso von ihrem geheimnisvollen anonymen Spender stammen. Egal woher es kam, Mum hätte es für die Bar verwenden oder wenigstens Lex seinen wohlverdienten Lohn ausbezahlen sollen.

„Dann nimm du es", sagte ich. Damit wäre wenigstens ein Punkt auf meiner Liste abgehakt.

Lex sah mich an, als gehöre ich in die Psychiatrie eingewiesen. Womöglich war dem auch so. Das ganze Geld machte mich total kirre. Und es überforderte mich. Genau wie Lex. Sollte er es nehmen und sich damit herumschlagen, wenn er mir schon nicht gönnte, mich darüber zu freuen.

„Nein", entgegnete Lex hart.

„Warum nicht? Mum hat dir in den letzten Monaten nichts mehr gezahlt. Sieh es als verspäteten Lohn", meinte ich fest entschlossen.

Er schüttelte vehement den Kopf und funkelte mich böse an. „Ich will es nicht. Marian hat mir mehr als genug gegeben", presste er hervor.

Ein verächtlicher Laut entfuhr meinen Lippen. „Was, Lex? Was genau hat meine ach so tolle Mutter, bitte schön, für *dich* gemacht?" Jetzt schäumte ich vor Wut, was sich mit jeder Sekunde, in der er eisern schwieg, verstärkte. Sie hatte die Bar vernachlässigt. Sie hatte Lex unentgeltlich für sich arbeiten lassen. Weiß der Teufel, warum ihn das nicht zu stören schien. Sie hatte sich nie um irgendetwas oder irgendjemanden außer sich selbst gekümmert. Trotzdem verteidigte er sie und wehrte sich mit Händen und Füßen gegen alles, was diese verfahrene Situation verbessern konnte.

„Schön!", zischte ich, kurz davor, endgültig die Geduld mit diesem sturen Gockel zu verlieren. Energischen

Schrittes umrundete ich die Theke, holte aus einer der Laden einen großen Müllsack hervor und stopfte das Geld hinein. „Dann werde ich eben das tun, was ich für richtig halte, und es in die Bar stecken. Aber auf sinnvollere Weise als meine verdammte Mutter!" Ich brüllte. Warum, wusste ich selbst nicht genau. Ja, ich war außer mir. Diese Auseinandersetzung mit Lex, in dem Haus, in dem ich meine beschissene Kindheit verlebt hatte, mit den Gedanken bei meiner Mutter, machte mich fertig. Trotzdem war ich eigentlich nicht der Typ, der herumschrie. Aber womöglich war das einfach der richtige Zeitpunkt zum Schreien.

„Mach das nicht, Lynne. Du weißt nicht, woher sie das Geld hatte oder warum sie es versteckt hielt", versuchte Lex, mich umzustimmen. Er trat an meine Seite und wollte seine Hand auf meine legen, doch ich zuckte weg, bevor er mich berühren konnte. Jetzt brauchte er mir nicht auf diese Tour zu kommen!

Schlagartig veränderte sich sein Gesichtsausdruck. War er gerade noch eindringlich und flehend gewesen, schlug mir nun wieder Eiseskälte aus seinen sonst so warmen Augen entgegen. „Dann tu doch, was du willst!", fauchte er und ließ mich mit dem Geld in der Bar zurück.

Mir war, als wäre ich gefangen in einer Hochseilbahn, die mich von einem Gefühlsgipfel zum nächsten katapultierte. Schock, Zweifel, Ängste, Hysterie, Trauer, Sehnsucht, Lust. Alles hatte ich in den letzten Tagen dermaßen intensiv empfunden wie nie zuvor in meinem Leben. Und ich hatte nicht den Eindruck, dass ich dieses stetig wachsende Chaos um mich herum gut meisterte. Ich wusste nicht mehr, wo mir der Kopf stand, nur, dass dieser ganze Mist mit Lex zu tun hatte. Er war mein Kryptonit, brachte mich dazu, ihn in derselben Sekunde zu begehren und zu verabscheuen. Dabei hatte ich das alles nicht gewollt. Weder den Tod meiner Mutter noch jemals, hierher zurückzukehren. Und schon gar nicht einen eingebildeten Barkeeper, der mich regelmäßig zur Weißglut brachte und für den ich mich trotz allem irgendwie verantwortlich fühlte. Ich wollte Lex nicht verletzen, wollte nicht, dass er mir böse war. Aber vielleicht war das notwendig, um ihn mir endlich aus dem Kopf zu schlagen, bevor ich es war, die verletzt wurde.

Mit Tränen in den Augen stopfte ich die letzten Scheine in den Müllsack und versteckte ihn oben in Mums Wandschrank.

Anschließend setzte ich mich mit dem Laptop auf dem Schoß auf die Couch und war wild entschlossen, so viel für die Bar auszugeben, wie ich konnte. Ob es das Richtige war? Mit ziemlicher Sicherheit nicht. Aber es war das, was Lex ums Verrecken nicht wollte, und damit genau das, was ich jetzt brauchte, um mich selbst wieder in die Spur zu bringen.

Überwindung

Lex

Die nächste Zeit verbrachten Lynne und ich in stiller Koexistenz. Wir gingen einander aus dem Weg, was prinzipiell recht gut funktionierte, weil sich jeder mit gänzlich anderen Dingen beschäftigte. Ich war zu meinem gewohnten Alltag zurückgekehrt. Schlief den halben Tag und stand nachts in der Bar. So wie eh und je und doch nicht mehr. Es fühlte sich anders an. Bedeutungslos. Als würde ich etwas Wichtiges verpassen.

Jeden Nachmittag, wenn ich in die Bar kam, erblickte ich etwas Neues. Lynne schien unermüdlich weiterzuarbeiten, was mir gleichermaßen ein schlechtes Gewissen bescherte und mich wütend machte. Sie gab einfach nicht auf. Ob dies schlichtweg ihrer Sturheit zuzuschreiben war oder ob ihr mehr an der Bar lag, als sie zugab, wusste ich nicht.

Die Fenster waren endlich fertig geputzt, sogar die Leuchtreklame über dem Eingang. Offenbar hatte sie die Benutzung der Leiter ohne Absturz hinter sich gebracht. Auch die Holzlatten, auf denen die zu Bruch gegangene Spiegelscheibe angebracht gewesen war, hatte sie entfernt. Die rohe Ziegelmauer war ein ungewohnter Anblick, obwohl sie der Bar ein uriges Ambiente verlieh.

Alle durchgebrannten Deckenlampen waren ersetzt. Außerdem hatte dieses kleine Technikgenie irgendetwas mit der Schaltplatte der Jukebox angestellt. Die nach den ersten Umbauarbeiten eigentlich nutzlos gewordenen Tasten leuchteten und blinkten nun in einem diffusen Muster im Takt der Musik.

Neben diesen Dingen fiel mir nach einigen Tagen auf, worin Lynne das gefundene Geld investierte.

Erst waren es nur kleine Dinge. Eine neue Türmatte mit dem Namen der Bar. Topfpflanzen. Neue Gläser und Equipment zum Cocktailmixen. Dann aber kamen Sachen dazu, die mit Sicherheit einiges an Kohle gekostet hatten. Einmal nach dem Aufstehen erwartete mich die Bedienungsanleitung zu einer neuen Kaffeemaschine innen vor meiner Wohnungstür. Lynne musste das Heft unter der Tür durchgeschoben haben. Ich staunte nicht schlecht, als ich die chromglänzende Siebträgermaschine auf der Theke entdeckte.

An einem anderen Tag überraschten mich Handwerker, die die Gästetoiletten auf Vordermann brachten. Natürlich waren diese Maßnahmen sinnvoll und obendrein gewinnbringend. Täglich kamen neue Leute in die Bar und brachten die Kasse zum Klingeln. Trotzdem gefiel mir das immer noch nicht, was das gefundene Geld anging. Ich hatte schwere Bedenken, was das Geld anging. Zerbrach mir den Kopf, aus welchem Grund Marian es zur Seite gelegt haben mochte. Bestimmt nicht ihret- oder meinetwegen oder um es in die Bar zu investieren, wie Lynne es tat. Nein, dahinter steckte bestimmt nichts Gutes, aber ich kam nicht darauf, was es sein könnte.

Am meisten zu schaffen machte mir allerdings diese undefinierbare und äußerst unerwünschte Sehnsucht nach Lynne. Obwohl wir uns nicht lange kannten und sie mich in der kurzen Zeit regelmäßig in den Wahnsinn getrieben hatte, vermisste ich sie. Es fehlte mir, sie zu sehen, mit ihr zu reden, mit ihr zu zanken – und sie zu berühren. Vielleicht wäre es besser gewesen, mich wieder mit anderen Frauen zu treffen. Sex zu haben. An Gelegenheiten mangelte es mir jedenfalls nicht. Aber ich verglich jede Frau, die Interesse an mir zeigte, sofort mit Lynne und kam zu dem Schluss, dass keine ihr nur im Entferntesten das Wasser reichen konnte. Es war frustrierend. Regelrecht zermürbend.

Nach ungefähr drei Wochen, in denen wir kaum ein Wort miteinander gewechselt und uns, wenn überhaupt, bloß zufällig begegnet waren, reichte es mir. Ich musste mit Lynne sprechen, mich mit ihr aussöhnen, ansonsten würde ich durchdrehen. Leider lief ich damit Gefahr, erneut in eine Situation zu geraten wie bei unserem letzten Streit. Ja, ich war skeptisch, was das Geld anbelangte, und deshalb wenig begeistert, dass sie alles ausgeben wollte. Der eigentliche Grund für meine überstrapazierten Nerven war aber wieder einmal meine beschissene Vergangenheit. Die Fehler, die ich gemacht hatte, verfolgten mich immer noch. Ich war zu feige und zu beschämt, um mich ihnen zu stellen oder gar mit Lynne darüber zu sprechen. Es war mir beinah jedes Mittel recht, um Fragen dazu auszuweichen. Obwohl ich mir selbst einzureden versuchte, dass ich, hätte ich die Zeit zurückdrehen können, alles anders gemacht hätte, war ich mir darin nicht sicher. Tief in mir hatte ich eine Heidenangst davor, dass nach wie vor der dumme Junge von damals in mir steckte und darauf wartete, eine Gelegenheit zu bekommen auszubrechen. Es war nicht gut für mich, so viel Kohle zu haben. Geld oder die Aussicht darauf hatten mich schon früher dazu gebracht, schlechte Entscheidungen zu treffen und den Menschen, die ich liebte, wehzutun. Umgekehrt hatte ich nicht das Recht, meine Selbstzweifel an Lynne auszulassen. Ich hatte sie mächtig vor den Kopf gestoßen, und das wollte ich wiedergutmachen.

Also marschierte ich mit einem Teller Keksen an einem Sonntagvormittag zu ihrem Apartment. Ich war bereit und fest entschlossen, diesen Spuk zu beenden. Vor ihrer Tür angelangt, erstarrte ich allerdings zur Salzsäule. Am liebsten wäre ich sofort wieder abgehauen. Was, wenn sie mich abwies? Vielleicht war sie ja froh, mich los zu sein, und hatte gar kein Interesse an einer Aussprache.

Komm schon, Lex! Führ dich nicht auf wie ein Mädchen! Rein da mit dir!

Ich klopfte. Es blieb still. Gerade überlegte ich, ob ich erneut klopfen oder lieber verschwinden sollte, da erklang ein zögerliches „Ja?“ hinter der Tür. Ich straffte meine Schultern, atmete einmal tief durch und drückte die Türklinke hinunter.

Lynne saß mit ihrem Laptop auf der Couch und sah mich überrascht an.

„Arbeitest du?“, fragte ich um einen Ton bemüht, der meine innere Unruhe nicht auf der Stelle verriet.

„Ja. Ich habe meine Projekte in letzter Zeit ein wenig schleifen lassen. Es ist viel liegen geblieben, das ich jetzt versuche, endlich aufzuarbeiten." Sie klang, als würde ihr das schwerfallen.

„Du versuchst es? Ich dachte, es gibt nichts, das du nicht gebacken kriegen würdest."

Sie sah mich zweifelnd an. „Dein Vertrauen in meine Fähigkeiten ehrt mich. Aber es scheitert nicht am Können, sondern an der mangelnden Konzentration", gestand sie, stellte das Notebook auf dem Couchtisch ab und klopfte mit der Hand auf den freien Platz neben sich.

„Und ich lenke dich zusätzlich ab", stellte ich fest, während ich mich neben sie setzte.

„Du hast Kekse mitgebracht", erwiderte sie, wobei ich mir unsicher war, ob es als Rechtfertigung für mein Stören oder als Frage gemeint war.

„Ja. Mein Vater hat meiner Mutter immer Pralinen gekauft, wenn er etwas geradebiegen musste. Aber ich dachte, du bist eher der Typ für Kekse." Auffordernd hielt ich Lynne den Teller unter die Nase. Sie nahm einen der Kekse und biss herzhaft hinein.

„Mmh. Selbst gebacken?", nuschelte sie kauend.

Ich stellte den Teller neben Lynnes Laptop und lehnte mich in die Kissen zurück. „Selbst gekauft", gab ich mit einem entschuldigenden Lächeln zu, was sie zum Schmunzeln brachte. Gott, hatte ich das vermisst! Interessanterweise war das, obwohl es von Anfang an kompliziert zwischen uns gewesen war, viel einfacher, als ich gedacht hatte. Ich nutzte den günstigen Wind aus und sagte das, wofür ich hergekommen war. „Tut mir leid, dass ich so ein Idiot war."

„Warst du nicht", erwiderte sie etwas zu schnell. Ich zog eine Augenbraue nach oben und musterte sie. „Na gut. Vielleicht ein bisschen. Aber zu einem Streit gehören immer zwei", gab sie zu bedenken. „Mir tut es ebenfalls leid."

Es folgte betretenes Schweigen.

„Meinst du, wir könnten noch mal von vorne anfangen und Freunde sein?", hörte ich mich selbst fragen. Heilige Scheiße, wo kam das denn jetzt her?

Lynne sah mich überrascht an. Sie schien zu überlegen, was mich zunehmend unruhig werden ließ.

„Klar. Freunde", antwortete sie knapp.

Ich atmete langsam aus. Wurde mir ihrer Nähe und ihres sinnlichen Dufts bewusst. Keine Ahnung, warum ich das vorgeschlagen hatte. Ich war mir nicht sicher, ob das tatsächlich klappen konnte. Freunde sein bedeutete landläufig, sich nicht zu küssen oder sich sonst irgendwie körperlich näherzukommen. Aber schließlich kam die Idee von mir, auch wenn sie mich selbst ein wenig überrumpelt hatte. Jetzt konnte ich keinen Rückzieher mehr machen. Und im Endeffekt war mir am wichtigsten, dass wir uns wieder vertrugen.

„Die Kaffeemaschine ist echt klasse", sagte ich in die erneute Stille hinein, um das Gespräch am Laufen zu halten und in unverfänglichere Gefilde zu führen.

„Schön, dass sie dir gefällt. Ich dachte, mit ordentlichem Kaffee bekommen wir mehr Gäste rein, die uns nicht besuchen, um sich volllaufen zu lassen."

Wieder schwiegen wir. Es war kein unangenehmes Schweigen. Zumindest ich für meinen Teil genoss es, einfach neben ihr zu sitzen.

„Lex?"

„Hm?"

„Warum wolltest du das Geld nicht nehmen?" Ich versteifte mich neben Lynne. Das blieb ihr wohl nicht verborgen, denn sie setzte schnell nach: „Ich meine, du hättest damit die Bar hinter dir lassen können. Dir irgendwo ein schickes Apartment suchen und neu anfangen. Es geht mir nicht in den Kopf, was dich hält."

Du. Das war mein erster Gedanke. Er war so plötzlich und allumfassend da, dass ich nach Luft schnappen musste.

Lynne wartete. Ließ mir Zeit und nahm sich einen weiteren Keks vom Teller.

„Ich habe schon neu angefangen, und zwar hier", erklärte ich nach einer Weile. Es tat weh, darüber zu sprechen, nur daran zu denken, was mich hierhergeführt hatte. Aber ich schuldete Lynne wenigstens einen Teil der Wahrheit. „Mein Leben war Schrott, bevor ich herkam. Marian und die Bar haben mich verändert. Die letzten fünf Jahre waren die besten meines Lebens. Verstehst du das, Lynne? Ich will nicht weg, und ich will nicht, dass sich etwas ändert."

Sie lachte freudlos auf und sah mich dermaßen intensiv an, dass ich glaubte, in die Tiefen ihrer grünen Augen gezogen zu werden.

„Was?", raunte ich.

„Es ist absurd. Der Ort, der meine schlimmsten Erinnerungen birgt, ist dein Hafen", stellte sie bitter fest und lehnte sich Halt suchend an meine Seite. Als wäre es das Selbstverständlichste auf der Welt, legte ich den Arm um sie und drückte sie näher an mich. Es war gut. Das Gefühl ihres Körpers an meinem. Es verband uns auf eine nicht sexuelle Weise, wie ich es mit keiner Frau zuvor erlebt hatte.

„Ich hätte nie gedacht, dass ich Marian jemals hassen würde“, sagte ich und merkte im selben Moment, dass es stimmte. Für mich war sie ein Anker gewesen. Für Lynne aber nie, soviel hatte ich mitbekommen.

„Mach das nicht“, flüsterte Lynne. „Behalte sie so in deinem Herzen, wie du dich an sie erinnerst.“

Mein Lieblingsbarkeeper und ich saßen beim Frühstück. Einträchtig und locker. Wie ein altes Ehepaar. Obwohl wir weder alt noch zusammen waren. Diese friedvolle, entspannte Stimmung zwischen uns war unglaublich, wenn man bedachte, dass wir uns in den letzten Wochen mehr gestritten, denn normal unterhalten und dann, so gut es ging, ignoriert hatten. Es war schrecklich gewesen, böse auf ihn zu sein und meinerseits von ihm die kalte Schulter gezeigt zu bekommen. Irgendwie unnatürlich und falsch.

Wenn er nicht zu mir gekommen wäre, hätte ich den ersten Schritt gemacht, um diesen infantilen Streit zu beenden. Ich hätte es keinen Tag länger ausgehalten. Mein Vorsatz, das, was auch immer zwischen Lex und mir entstand, im Keim zu ersticken, war von Anfang an zum Scheitern verurteilt gewesen. Das war mir mittlerweile klar geworden. Die Angst, er könnte mich verletzen, sobald ich mich auf die ein oder andere Art auf ihn einließ, hatte mich erfolgreich dazu gebracht, ihn von mir zu stoßen. Fakt war aber, es war unmöglich, hier mit ihm zusammenzuleben, unter der Voraussetzung, ihn zu ignorieren.

Also war ich zu dem Schluss gekommen, alle Bedenken beiseitezuschieben und zu sehen, was passieren würde. Denn dieser verdammte Sturkopf hatte es trotz aller Differenzen geschafft, sich in mein Herz zu stehlen. Das konnte ich schlecht leugnen. Ich wusste es. Er hoffentlich nicht. Zumindest tat ich mein Bestes, damit er es nicht mitbekam. Was sich zugegebenermaßen manchmal schwer gestaltete, weil mein Körper wie ein Peilsender auf ihn reagierte. Wann immer er mir nahekam oder mich mit diesem verdammten Verführerblick anlächelte, geriet mein Puls aus dem Takt, und es kribbelte an unerhörten Stellen. So wie jetzt, wo er in seinen Bagel biss und mich nicht aus den Augen ließ.

Freunde! Wir wollten Freunde sein! Na gut, er wollte, dass wir Freunde waren. Ich sollte es wollen. Es war ein hervorragender Kompromiss. Theoretisch. Auf die Art konnte ich ihm nah sein und lief weniger Gefahr, dass es zu Komplikationen zwischen uns kam. Hoffentlich.

„Ich muss dir etwas gestehen", platzte es aus mir heraus, bevor ich es aufhalten konnte. Lex schluckte seinen Bissen herunter und wischte sich ein paar Krümel aus dem Mundwinkel. Ich starrte ihn an. Was wollte ich gerade sagen?

„Ich bin ganz Ohr", teilte er mir mit, klang gleichzeitig amüsiert und neugierig. „Willst du mal beißen?", fragte er nach kurzem Zögern, weil ich nach wie vor nicht auf ihn reagierte.

„Ja. Nein. Ich meine, nein danke. Ich … ich mag keinen Frischkäse", stammelte ich vor mich hin. Ganz toll, Lynne!

„Das sah gerade aber anders aus", neckte er mich und kassierte dafür eine zusammengeknüllte Serviette, die ich ihm gegen den Schädel warf. Seinen blöden Kommentar überging ich.

„Heute kommen die letzten Sachen für die Bar", sagte ich schließlich und duckte mich innerlich. Mir war bewusst, dass Lex meine Ausgaben nicht guthieß. Er hatte Bedenken, was ich in gewisser Weise nachvollziehen konnte. Mich machte der Fund genauso skeptisch. Das hielt mich aber nicht davon ab, die Dollars auszugeben.

„Kommen?", fragte er in bemüht gleichgültigem Tonfall.

„Werden geliefert." Im Geiste duckte ich mich noch etwas tiefer. Ich wollte um jeden Preis vermeiden, mich wieder mit ihm wegen des verdammten Geldes und meiner verdammten Mutter zu streiten. Selbst wenn er mir im Rahmen seiner Entschuldigung zum ersten Mal, seit wir uns kannten, einen kleinen Einblick in seine Vergangenheit erlaubt hatte. Ich hätte unglaublich gern mehr über ihn erfahren, verstand aber, dass er nicht über etwas sprechen wollte, das offenbar schrecklich für ihn gewesen war. Ich würde ihm auch nicht erzählen wollen, wie es mir als Kind mit meiner allzeit besoffenen Mutter ergangen war.

„Geliefert", wiederholte er. Lex gab sich alle Mühe ruhig zu bleiben, das konnte ich ihm deutlich ansehen. Doch sein angespannter Kiefer und die roten Ohrenspitzen verrieten ihn.

„Nur ein paar Kleinigkeiten", ergänzte ich. Oh, für diese Lüge würde ich in der Hölle schmoren, spätestens wenn der Speditionstruck bei uns vorfuhr.

Lex erwiderte nichts mehr, konzentrierte sich stattdessen eingehend auf die Reste seines Frühstücks.

Er steckte es erstaunlich gut weg. Blieb mir nur zu hoffen, dass sich dieser Umstand nicht gleich änderte. Ich hatte nämlich noch etwas Heikles anzubringen.

„Ich habe mir überlegt, dir vielleicht tageweise in der Bar zu helfen, wenn du das möchtest." Ich musste mich zwingen, nach diesem Satz nicht die Augen zusammenzukneifen wie ein kleines Mädchen, das Angst vor der

Dunkelheit hatte und glaubte, sie so vertreiben zu können.

Zu meiner Überraschung – und Freude – reagierte Lex nicht negativ auf meinen Vorschlag. Er wirkte lediglich ungläubig, als hätte er nie im Leben damit gerechnet, diesen Satz aus meinem Mund zu hören. Sein verdutzter Gesichtsausdruck brachte mich zum Lachen. Na ja, absurd war seine Verblüffung keineswegs. Ich konnte mir selbst kaum erklären, warum ich das machen wollte. Vor wenigen Wochen hätten mich keine zehn Pferde, ach, was rede ich da, keine zehn Elefanten dazu gebracht, freiwillig hinter dem Tresen zu stehen. Seither hatte sich viel verändert. Ich hatte mich verändert. Tatsächlich fühlte ich mich so frei wie nie zuvor. Dabei wäre bei meiner Rückkehr das genaue Gegenteil zu erwarten gewesen. Woran das lag, konnte ich beim besten Willen nicht sagen. Aber ich wollte versuchen, diese unfreiwillige Kehrtwende in meinem Leben als Chance zu betrachten. Vielleicht fand ich meinen Frieden hier, wie Lex, gleichwohl ich nicht daran glauben konnte.

„Hast du nicht genug mit deinem Programmierzeugs zu tun?" Seine Frage riss mich aus den Gedanken. Ja. Hatte ich. Eigentlich. Wenn ich in der Bar mithelfen wollte, würde ich bald mit meinen anderen Projekten hinterherhinken. Mehr als ohnehin schon.

Trotzdem wollte ich es. Wirklich. Es war nicht so, als hätte ich meine Ziele gänzlich aus den Augen verloren. Ich liebte das Programmieren und würde es bestimmt nicht an den Nagel hängen. Momentan hatten allerdings andere Dinge Priorität.

Ich zuckte mit den Schultern.

Lex wirkte nicht überzeugt. Er runzelte die Stirn und wollte gerade etwas erwidern, da erklang von draußen her ein monotones Piepsen. Unverkennbar das Rückfahrsignal eines Trucks. Showtime. Noch waren Tickets für meine Hinrichtung verfügbar.

„Die Lieferung scheint da zu sein", teilte ich Lex fröhlich mit, stopfte mir den letzten Bissen meines Schinkentoasts in den Mund und stand auf. Lex' verkniffener Blick amüsierte mich. „Kommst du? Ich könnte vielleicht deine Hilfe beim Reintragen gebrauchen", nuschelte ich mit vollem Mund.

Lex grummelte etwas, das verdächtig nach *Erschieß t mich* klang, und folgte mir nach draußen.

„Ein Truck", stellte er fest, als der Fahrer gerade ausstieg, uns mit einem Nicken begrüßte und zur Ladeklappe eilte.

„Miss Stuart?", fragte der Lieferant geschäftig.

„Genau die", erwiderte ich mit wachsender Vorfreude.

„Nicht mehr lange", raunte mir Lex ins Ohr.

Zur Strafe stieß ich ihm den Ellenbogen in die Rippen. „Warte doch mal ab, bevor du dich wieder aufregst. Ich verspreche, es sind keine Schuhe dabei", witzelte ich. Als würde ich Schuhe kaufen. Lex sah das wohl genauso. Er bedachte mich mit seinem perfektesten Verarsch-mich-nicht-Blick.

Zum Glück brachten die herabfahrende Rampe und der damit verbundene Ausblick auf meine Einkäufe Lex zum Verstummen.

„Miss Stuart, sie meinten, Ihr Freund würde mir helfen, die Ware an ihren Bestimmungsort zu bringen", sagte der Lieferant unverkennbar hoffnungsvoll.

Ich nickte eifrig und stieß Lex erneut in die Rippen. Er funkelte mich an, setzte sich aber gehorsam in Bewegung. Gemeinsam luden sie die Ledercouch, den Billardtisch, den Kickertisch und den großen Karton aus, der vermutlich die Lichtanlage beinhaltete. Ich dirigierte die beiden, damit sie das Zeug möglichst an den richtigen Stellen platzierten.

Als Lex gerade den Flat Screen anhob und sich damit auf den Weg in die Bar machte, fiel mir ein grauer Dodge auf, der langsam an uns vorbeifuhr. Die verdunkelten Scheiben machten es mir unmöglich zu erkennen, wer da in dem Fahrzeug saß. Plötzlich lief mir eine Gänsehaut über die Arme, obwohl es angenehm warm war. Irgendetwas an der Szene war *spooky*.

Der Wagen fuhr an, und verschwand aus meinem Blickfeld.

Noch immer ein wenig verunsichert wegen des eigenartigen Dodge, schnappte ich mir das letzte Teil von der Laderampe, die Karaokebox, und schleppte sie hinein. Mann, war die schwer. Ächzend setzte ich den überdimensionalen Lautsprecher mit integrierter Musikanlage, der an einen Subwoofer erinnerte, neben der Jukebox ab. Meine anschließend ziemlich verkrampften Finger machten mir das Unterschreiben des Lieferscheins schwer.

Lex hatte sich auf die Ledercouch fallen gelassen, die nun an der hinteren Wand stand. Wenn Blicke töten könnten, würde ich jetzt ins Gras beißen, dachte ich bei mir und begegnete seinem mörderischen Ausdruck mit einem unschuldigen Lächeln. Drei. Zwei. Eins.

„Was, zum Teufel, hast du dir dabei gedacht, Lynne? Das ganze Zeug muss Unmengen an Geld gekostet haben!“, polterte er los. Ich nickte bedächtig. „Und überhaupt, was sollen wir damit? Eine Karaoke-Anlage? Glaubst du, Jimmy und die anderen trällern ab jetzt jeden Donnerstag Whitney-Houston-Songs? Ich kann nicht glauben, dass du das tatsächlich durchgezogen hast!“ Aufgebracht fuhr er sich mit den Händen übers Gesicht.

„Bist du fertig?“, fragte ich seelenruhig. Es machte Spaß, ihm zuzusehen, wie er sich dermaßen wegen nichts aufregte.

„Eigentlich noch lange nicht, aber ich wüsste zu gerne, was du zu deiner Verteidigung zu sagen hast“, blaffte er.

„Du bist heiß, wenn du wütend bist“, meinte ich zuckersüß.

Er knurrte, sprang auf und tigerte vor mir im Raum hin und her. „Verdammt, Lynne! Was, wenn mit dem Geld etwas nicht stimmt? Was, wenn ...?“

Nun kam ich ebenfalls in Fahrt. Der Spaß wurde langsam ernst. „Was? Was hast du denn für ein Problem mit dem Geld?“, verlangte ich zu wissen, die Hände in die Hüften gestemmt.

„Ich glaube einfach, dass sich Marian in irgendeine Scheiße verstrickt hat. Ich weiß aus eigener Erfahrung, wie so was aussieht!“ Die Ader an seiner Schläfe pulsierte gefährlich, und Lex sah sich gehetzt um. Bitte was?

„Das musst du mir erklären“, forderte ich ihn auf.

„Nichts muss ich!“, schnappte er und ließ mich wieder einmal stehen. Wäre ja ein Wunder gewesen, wenn unser zerbrechlicher Frieden angehalten hätte.

Lex' Reaktion war total überzogen, wie ich fand. Wovor hatte er solche Angst? Und warum sprach er nicht mit mir darüber? Am liebsten hätte ich ihm die Karaokebox oder besser noch den Billardtisch hinterhergeworfen.

Lex

Die Bar war nicht wiederzuerkennen. Aus der staubigen schmucklosen Bude war binnen weniger Wochen durch Lynnes unermüdlichen Einsatz und die überraschende Geldspritze ein modernisiertes Lokal geworden, das definitiv zum Verweilen einlud.

Ich versuchte, mir Marian in dem neuen Ambiente vorzustellen. Ein Ding der Unmöglichkeit.

Lynnes Maßnahmen hatten leider einen prekären Nebeneffekt. Mein sicherer Hafen, mein Zufluchtsort, wie ich ihn kannte, existierte nicht mehr. Zu viel hatte sich verändert, und das nicht nur optisch.

Darüber hinaus kam ich zunehmend in Bedrängnis, endlich reinen Tisch zu machen. Wenn ich meine Ausraster nicht schleunigst in den Griff bekam, würde Lynne sicherlich irgendwann genug von mir haben.

Beim Gedanken daran, ihr die Wahrheit zu erzählen, krampften sich meine Finger fester um den Schraubenzieher, mit dem ich gerade die letzte Schraube an der Wandkonsole unseres neuen Flat Screens festzog. Ich griff nach dem Fernseher und hievte ihn in die Halterung. Als ich mich umdrehte, stand Lynne an der Theke. Sofort vollführte mein Herz einen Salto, und das schlechte Gewissen, das seit gestern unterschwellig in mir brodelte, kochte über.

Lynne blickte mich skeptisch an. Sie war sich offenbar nicht sicher, was sie von meinem Einsatz halten sollte. Wer konnte ihr das verübeln? Ich jedenfalls nicht.

„Jimmy wird sich freuen, dass er in Zukunft die Sportnachrichten zu seinem Absacker bei uns schauen kann", meinte ich versöhnlich und versuchte mich an einem Lächeln, zu dem mir eigentlich gar nicht zumute war.

Lynne sah mich durchdringend an. Mittlerweile kannte sie mich gut genug, um zu wissen, dass ich gute Miene zum bösen Spiel machte.

„Ich hoffe doch sehr, dass wir das nicht alles nur für Jimmy machen", gab sie zurück und schlenderte zum Kickertisch hinüber.

Ja, das hoffte ich allerdings auch. Wenn es nach mir gegangen wäre, hätte es all die Sachen zwar nie gegeben, trotzdem erwartete ich mir jetzt, da sie schon mal da waren, einen Effekt dadurch. Egal, wie es kommen mochte, ich hatte mich dazu entschlossen – endgültig und entgegen meines unguten Gefühls und der Unsicherheit, die diese ganzen Veränderungen in mir auslösten –, Lynne zur Seite zu stehen und sie ab sofort ausnahmslos zu unterstützen.

„Weißt du, früher, als ich etwa elf war, hatten wir ebenfalls einen Kickertisch", erzählte Lynne, und ein freudiges Funkeln trat in ihre Augen. „Ich war eine Meisterin in diesem Spiel. Darum wüsste ich zu gern, ob du in der Lage bist, mich zu besiegen."

Sie wollte mit mir spielen? Nach unserem gestrigen Streit hatte ich eher damit gerechnet, dass Lynne mir noch mal eins mit dem Baseballschläger verpassen würde. Oder ich zu Kreuze würde kriechen müssen. Anscheinend hatte sich die Lage aber von allein wieder entspannt.

„Na, was ist jetzt? Nimmst du die Herausforderung an, oder bist du zu feige?“, provozierte sie mich mit einem breiten Grinsen.

„Meine leichteste Übung“, erwiderte ich großspurig. Lynne lachte. Hoffentlich würde sie mich nicht gleich in Grund und Boden stampfen. Ich hatte ewig nicht mehr Kicker gespielt und war nie besonders gut darin gewesen.

Acht Runden später, von denen ich keine einzige gewonnen hatte, wusste ich, dass ich Lynne niemals in diesem Spiel würde besiegen können. Sie war flink und hatte einige echt fiese Tricks drauf.

„Na, von wegen deine leichteste Übung. Im Verlieren vielleicht“, gluckste sie und ließ ihren Tormann einen Überschlag machen.

„Im Eingestehen von Niederlagen“, konterte ich so würdevoll wie in dieser Lage möglich.

Wir lachten beide, und ich kam nicht umhin, Dankbarkeit für diese ausgelassene Stimmung zu empfinden. Mochte sein, dass Lynne einige Eigenschaften hatte, die mich regelmäßig zur Weißglut brachten. Ihre unglaubliche Sturheit zum Beispiel und ihr Talent, mein Leben völlig auf den Kopf zu stellen. Genau diese Dinge schätzte ich auf der anderen Seite an ihr. Ebenso ihren Enthusiasmus und ihr Feuer.

Wir waren, was beinah alles anging, geteilter Meinung, und trotzdem hatte mich niemand in den letzten Jahren so wie sie zum Lachen gebracht. Oder es geschafft, dass ich meine Lebensführung dermaßen hinterfragte.

Und bei keiner Frau war mein Körper jemals derart in Flammen gestanden. Es reichten schon ein Blick oder eine zufällige Berührung aus, um mein Blut in Wallung zu bringen. Lynne und alles, was sie mit mir anstellte, war gleichermaßen erschreckend und aufregend.

„Ich muss dir etwas zeigen", teilte sie mir mit und führte mich nach oben in ihr Apartment. Sie dirigierte mich in ihr Zimmer, wo mein Blick sofort aufs Bett fiel. Der Raum bestand eigentlich nur aus dem Bett, einem Schreibtisch, auf dem ihr aufgeklapptes Notebook und weiterer Technikkram standen, einem schmalen Kleiderschrank und einem übervollen Bücherregal. Mehr Platz gab es nicht. Dafür stieg mir sofort Lynnes süßer Duft in die Nase, der die Luft in dem kleinen Zimmer erfüllte.

Sie zog den Schreibtischsessel zurück und drückte mich sanft darauf. Ihre Berührung, gepaart mit dem Geruch und der Präsenz ihres Betts gleich neben uns, machte es mir schwer mich zu konzentrieren.

Reiß dich zusammen, Lex!, sagte ich mir selbst. Du willst sie unterstützen! Du hast ihr vorgeschlagen, dass ihr Freunde sein sollt. Da wäre es keine gute Idee, jetzt aufzuspringen und sie ins Bett zu zerren.

Meine Selbstbeherrschung wurde weiter strapaziert, als sich Lynne in Ermangelung von Platz über meine Schulter beugte und die Maus ergriff. Ich hielt die Luft an und versuchte, mich auf den Bildschirm zu fokussieren, der gerade zum Leben erwachte. Der blaue Desktop war mit unzähligen Dateien übersät. Wie sie sich in dieser Flut an Ikons zurechtfinden konnte, war mir ein Rätsel. Aber gut, ich hatte bei Weitem nicht so viel Ahnung von der Materie wie Lynne.

Sie beugte sich ein Stück weiter nach vorne, sodass ihr schwingender Pferdeschwanz meine Wange streifte.

„Wenn du mich weiterhin reizt, wird es nicht dazu kommen, dass ich mir irgendetwas auf deinem Laptop ansehe", warnte ich sie mit dunkler Stimme. Sie sollte ruhig wissen, was ihre Nähe in mir auslöste. Hoffentlich brachte sie das dazu, schneller zu machen.

Lynnes Finger, die im Begriff gewesen waren, die Maus zu bewegen, verharrten, und sie wandte mir, immer noch halb über meine Schulter gebeugt, das Gesicht zu. Sie sah überrascht aus. Ihre vollen Lippen, die sofort meine Aufmerksamkeit auf sich zogen, formten sich zu einem perfekten O. Dann fing sie sich und lächelte verhalten, wandte sich aber nicht wieder dem Computer zu. Ihr Mund war so nah und verführerisch, dass ich mich schwer zusammenreißen musste, nichts Unbedachtes zu tun. Wie, sie an mich zu ziehen, sie zu küssen, sie auszuziehen und …

Lynne drehte den Kopf weg und peitschte mir ihre Haare ins Gesicht. Dieses Biest! Ihr Brustkorb vibrierte von lautlosem Lachen und streifte unablässig meine Schulter.

Flink bewegte sie die Maus über die Tischplatte und klickte zweimal, woraufhin sich eine Datei öffnete.

Meine Augen überflogen die paar Textzeilen des Flyers, der die Neueröffnung der Bar an diesem Freitag ankündigte.

Lynne ging dankenswerterweise auf Abstand und ließ sich auf ihrem Bett nieder. „Ich dachte daran, mich in den Newsletter des College zu hacken und unsere Flyer dort einzuspielen", erklärte sie mir. Das hielt ich für keine gute Idee. Mein aufkommendes Unbehagen verbarg ich hinter einem Lächeln.

„Na, na, Miss Stuart. Keine illegalen Aktionen, wenn ich bitten darf", erwiderte ich so lässig wie möglich. Dabei hatte sich ein Knoten in meinem Magen gebildet, der mich schmerzlich daran erinnerte, wie oft ich in der Vergangenheit Ja zu derlei Unsinn und viel schlimmeren Vorhaben gesagt hatte.

„In diesem Fall müssen wir wohl auf eine analoge Verteilung zurückgreifen", kündigte Lynne an und schwang sich aus dem Bett. Ihr Fuß verhedderte sich in der Tagesdecke und brachte sie zum Straucheln.

Ich schlang die Arme um ihre Taille und verhinderte so ihren Sturz. Statt auf dem Boden landete sie direkt auf meinem Schoß. Uff. Das war ein schwungvoller Auftritt gewesen. Mein Unterleib reagierte sofort auf ihren Körper, der sich eng an mich drückte. Eigentlich hätte ich sie sofort von mir schieben sollen, ansonsten würde sie gleich wissen, was sie mit mir anstellte. Aber ich wollte nicht. Ich wollte das genaue Gegenteil tun.

„Mir scheint, du hast insgeheim doch andere Pläne, als Flyer zu verteilen", raunte ich ihr ins Ohr, fühlte, wie sie in meinen Armen erschauderte und schwer schluckte.

„Zuerst die Arbeit, dann das Vergnügen", meinte sie und klang keineswegs überzeugt. Ihre Hand legte sich in meinen Nacken. Ihre Fingerspitzen spielten mit meinem Haar. Jede ihrer Berührungen fuhr wie ein gleißender Blitz durch mich hindurch, ließ mich Zeit und Raum vergessen. Das irisierende Grün ihrer Augen und der hungrige Blick, mit dem sie mich bedachte, machten es immer schwieriger, ausreichend Luft in meine

Lungen zu bekommen. Obwohl ich mittlerweile schwer atmete, war mir, als würde ich in der stetig wachsenden Spannung zwischen uns ertrinken.

„Entweder du steigst augenblicklich von mir runter, oder ich kann für nichts mehr garantieren", mahnte ich Lynne mit heiserer Stimme.

Der Griff ihrer Finger in meinem Haar verstärkte sich, ich ließ die angehaltene Luft keuchend aus dem Mund entweichen. Lynne senkte den Kopf, küsste mich aber nicht, sondern legte ihre erhitzte Stirn auf meine. Zuerst wollte ich protestieren. Sie erfüllte damit nämlich nicht meine Erwartungen, heizte die Flammen, die mich im Inneren verzehrten, nur mehr an. Doch diese zärtliche Geste, die mir bewies, wie sehr auch sie damit zu kämpfen hatte, nicht über mich herzufallen, war mehr. Mehr als Feuer, mehr als Leidenschaft, mehr als Sex. Es war pure Intimität. Vertrauen. Halt. Geborgenheit.

Seufzend ließ sie von mir ab und rutschte von meinem Schoß. „Ich muss noch mal auf die Toilette, bevor wir fahren", teilte sie mir erstickt mit.

Ein raues Lachen entfuhr mir. Wie sollten wir dieser Anziehung auf Dauer standhalten?

Lynne

Lex war wie Edelschokolade, vollmundiger Wein und ein heißes Schaumbad in einem. Süß, sündig, verführerisch und prickelnd. Der einzige Haken daran war, er wusste es genau.

Er spielte seine männlichen Reize gekonnt aus, legte sie über mich wie einen samtigen Mantel, den ich nicht mehr abschütteln konnte. Oder wollte. Ich wusste, diese Achterbahn würde entgleisen, und der Waggon, in dem ich saß, unweigerlich auf dem Boden aufschlagen. Aber die Fahrt war es wert.

„Bereit?", fragte ich in Lex' Wohnung hinein. Er kam gerade aus dem Bad, seine Haare nass von der Dusche, die er offenbar genommen hatte.

Wir wollen Flyer verteilen, sagte ich mir in Dauerschleife selbst, denn sein Anblick ließ mich wieder alle Vorsätze in den Wind schießen.

Dabei musste ich über mich und diese wahnwitzige Situation den Kopf schütteln. Lex und mich gab es, so wie es aussah, nur in zwei Aggregatzuständen. Kochend vor Wut oder in dampfenden Lustschwaden. Unwillkürlich fragte ich mich, ob diese Tal- und Bergfahrt, auf der wir uns befanden, jemals ein Ende nehmen würde. Langsam gewöhnte ich mich zwar daran, aber ich war mir nicht sicher, ob mein Herz dieses Hin und Her auf Dauer mitmachte.

„Kann losgehen", meinte Lex und schnappte sich seine Schlüssel vom Beistelltisch neben der Wohnungstür.

„Diesmal fahre ich", teilte ich ihm mit und bedachte ihn mit meinem besten Keine-Widerrede-Blick. Ich hätte zwar nichts dagegen gehabt, eine Spritztour mit Lex auf dem Motorrad zu machen, aber für unser Vorhaben war ein Fahrzeug mit vier Rädern und Kofferraum bestimmt besser geeignet.

Gehorsam legte er die Schlüssel wieder zurück und folgte mir zu meinem Wagen.

„Fährt der überhaupt noch?", wollte er wissen, während er meinen alten, rostigen Ford von allen Seiten in Augenschein nahm.

„Ja, tut er, und jetzt steig ein, wir haben viel zu tun heute", wies ich ihn streng an. Er sollte bloß nicht abfällig über meinen geliebten Taunus reden, sonst bekam er große Probleme mit mir.

Lex stieg nach mir ein. Die Stoßdämpfer protestierten quietschend unter seinem Gewicht, und die Beifahrertür knallte laut, als er sie zu warf.

Stimmt ja, die Türdichtungen hatte ich auch tauschen wollen.

„Vorsicht! Das alte Schätzchen braucht eine liebevolle Behandlung", rügte ich Lex, der mich ansah, als hätte er Angst um seine Sicherheit.

Ich pumpte die Kupplung zweimal und startete den klappernden Motor. Wir rollten gemächlich aus der Seitengasse und weiter auf die Hauptstraße. Unser erstes Ziel war der Copyshop im Nachbarort.

Irgendwie verspürte ich das Bedürfnis, die Stille zwischen uns durch ein Gespräch zu füllen. Ein Thema musste her, aber mein zahlengepoltes Hirn war leider nicht in der Stimmung, etwas Brauchbares auszuspucken. Ich war nicht gut in diesen Dingen, Smalltalk und dergleichen, fand jedoch, dass es an der Zeit war, den undurchsichtigen Barkeeper abseits von Streitgesprächen und bissigen Diskussionen kennenzulernen. So schwer konnte das immerhin nicht sein, mir eine unverfängliche Frage einfallen zu lassen. Mir kam die fürchterliche Einstandsveranstaltung in meinem ersten Jahr am College in den Sinn.

„Was ist deine Lieblingseissorte?", platzte ich heraus. Die dämlichste Frage seit Menschengedenken, aber sie erfüllte wenigstens das Kriterium der Unverfänglichkeit.

„Was?", lachte Lex und warf mir einen ebenso amüsierten wie überraschten Seitenblick zu.

„Deine Lieblingseissorte!"

Er lachte noch immer.

„Hey, ich versuche hier, mit dir eine Unterhaltung zu führen", erwiderte ich beleidigt und bereute es schon, überhaupt den Mund aufgemacht zu haben.

„Kokosnuss."

Jetzt war ich es, die lachte.

„Was hast du denn gegen Kokosnuss?", fragte Lex in gespielter Entrüstung.

„Nichts", erwiderte ich, bemüht, mein Lachen zu unterdrücken. „Weiter", sagte ich dann und sah in Lex' verständnisloses Gesicht.

„Was weiter?"

Diese Gesprächssache schien schwieriger zu werden, als ich gedacht hatte. War ja klar!

„Du bist dran. Stell mir eine Frage", forderte ich ihn auf.

„Warum?"

Innerlich schreiend, würgte ich mein abgewetztes Lenkrad. „Weil das so funktioniert, wenn man sich unterhält!" Lex grinste schief. Am liebsten wäre ich von Worten zu Taten übergegangen und hätte ihm eine verpasst.

„Welche Farbe hat die Unterwäsche, die du trägst?", fragte er im Unschuldston. Ich stieß einen Laut der Empörung aus und boxte Lex nun tatsächlich gegen den Oberarm. „Hey, Rocky, beide Hände aufs Lenkrad!", verlangte er und lachte wieder.

Also gut, dann eben nicht! Ich hatte mich gerade dazu entschlossen zu schmollen, da stellte Lex doch noch eine passable Frage, die mich den Glauben an die Menschheit zurückgewinnen ließ.

„Warum hast du dich entschieden, Informatik zu studieren?" Diese Antwort war leicht.

„Weil ich Zahlen mag."

„Weil du Zahlen magst? Das ist deine Antwort?" Lex hatte offenbar etwas Tiefgründigeres erwartet.

„Deine war Kokosnuss", warf ich ein.

„Das wirst du mir jetzt ewig vorhalten, oder?"

„Vielleicht." Grinsend überlegte ich, wie ich ihm meine Berufswahl besser erklären konnte. „Zahlen, Mathematik und damit alles, was mit Programmieren zu tun hat, sind rein logisch. Sie folgen einer bestimmten Ordnung und lassen trotzdem Raum für Kreativität. Keine Hintertürchen, keine verschlungenen Wege, keine Gefühle", führte ich aus und biss mir nach dem letzten Wort auf die Lippe. Das war etwas zu viel des Guten gewesen.

Lex nickte bedächtig. Es sah aus, als würde er meine Beweggründe nachvollziehen können.

Jetzt war ich wieder mit Fragen dran, allerdings erreichten wir in diesem Moment den Copyshop. Es musste also bis später warten.

„Wie viele Kopien wollt ihr denn?", fragte der Typ hinter der Kasse geschäftsmäßig, als ich ihm den USB-Stick mit der Flyer-Datei reichte. Schulterzuckend sah ich zu Lex. Ich hatte eigentlich nur vor, die Handzettel am nächstgelegenen College zu verteilen. Keine Ahnung, wie viele dafür nötig waren.

„Mach tausend", meinte Lex an den Druckerheini gerichtet und wandte sich dann mir zu. „Wir können außer im College auch Flyer im Waschsalon, im Drugstore bei der Tankstelle und im Einkaufszentrum aufhängen", teilte er seine Überlegungen mit mir. Wann hatte er sich denn so viele Gedanken darüber gemacht?

„Gut. So machen wir's", erwiderte ich.

Eine halbe Stunde später bekamen wir das Päckchen mit den Flyern in die Hand gedrückt und machten uns auf den Weg zu unserer ersten Station.

An der nächsten Ampel stach mir beim Routineblick in den Rückspiegel ein unangenehm bekannter Dodge hinter uns ins Auge. Beim Anblick des dunkelgrauen Fahrzeugs mit den getönten Scheiben verpuffte mein Enthusiasmus, unser Frage-Antwort-Spiel von vorhin fortzuführen.

Wenn mich nicht alles täuschte, war es derselbe Wagen, der auffällig langsam an der Bar vorbeigefahren war, als wir die neuen Sachen aus dem Truck geräumt hatten. Konnte das sein, oder war das Zufall?

„Was ist los mit dir, Sherlock? Hast du schon genug davon, Konversation zu führen?", fragte Lex und sah mindestens genauso angespannt aus, wie ich mich gerade fühlte.

Ich warf einen weiteren Blick in den Rückspiegel, als die Ampel auf Grün schaltete und wir rechts abbogen. Der Dodge folgte uns.

„Im Moment ja, Lex", antwortete ich mit einiger Verspätung und überlegte fieberhaft, warum mich der Dodge hinter uns so nervös machte. Es existierten bestimmt viele Fahrzeuge dieses Modells, mit dunkelgrauer Lackierung und getönten Scheiben. Außerdem gab es keinen Grund, warum gerade mich jemand verfolgen sollte. Oder doch?

Paranoia

Lex

Sollte ich nun erleichtert, beleidigt, enttäuscht oder skeptisch sein? Ich wusste es beim besten Willen nicht. Vermutlich war es eine Mischung aus allem und einigem mehr, das ich nicht recht benennen konnte.

Ich hatte mich geistig bereits darauf eingestellt, dass mir Lynne auf dem Weg zum Einkaufszentrum weitere Fragen stellen würde. Hatte dem mit leichter Panik, aber auch mit Neugierde entgegengeblickt. Es reizte mich, mehr über diese verrückte Frau zu erfahren, selbst wenn ich dabei Gefahr lief, etwas über mich und meine Vergangenheit preisgeben zu müssen.

Jetzt aber schien sie sich total unwohl in meiner Gegenwart zu fühlen. Was, zum Teufel, hatte ich falsch gemacht? War meine Frage zur Wahl ihres Studiengangs zu persönlich gewesen? Immerhin hatte mir ihre Antwort einen überraschend tiefen Einblick in ihre Gedankenwelt beschert.

Lynne sah überall hin, nur nicht zu mir. Ich hätte mein letztes Hemd dafür gegeben, um zu erfahren, was da gerade in ihrem hübschen Köpfchen vorging.

„Als Kind hatte ich einen Hund", hörte ich mich plötzlich selbst sagen. Okay, dieses Detail aus meiner Vergangenheit war oberflächlich genug, um damit nicht in eine Ecke zu geraten, aus der ich nicht mehr herauskam. Hoffte ich zumindest.

„Er hieß Daxter", fügte ich hinzu, weil Lynne noch immer nicht auf mich reagierte.

„Du hattest einen Hund namens Daxter?", wiederholte sie schließlich schmunzelnd, schien allerdings nach wie vor nicht ganz bei der Sache zu sein.

„Jep. Er war groß, zottelig und unglaublich gutmütig. Meine kleine Schwester Nina und ich sind immer ..." Ich stockte. *Nina.* Wie lange hatte ich nicht mehr an sie gedacht? Das Hundethema hatte offensichtlich versteckte Tücken.

Dafür schenkte mir Lynne jetzt, wo ich es nicht mehr gebrauchen konnte, ihre volle Aufmerksamkeit. Das Leben war ungerecht.

„Du hast eine Schwester?", fragte sie zurückhaltend, aber unverkennbar interessiert.

Ich konnte nicht verhindern, dass bei der Erinnerung an Nina ein wehmütiges Lächeln auf mein Gesicht trat. Mein Herz fühlte sich auf einmal schwer und kalt in meiner Brust an, als wäre es zu einem Klumpen Eis gefroren.

„Wir haben den armen Daxter immer frisiert und verkleidet. An einem Tag war er eine feine Lady mit Hut und Blümchenschal, ein anderes Mal der strahlende Superheld im wallenden Umhang." Lynne lächelte mich so warm an, dass mein erstarrtes Herz allmählich auftaute, dafür allerdings umso mehr schmerzte. Sie sah es mir an, das wusste ich. Ihr Blick wurde traurig, mitfühlend, aber nicht auf eine unangenehme Art. Er weckte in mir das Gefühl, gestützt zu werden.

„Ich hätte dich nicht für einen Hundetyp gehalten“, meinte Lynne und bog in eine Seitengasse ein. Ich war ihr unglaublich dankbar für diese Ablenkung. Sie hätte mich genauso gut mit meinem offenkundigen Schmerz allein lassen oder bohrende Fragen stellen können. Aber nein. Diese wundervolle Frau neben mir, die sich selbst immer als Sozialkrüppel bezeichnete, hatte ein feines Gespür dafür, was ich jetzt wirklich brauchte.

Ich atmete tief durch und schaffte es langsam, die ungewollten Emotionen zurückzudrängen. „Was für ein *Typ* bin ich denn in deinen Augen?“

Sie tat so, als würde sie angestrengt nachdenken, tippte sich mit dem Zeigefinger an die gespitzten Lippen. „Ich schätze, du bist der geborene Goldfischhalter“, antwortete sie in einer Ernsthaftigkeit, die mich für einen Moment glauben ließ, dass sie meinte, was sie da sagte – bis sie in schallendes Gelächter ausbrach.

Ich konnte nicht anders und stimmte mit ein.

„Nein? Kein Goldfisch? Dann vielleicht Urzeitkrebse? Kaninchen? Ameisen?“, neckte sie mich weiter, bis mir unser ausgelassenes Lachen die Tränen in die Augen trieb. Sie hatte es mit ihrem Charme und Humor geschafft, mich vom Abgrund zu retten, bevor ich in das schwarze Loch meiner Vergangenheit hatte stürzen können. Am liebsten hätte ich sie dafür geküsst, bekam aber keine Gelegenheit dazu, denn die fröhliche Stimmung verebbte, als Lynne ihren klapprigen Ford in der Nähe des Nebeneingangs zum Supermarkt parkte. Sie sah sich nach allen Seiten um. Während mich noch immer Erleichterung durchströmte, schien Lynne auf einmal wieder angespannt zu sein. Fahrig löste sie ihren

Sicherheitsgurt und stieg aus. Ich nahm die Flyer vom Rücksitz und folgte ihr.

Sie stand am Ende des Wagens und scannte aufmerksam die Umgebung, als erwarte sie etwas Bestimmtes zu sehen. Dann sackten ihre Schultern nach unten, und sie atmete hörbar aus.

Was auch immer mit ihr los war, es gefiel mir nicht. Sie erinnerte mich an Marian, die in den letzten Monaten vor ihrem Tod ein ähnlich eigenartiges Verhalten an den Tag gelegt hatte. Immerzu hatte sie die Tür der Bar im Auge behalten. Unauffällig und doch merklich. Jedes Mal, wenn jemand die Bar betreten hatte, war Marian für einen Sekundenbruchteil erstarrt, bevor sie sich wieder entspannt hatte.

Ich wusste nicht, ob mit Lynne etwas nicht stimmte oder ob ich mir das einbildete, hier war jedoch sicherlich nicht der richtige Ort, um sie darauf anzusprechen. Darum entschloss ich mich dazu, ihr auf ähnliche Weise zu begegnen, wie sie mir gerade während des Gesprächs über Daxter.

„Kann es sein, dass du genauso erleichtert bist wie ich, aus diesem fahrenden Schrotthaufen wieder heil rausgekommen zu sein?" Für diese Frage kassierte ich zwar einen weiteren lächerlichen Faustschlag gegen meinen Oberarm, aber das Ablenkungsmanöver zeigte wenigstens Wirkung.

„Lass gefälligst mein armes altes Auto in Ruhe. Es hat mir stets gute Dienste geleistet und deinen Spott nicht verdient", knurrte Lynne erbost und tätschelte beim Vorbeigehen liebevoll die verbeulte rostige Motorhaube ihres Ford.

Wir positionierten uns mit den Flyern in den Händen zwischen *Donkey's Burger* und einem hippen Klamottenladen. Obwohl es unter der Woche war, strömten massenhaft Leute an uns vorbei, denen wir einen Flyer nach dem anderen angedeihen ließen.

Hier war ich wieder in meinem Element, zwinkerte den Mädels zu, denen ich Zettel in die Hände drückte, und trug mein bestes Charmebolzengrinsen zur Schau.

„Also, wenn du auch da sein wirst, komme ich gern", flötete eine vollbusige Brünette und streichelte mir mit dem Finger über die Hand, als sie mir den Flyer abnahm.

Lynne räusperte sich neben mir. Ausgiebig und lautstark.

„Was denn? Ich tue nur das, was du von mir verlangt hast: Flyer verteilen", meinte ich unschuldig.

„Du musst dich dafür aber nicht gleich prostituieren", erwiderte sie kühl.

„Prostituieren? Übertreibst du da nicht ein wenig? Ich kann schließlich nichts dafür, wenn die Ladys auf mich abfahren."

Lynne kniff die Augen zusammen und kehrte mir den Rücken zu. Ihre Reaktion war sehr interessant.

Ich lehnte mich mit dem Rücken an ihren und drehte, während ich weiter fleißig Handzettel verteilte, den Kopf zur Seite, damit ich Lynne ins Ohr flüstern konnte. „Sind Sie etwa schon wieder eifersüchtig, Miss Stuart?"

„Träum weiter", murrte sie über ihre Schulter und strafte mich mit eisigem Schweigen. Sie war definitiv eifersüchtig, selbst wenn sie es noch so vehement abstritt. Dieser Umstand gefiel mir. Sehr sogar.

Unsere Verteilaktion im Einkaufszentrum war eine erfolgreiche Angelegenheit gewesen, soweit ich das beurteilen konnte. Zumindest hatten wir bis auf ein, zwei Ausnahmen keinen unserer Flyer draußen auf dem Parkplatzboden wiedergefunden.

Die übrigen Handzettel hatte wir an jedes Schwarze Brett auf dem Areal des College geheftet, das wir finden konnten.

Zähneknirschend hatte ich feststellen müssen, dass nicht nur die Weiber im Einkaufszentrum scharenweise auf Lex' sexy Lächeln ansprangen, sondern auch die jungen Studentinnen keineswegs gegen seine Ausstrahlung immun waren. Ja, zum Teufel, ich war eifersüchtig. Und wie. Obwohl ich mir selbst die ganze Zeit über sagte, dass ich es nicht sein sollte. Lex gehörte nicht zu mir. Ich hatte also keinen Grund, Besitzansprüche geltend zu machen. Trotzdem wohnte da dieses geifernden Tier in mir, das jede der Tussen, denen ich nie und nimmer das Wasser reichen konnte, am liebsten von hinten angesprungen hätte.

Deshalb und weil mich dieser dämliche dunkelgraue Dodge mit den getönten Scheiben, der uns hinterhergefahren war, nicht mehr losließ, war meine Stimmung auf dem Tiefpunkt, als wir am späten Nachmittag wieder zu Hause eintrafen. Zur Krönung des Ganzen schmerzten mir die Füße, und mein Nacken war unangenehm steif.

Ich parkte den Ford wie immer in der Sackgasse neben der Bar und kramte nach meinem Schlüsselbund in der Mittelkonsole. Endlich hatte ich ihn gefunden, sah auf und erstarrte. Da war er wieder, dieser verdammte dunkelgraue Dodge. Lex folgte meinem Blick.

„Hier", zischte ich und drückte ihm die Schlüssel in die Hand, bevor ich aus dem Wagen sprang und mit großen Schritten auf den Dodge zustürmte. Wer auch immer da hinter dem Steuer saß, würde mir jetzt erklären müssen, warum, zur Hölle, er mich verfolgte.

Dazu kam es leider nicht. Ich war keine zehn Schritte von der Straße entfernt, da fuhr der Dodge mit quietschenden Reifen an und brauste mir vor der Nase davon.

„Feiglinge!", schrie ich aufgebracht. Meine Hände zu Fäusten geballt, stand ich am Straßenrand und stampfte wie eine Irre mit einem Fuß auf. Bis Lex neben mich trat. Oje, den hatte ich im Eifer des Gefechts völlig vergessen.

Er sah in die Richtung, in die der Wagen verschwunden war, dann wandte er sich zu mir, und der Blick, den er mir zuwarf, verhieß nichts Gutes. Es war eine intensive Mischung aus Ärger und Besorgnis, die mir seine aufeinandergepressten Lippen und zusammengezogenen Augenbrauen nur allzu deutlich machten.

Na gut. Jetzt hatte ich zwei Möglichkeiten. Eine blöder als die andere. Ich konnte augenblicklich damit aufhören, hier mitten auf der Straße am Rad zu drehen und so tun, als wäre nichts gewesen. Das würde mir Lex aber in tausend Jahren nicht abkaufen, und am Ende würden wir wieder streiten. Damit fiel das schon mal flach.

Oder ich erzählte ihm einfach, dass ich glaubte, dieser Dodge würde mich verfolgen, seit ich ihn zum ersten Mal vor der Bar gesehen hatte. Wie Lex auf diese Offenbarung reagieren würde, stand in den Sternen, aber ich hatte ein ungutes Gefühl, was das anbelangte. Er würde sich bestimmt aufregen. Ich hatte die Streitereien mit Lex satt, obwohl sie gelegentlich amüsant waren, und jetzt gerade konnte ich tatsächlich keinen Ärger gebrauchen. Ich sehnte mich nach Ruhe, Frieden, einer heißen Dusche und einer Rückenmassage. Wirklich. Sehr. Vielleicht sollte ich ihm das vorschlagen?

„Was. War. Das?", verlangte Lex gleichsam entgeistert und aufgebracht zu wissen. Der Traum einer Rückenmassage zerplatzte wie eine Seifenblase.

„Ein Auto", erwiderte ich in der leisen Hoffnung, Plan A könnte vielleicht doch irgendwie …

„Verarsch mich gefälligst nicht, Lynne!", fauchte Lex. Wäre ja auch zu schön gewesen. „Du bist zwar etwas durchgeknallt, aber darauf kannst du dich jetzt nicht ausruhen. Vergiss es! Du warst schon den ganzen Tag über eigenartig. Irgendwie abgelenkt, und jetzt jagst du diesem Wagen hinterher wie ein bellender Straßenhund."

„Hey", protestierte ich und funkelte ihn böse an, während ich die Arme vor der Brust verschränkte. Ich ließ mich sicher nicht von ihm als verlauster Köter bezeichnen.

Meinen Einwand ignorierend, fuhr er ungerührt fort: „Raus mit der Sprache, Lynne! Irgendetwas verschweigst du mir!"

Also dann Plan B. Na schön! Ich atmete genervt aus und marschierte ins Haus, Lex an meinen Fersen.

„Dieser Wagen ist an der Bar vorbeigefahren, als der Truck mit den ganzen neuen Sachen da war und du gerade eines der Teile reingeschleppt hast“, begann ich zu erzählen.

„Und?“, drängte Lex.

„Langsam vorbeigefahren. Als würden die Insassen genau abchecken wollen, was wir treiben“, führte ich weiter aus und stellte mit Schrecken fest, dass Lex’ Gesicht zu einer bleichen Maske erstarrte. „Das ist reine Interpretation meinerseits! Es könnte genauso gut sein, dass der Fahrer gerade eine SMS geschrieben oder etwas im Handschuhfach gesucht hat und deshalb gemächlich an mir vorbeigefahren ist“, ergänzte ich, um ihn nicht unnötig aufzuregen. Die Ader an seiner Schläfe pochte, und obwohl er wütend unglaublich sexy war, wollte ich nicht riskieren, dass er meinetwegen einen Herzinfarkt erlitt.

„Du glaubst aber nicht daran?“, fragte er betont ruhig. Dabei wusste ich nur zu gut, dass es in ihm brodelte wie in einem Vulkan. Ich schüttelte den Kopf, obwohl ich ihm viel lieber widersprochen hätte. „Warum nicht?“, presste er zwischen zusammengebissenen Zähnen hervor. Mit seiner Ruhe war es anscheinend bald vorbei.

Ich zögerte.

„Lynne!“ Schon gut, schon gut.

„Weil ich meine, den Dodge heute wieder gesehen zu haben. Wenn mich nicht alles täuscht, ist er uns vom Copyshop aus zum Einkaufszentrum gefolgt. Dann hab ich ihn aus den Augen verloren und geglaubt, mir das alles eingebildet zu haben.“ Tja. Ich hatte mich wohl leider getäuscht. „Der, die, oder wer immer das sein mag, scheint uns zu beobachten, und ich habe echt keine

Ahnung, warum jemand das tun sollte", schloss ich und ließ mich ausgelaugt und durcheinander auf meine Couch fallen.

Lex stand schweigend an die Küchenzeile gelehnt, starrte ins Leere und war offenbar in seine eigenen Gedanken versunken. Mir sollte es recht sein, denn ich hatte keine Lust, heute noch mit ihm über irgendetwas zu debattieren.

„Du solltest jetzt schlafen gehen", sagte er schließlich, stieß sich von der Arbeitsplatte ab und rauschte aus meinem Apartment. Die Tür ließ er offen stehen.

Äh, ja. Danke. Oder auch nicht. Womit genau hatte ich diesen filmreifen Dramaqueen-Abgang verdient? Abgesehen davon und obwohl ich vor wenigen Minuten nichts lieber getan hätte, als in mein Bett zu fallen und mich ins Traumland zu verabschieden, war ich jetzt viel zu aufgekratzt, um an Schlaf zu denken.

Ich hievte meinen erschöpften Körper gerade aus den Sofakissen, um die Tür zu schließen, da kam Lex, ein Kleiderbündel unterm Arm, wieder hereingerauscht und schloss ab. Das war aber nicht mein Schlüssel, mit dem er da gerade absperrte.

„Du hast einen Schlüssel zu meiner Wohnung?", fragte ich lahm. Natürlich hatte er den. Immerhin hatte er die Sandwiches vor ein paar Wochen nicht unter dem Türschlitz hindurchgeschoben.

„Auch schon draufgekommen?", stellte er leicht amüsiert eine Gegenfrage. Er wirkte mittlerweile wieder einigermaßen gefasst. Im Gegenteil zu mir. Was machte er da eigentlich?

„Kann ich dir irgendwie helfen?", versuchte ich mich an einer anderen Frage, deren Antwort mich hoffentlich in Bezug auf die Sachlage erleuchten würde, warum Lex uns gerade in meinem Apartment eingeschlossen hatte.

„Ich schlafe bei dir", kam die prompte Erklärung. Mir klappte der Mund auf. Jetzt würde ich ganz bestimmt nicht schlafen können.

„Was verschafft mir denn die Ehre?" Ich war ziemlich perplex, aber gleichzeitig ungewollt aufgeregt. Wir würden die Nacht zusammen verbringen? Wollte ich das?

„Ich schlafe *bei*, nicht *mit* dir, und das hat nichts mit Ehre zu tun, sondern mit meinem unguten Gefühl", meinte er für meinen Geschmack einen Tick zu süffisant. Aha. Na, das erklärte natürlich alles.

Mein verständnisloser und zunehmend gereizter Blick schien ihm mehr zu sagen, als Worte es jemals vermocht hätten, denn sein überhebliches Grinsen verschwand. Dafür wirkte er wieder besorgt. Verdammt. Das war beides Dreck. Konnte nicht einmal ein Abend mit diesem Typen normal verlaufen?

„Ich weiß, du willst es nicht hören, und bitte reg dich jetzt nicht wieder darüber auf, aber ..." Kein Satz, der so anfing, konnte enden, ohne mich aufzuregen. „Aber seit wir das Geld gefunden haben, werde ich das Gefühl nicht los, dass damit etwas nicht stimmt. Und dieser ominöse Dodge dazu ..." Er ließ die Worte bedeutungsschwer in der Luft hängen.

Lex war anscheinend der irrsinnigen Überzeugung, dass ich unseres Geldfunds und des geheimnisvollen Fahrzeugs wegen bewacht werden musste. Keine Ahnung, ob ich jetzt Angst kriegen, lachen oder ihn hochkant aus meiner Wohnung werfen sollte.

„Du schläft auf der Couch, und ich gehe zuerst ins Bad“, schnauzte ich und holte mir frische Sachen aus meinem Zimmer. Sollte er eben bei mir pennen, wenn er sich damit besser fühlte.

Lynne ließ mich ganze zwei Nächte auf ihrer Couch campieren. Dann hatte sie genug von meiner Beschützernummer, und mein Schreck über diesen suspekten Dodge war weit genug verflogen, dass ich wieder halbwegs normal denken konnte.

Im ersten Moment, als Lynne mir erzählte, sie habe dieses Fahrzeug mehrmals gesehen, war ich drauf und dran gewesen, sie entweder zu schnappen und mit ihr abzuhauen oder uns wahlweise in der Wohnung zu verbarrikadieren. Das roch so was von nach Ärger. Nach mächtigem Ärger. Marian hatte sich in irgendetwas Illegales verstrickt, da war ich mir hundertprozentig sicher. Lynne indes schmetterte all meine Versuche ab, sie davon zu überzeugen. Bald wusste ich nicht mehr, ob ich vielleicht tatsächlich maßlos übertrieb, weil mir meine Vergangenheit im Nacken saß, oder ob Lynne zu naiv war, um die Bedrohung zu erkennen.

Wir steckten mitten in den letzten Vorbereitungen für die große Eröffnung, polierten jede Bodenfliese und jedes Glas im Schrank auf Hochglanz. Lynne stellte eine Playlist zusammen. Ich übte mich weiter im Mixen von Cocktails.

Den grauen Dodge bekamen wir nicht mehr zu Gesicht. Nicht einmal, als wir ein weiteres Mal zum Copyshop fuhren, um die neuen Getränkekarten drucken zu lassen.

Lynne schien das endgültig zu beruhigen. Mein ungutes Gefühl konnte dieser Umstand allerdings nicht zur

Gänze vertreiben. Es hatte sich in mir festgefressen wie Säure, und obwohl ich bemüht war, einfach weiterzumachen, beschäftigte es mich unentwegt, auf eine unterschwellige, lauernde Art und Weise.

„Es ist unglaublich, was ihr beiden aus der Bar gemacht habt", meinte Jimmy und drückte Lynne zur Begrüßung an sich.

„Gefällt es dir wirklich, oder sagst du das nur für mich?", fragte Lynne und sah ihn argwöhnisch an.

„Mein voller Ernst. Außer, ihr habt meinen Lieblingswhisky von der Karte gestrichen, dann muss ich mein Urteil revidieren."

„Ein *Cask* für unseren Lieblingsgast, kommt sofort", sagte ich und musste grinsen, weil Lynne Jimmy derart freudestrahlend ansah.

Sie hatte sich in den wenigen Wochen stark verändert. Das nerdige, durchgeknallte Mädchen existierte nicht mehr. Also gut, sie war noch immer nerdig und durchgeknallt, aber darüber hinaus viel offener und umgänglicher. Obwohl sie es nie gewollt hatte, Lynne passte, nein, gehörte mittlerweile in die Bar, wie Marian es getan hatte. Ob dies nun den Veränderungen in der Bar oder ihr geschuldet war, ließ sich schwer trennen. Jedenfalls konnte ich mir Lynne hier nicht mehr wegdenken. Wir waren ein Team geworden, das zeigte sie mir einmal mehr, sobald sich die Bar zur Eröffnung langsam füllte. Lynne schenkte an den Zapfhähnen aus, ich kümmerte mich um die Cocktails und musste zugeben, dass ich lange nicht mehr so viel Spaß hinter der Theke gehabt hatte. Es fühlte sich an, als wäre ich aus einem tiefen Schlaf erwacht. Lynne hatte mich, wenn auch ziemlich unsanft, wachgerüttelt.

Bald war die Bude gerammelt voll, und wir hatten dermaßen viel zu tun, dass mir keine Zeit blieb, weiter über Marian, das Geld, den Dodge oder über sonst eine meiner Sorgen nachzudenken.

Nachdem wir die Bar um halb drei nachts dicht gemacht hatten, hatten wir so viel eingenommen wie sonst in einem halben Monat.

„Na, Mister Gib-bloß-das-Geld-nicht-aus, konnten dich unsere zahlreichen zufriedenen Gäste davon überzeugen, dass es eine gute Idee war?" Lynne schob das Tablett mit den abgeräumten Gläsern neben mich auf den Tresen.

„Natürlich hat es unseren Umsatz gesteigert", begann ich und blickte in Lynnes lächelndes Gesicht. „Trotzdem ..."

„O nein", unterbrach sie mich drohend. „Du lässt deine miesepetrige Ansprache sofort wieder sein. Ich habe genug gehört von irgendwelchen Verschwörungstheorien. Du wirst jetzt den Lappen weglegen und dich gefälligst mit mir freuen. Sonst lege ich dich über die Theke und versohle dir den Hintern, verstanden?" Lynne war mir derart nah gekommen, dass ich meine Einwände vergaß. Dies hatte zwar nichts mit ihrer Drohung zu tun, dafür umso mehr mit der Vorstellung, unanständige Dinge mit ihr auf dem Tresen anzustellen.

„Na schön. Wie Sie befehlen, Miss Stuart", erwiderte ich und warf den Putzlappen ohne hinzusehen in die Spüle. Lynnes Augenbrauen schossen nach oben.

„Das war zu leicht. Wo ist der Haken?", fragte sie und schien sich nun selbst darüber klar zu werden, dass sie nur eine Handbreit von mir entfernt stand.

„Kein Haken", meinte ich mit gesenkter Stimme und ließ den Blick genüsslich über ihre Kurven wandern. Natürlich gab es sehr wohl einen Haken, ich würde vor dem Schlafengehen mal wieder eine kalte Dusche brauchen, wie so oft in letzter Zeit.

Lynne schluckte und öffnete leicht die Lippen. Diese kleine Geste, gepaart mit den grün lodernden Flammen in ihren Augen, schickte heiße Wellen durch meinen Körper.

„Du bist unglaublich", brachte ich heiser heraus. Sie schenkte mir ein Lächeln, aufrichtig und warm, und beförderte mich damit direkt in den freien Fall. Mein Magen hob und senkte sich, das Herz schlug mir bis zum Hals, und ich wusste mit Gewissheit, wenn ich jetzt nicht die Reißleine zog, würde es kein Halten mehr geben.

Zischend stieß ich Luft aus und lehnte die Stirn an ihre, wie sie es vor wenigen Tagen getan hatte. Die Berührung schürte meine Sehnsucht nach Nähe, musste aber für den Moment reichen. Wenn man etwas so sehr wollte wie ich Lynne in diesem Augenblick, konnte das meiner Erfahrung nach bloß in einer Katastrophe enden. Es lief gerade gut zwischen uns. Ich würde das nicht kaputtmachen, indem ich meinem Verlangen nachgab.

Ich ließ die Tür zu meinem Apartment offen, wie die Nächte zuvor. Sollte irgendjemand hier hochkommen, wollte ich gewarnt sein. Der analytisch denkende Teil in mir hielt meine gesteigerte Wachsamkeit für ebenso überzogen, wie Lynne es tat. Aber auch er konnte nichts gegen die Zweifel ausrichten, die mich seit unserem Geldfund und um einiges verstärkt, seit dieser Dodge aufgetaucht war, plagten. Lächerlich und übertrieben hin oder her. Ich wollte auf Nummer sicher gehen.

Obwohl ich viel lieber zu Lynne ins Bett gestiegen wäre, legte ich mich müde und etwas überdreht in mein eigenes. Mochte sein, dass ich es mir nicht erlaubte, meine sexuellen Fantasien in Bezug auf Lynne und mich auszuleben, aber wenigstens gedanklich konnte ich meinen Wünschen freien Lauf lassen. Mit der Vorstellung von unseren verschwitzten Körpern und Lynne, die meinen Namen schrie, schlief ich schließlich ein. Der Traum war derart realistisch, dass mir war, als würde ich tatsächlich ihre Stimme hören. Ihre verärgerte Stimme. Sie packte mich an der Schulter und rüttelte kräftig daran. Moment. Mein Traum lief in die komplett falsche Richtung.

„Lex, verdammt noch mal! Wach endlich auf!"

Was? Ich öffnete meine flatternden Lider und blinzelte gegen das grelle Licht der Deckenlampe an. Lynne stand über mir, mit zerzaustem Haar und dem Baseballschläger in der Hand. Unwillkürlich zuckte ich zurück und hob schützend die Hände vors Gesicht.

Das war zu meinem Leidwesen nicht die willige Lynne aus meiner Vorstellung. Diese Lynne war zwar nicht minder begehrenswert, aber um einiges aufgebrachter.

„Warum, zum Geier, lässt du deine Wohnungstür sperrangelweit offen stehen, während du wie ein Gefängnisaufseher dreimal kontrollierst, ob meine abgeschlossen ist?", wollte sie wissen und ließ endlich den verdammten Baseballschläger sinken.

Ich rappelte mich langsam hoch und versuchte, die Beine aus der Bettdecke zu entwirren. „Ich wollte vorbereitet sein, falls die Besitzer des Dodge unangekündigt vorbeischauen", gestand ich etwas lahm und rieb mir übers Gesicht, um die letzten Fetzen des Schlafs zu vertreiben.

„Na, das hat ja super geklappt, nicht wahr?", ätzte Lynne.

„Was tust du überhaupt hier? Es ist noch dunkel draußen."

„Ich habe etwas gehört", teilte sie mir mit und hob reflexartig den Baseballschläger wieder an.

Sofort war ich hellwach und auf den Beinen, griff nach meiner Jeans. „Was? Wirklich?"

„Nein, nicht wirklich. Ich renne nur gern nach einer arbeitsreichen Nacht mit dem Baseballschläger durch die Gegend", antwortete sie voller Sarkasmus.

„Und da bleibst du nicht in deiner abgesperrten Wohnung, sondern gehst natürlich nachsehen", rügte ich sie und wollte ihr den Schläger abnehmen. Keine Chance. Sie hielt ihn fest umklammert und hätte mir vermutlich vorher die Hand abgebissen, als ihn loszulassen. „Bleib hinter mir", meinte ich. Sie anzuweisen, nicht mit nach unten zu gehen, wäre vermutlich ohnehin zwecklos gewesen.

Auf dem Weg die Treppe hinunter wehte uns ein kühler Windhauch entgegen, gefolgt von einem lauten Krachen. Ich zuckte zusammen und spürte Lynnes Finger, die sich von hinten in mein Shirt krallten. Sie war also nicht völlig unerschrocken.

Die Ursache für das Poltern und Krachen, das uns weitere drei Male auf der Treppe erstarren ließ, war die offen stehende Eingangstür der Bar, die vom Wind auf und zu geschlagen wurde. Ansonsten war alles ruhig. Keine Spur von einem Eindringling. Das dachte ich zumindest, bis ich den Koffer auf dem Tresen entdeckte. Das Bild des biederen Schlipsträgers Jenkins kam mir in den Sinn und frischte meine Trauer über Marians Tod auf, die sich brüllend mit Sorge und Anspannung vermischte.

Dieser Koffer sah allerdings gänzlich anders aus als der des Notars. Das Ding war alt und abgenutzt, an den Kanten ein wenig verbeult.

Lynne kam hinter mir hervor, drückte mir nun doch den Baseballschläger in die Hände und ging schnurstracks auf den Koffer zu. Bevor ich ein Wort sagen konnte, hörte ich die Verschlüsse klacken, und Lynnes verkniffenes Gesicht verschwand hinter dem aufschwingenden Deckel.

Ich löste mich aus der Erstarrung, schluckte den bissigen Kommentar herunter, den ich Lynne ihrer zum Himmel schreienden Unvorsichtigkeit wegen an den Kopf hatte werfen wollen, und trat neben sie.

In dem aufgeklappten Koffer lag ein einzelnes Blatt Papier. Ich überflog die wenigen Zeilen und blieb an Marians unverkennbarer Unterschrift hängen. Es handelte sich um eine Art Schuldschein, den sie dem Datum zufolge wenige Monate vor ihrem Tod unterzeichnet hatte. Die Höhe der Schulden belief sich auf fünfzigtausend Dollar plus einer horrenden Summe an Zinsen. Ich biss die Zähne zusammen, bis mein Kiefer schmerzte. Daher stammte offenbar das Geld, das wir hinter der Spiegelwand gefunden hatten. Aber warum hatte es sich Marian überhaupt geliehen, wenn sie es dann nicht ausgegeben, sondern nur versteckt hatte?

Ich war so in Gedanken versunken, dass ich nicht einmal mitbekam, wie Lynne den Raum verließ. Erst als sie etwas vor mir auf den Tresen legte, wurde mir dieses Detail bewusst.

„Hier", sagte sie und drückte ihren Finger auf eine Seite des Budgetbuches. „Daher kam die Spende des unbekannten Gönners!"

Blinzelnd fokussierte ich meinen Blick auf die Zahlen im Buch und langte nach dem Schuldschein. Marian hatte ihn einen Tag, bevor sie damals mit dem Geld angetanzt war, unterschrieben.

O Marian, was hast du da angestellt?

Mir wurde eiskalt.

„Du musst es zurückgeben", meinte ich so ruhig ich konnte und suchte Lynnes Blick. Sie musste die pure Panik in meinen Augen gesehen haben, die ich unmöglich verbergen konnte, denn für einen kurzen Moment veränderte sich der Ausdruck in ihrem Gesicht. Er wurde weich, verletzlich und Hilfe suchend. Aber bereits einen Wimpernschlag später verhärteten sich ihre Züge wieder. Das, was sie nun zeigte, Trotz, Verbissenheit, Stärke, war wohl das Produkt einer Kindheit, in der sie für sich selbst hatte einstehen müssen, weil es sonst niemand getan hätte. Weil sich Marian nicht um ihre Tochter gekümmert hatte, wie eine Mutter es tun sollte. Die Erkenntnis traf mich, als hätte jemand einen Kübel kaltes Wasser über meinem Kopf geleert. Plötzlich wollte ich nur eines, sie in den Arm nehmen und ihr sagen, dass alles gut werden würde, dass sie jetzt mich hatte.

Lynne quittierte meine Worte mit einem schalen Lachen. „Selbst wenn ich das Geld noch hätte und gegen meine Überzeugung dazu bereit wäre, es irgendwelchen ominösen Typen zu überlassen, auf diesem Wisch", sie riss mir das Blatt aus der Hand und hielt es hoch, als zeigte sie einer unsichtbaren Jury Beweisstück A, „steht kein Name, abgesehen von dem meiner Mutter. Der Schein ist mit Sicherheit weit davon entfernt, irgendeine Gültigkeit zu besitzen. Er ist nutzlos. Wem sollte ich denn das Geld überlassen? Soll ich es in den Koffer packen", dabei ließ sie das Blatt angewidert hineinfallen wie eine gammelige Bananenschale und klappte schwungvoll den Deckel zu, „mich auf die Straße stellen und damit herumwedeln, bis der verdammte dunkelgraue Dodge wiederkommt und es abholt?" Sie atmete schwer, hatte sich dermaßen in Rage geredet, dass ihre zu Fäusten geballten Hände zitterten.

„Dann geh wenigstens damit zur Polizei", zwang ich mich zu sagen, obwohl mein Magen bei dem reinen Gedanken daran rebellierte. Bei meinen Vorstrafen würde das bestimmt nicht gut für mich ausgehen. Die Cops fänden sicherlich einen Weg, mir irgendetwas anzuhängen. Unwillkürlich rieb ich mir die Handgelenke, wo ich meinte, bereits den kalten scheidenden Stahl der Handschellen zu spüren.

„Nein! Sicher nicht. Ich lasse mich nicht unterkriegen, und schon gar nicht lasse ich mir von einem Blatt Papier und einem alten Koffer Angst einjagen."

Sie hatte recht. Und wieder nicht. Lynne hatte bestimmt einiges durchmachen müssen, von dem ich nicht die leiseste Ahnung hatte, aber sie war nie in kriminelle Machenschaften verstrickt gewesen. Im

Gegensatz zu mir. Sie wusste nicht, was Menschen bereit waren zu tun, wenn es um Geld ging. Hatte nie die Abgründe eines Menschen gesehen, der skrupellos über Leichen ging, um seine Ziele zu erreichen.

„Es ist nicht nur ein Blatt Papier in einem harmlosen alten Koffer", bellte ich und schlug mit der Hand auf die Theke. All die negative Energie, die sich durch diese in meinen Augen bedrohliche Situation, durch Lynnes stupide Unerschrockenheit und die Erinnerungen an Vergangenes in mir aufgebaut hatte, brach sich Bahn.

„Was soll es denn sonst sein?" Lynne brüllte jetzt fast.

„Eine Warnung! Du kannst das nicht ignorieren, sonst …" Die Worte blieben mir im Hals stecken. Schmeckten nach Galle und gärten vor sich hin.

„Ja, ich bin ganz Ohr. Erklär mir, was passieren wird. Du weißt es offenbar ganz genau", verlangte Lynne giftsprühend zu wissen.

Jetzt. Jetzt, Lex! Sag es ihr. Sag ihr, was du getan hast! Mein Mund klappte auf, aber es wollte einfach nichts herauskommen. Ich konnte es ihr nicht sagen. Zu groß war die Angst, dass sie mich dann hassen würde. So wie ich mich selbst dafür verabscheute.

„Dachte ich's mir!" Mit diesen Worten schnappte sich Lynne den Koffer vom Tresen und stürmte davon. Dabei wirkte sie keineswegs zufrieden, weil sie die Debatte gewonnen hatte. Lynne war verletzt. Sie wusste, dass ich nicht ehrlich zu ihr war, und das kostete mich ihr Vertrauen. Ich wollte, dass sie mir vertraute, sich auf mich verließ. Aber ich war nicht der Mann, auf den man zählen konnte. Ich hatte mich nicht geändert. War noch immer derselbe elende Feigling, wie ich es bereits

vor vielen Jahren gewesen war, das hatte mein Schweigen bewiesen.

Und schon wieder lag er auf meiner Couch. Das durfte doch nicht wahr sein! Nie zuvor in meinem ganzen Leben war mir ein dermaßen störrischer, rechthaberischer, komplizierter Mann begegnet. Zuerst wollte er nichts von mir wissen. Hatte an allem, was ich tat, etwas auszusetzen. Dann schaffte er es, mich völlig verrückt nach ihm zu machen. Mit seinem Charme, seinem Lächeln, seinen Muskeln und den wilden Küssen, bloß um mir gleich darauf vor den Latz zu knallen, wir sollten besser Freunde sein. Nur fürs Protokoll: Auf eine Beziehung mit diesem Esel wäre ich sowieso nicht aus gewesen.

Nachdem der vermaledeite Dodge aufgetaucht war, hatte er sich als mein großer Beschützer aufgespielt, sogar in meiner Wohnung übernachtet. Dabei hatte ich bewiesen, dass ich sehr gut auf mich selbst aufpassen konnte. Er wollte es nicht kapieren! Und er log mich an. Also schön, das war vielleicht etwas zu hoch gegriffen, aber immerhin verschwieg er mir etwas. Es machte mich schier wahnsinnig, dass er auf der einen Seite darauf beharrte zu wissen, was ich tun oder lassen sollte, mir aber auf der anderen Seite nicht zutraute, mit dem umgehen zu können, was er so verkrampft vor mir verheimlichte. Ich war nicht dumm. Irgendetwas war vorgefallen. Mit meiner Mutter? Wusste er mehr über den Geldfund, als ich zuerst angenommen hatte?

Ach, wäre ich niemals hierhergekommen! Ich verfluchte Lex dafür, mich angerufen zu haben. Und für die Tatsache, dass er nicht mit mir redete. Und dafür, dass er wieder in meinem Apartment auf meiner Couch war, einfach überging, was ich wollte, in der Meinung, ich hätte es nötig. Hätte ihn nötig. Ich kam fantastisch ohne ihn klar!

Am liebsten wäre ich zu ihm gegangen und hätte ihn höchstpersönlich von meiner Couch und aus der Wohnung getreten. Sollte er sich in seinem Apartment verkriechen, wenn er so große Angst vor was auch immer hatte.

Der logisch denkende Teil in mir, der eigentlich immer skeptisch und auf der Hut war, wusste, dass es hier nicht mit rechten Dingen zuging. War sich im Klaren darüber, dass etwas an dem Geld aus Mums Versteck faul sein musste. Eigentlich hatte ich diesen Verdacht bereits gehabt, seit ich die Budgetbücher studiert hatte.

Ob ich Angst hatte? Vielleicht. Keine Ahnung. Ehrlich gesagt, fehlte mir ein wenig die Vorstellungskraft, was genau auf mich zukommen könnte. Ernsthaft, dieser Schuldschein, wenn man ihn überhaupt als solchen bezeichnen konnte, war lächerlich. Und überhaupt, was sollte ich damit anfangen? Von dem Geldfund war gerade einmal ein Drittel übrig geblieben. Den Großteil hatte ich für die Bar ausgegeben. Sollte also jemand auftauchen, live und in Farbe, nicht in Form eines alten Koffers, und mir erklären, dass ihm meine Mutter Geld schuldete, konnte man vernünftig über alles reden. Bis dahin versuchte ich, mir keine Gedanken darüber zu machen.

Ohnehin war mein Kopf viel zu voll mit Gedanken an Lex und seine Allüren, als dass ich mich auf irgendetwas anderes hätte hinreichend konzentrieren können.

Ich musste hier raus. Raus aus der Wohnung. Raus aus der Bar und weg von diesem Barkeeper. Frische Luft schnappen. Das war jetzt genau das Richtige, um den Kopf ein wenig freizubekommen.

Die ersten Sonnenstrahlen drangen zaghaft zwischen den Vorhängen herein. Ich schlug die Decke zurück, stand auf und beugte mich über den Schreibtisch hinweg zum Fenster. Wie schon seit Jahren klemmte es und ließ sich nur widerwillig öffnen. Schließlich strömte frische Morgenluft herein und bestärkte mich darin, dass mir ein Spaziergang ausgesprochen guttun würde.

Ich schnappte mir eine Jeans, frische Unterwäsche und mein *Hell-Mac*-Shirt und ging schnurstracks an der Couch vorbei, auf der Lex lag. Er schlief ebenso wenig, wie ich es getan hatte. Starrte auf die Decke und ignorierte mich.

Gut so.

Als ich frisch geduscht und umgezogen in meine Flipflops stieg und mich zur Tür wandte, kam zu meinem Leidwesen Leben in ihn. Er setzte sich kerzengerade auf und musterte mich eindringlich.

„Wo willst du hin?" Weg von dir und diesem ganzen Mist.

„Ich mache einen Spaziergang", teilte ich ihm in einem Tonfall mit, der keinen Einspruch duldete. Eigentlich.

„Das halte ich für keine gute Idee", erwiderte er angespannt. Es war mir so was von schnuppe, was er für eine gute Idee hielt oder nicht. Genau das wollte ich ihm gerade eintrichtern, wenn nötig, mit roher Gewalt, dann begegnete mir sein Blick, und ich hielt inne. Er sah fertig aus. Am Boden zerstört, um genau zu sein. Dunkle Ringe lagen unter seinen Augen, dessen warmer Karamellton blass und stumpf wirkte. Seine Haare waren zerzaust, als wäre er unzählige Male mit den Fingern hindurchgefahren. Und der Ausdruck in seinem Gesicht zeugte von Zerrissenheit.

Langsam entwich mir die Luft aus den Lungen und mit ihr ein großer Teil meiner Wut auf Lex. Ich lehnte mich mit dem Rücken gegen die Tür, die ich eigentlich gerade hatte öffnen wollen. „Ich will mich nicht ständig mit dir streiten, Lex." Er nickte zustimmend. „Aber ich kann nicht so tun, als würde ich gut mit alledem zurechtkommen. Weißt du, ich habe es satt, mich klein zu machen. Ich bin nicht mehr das Mädchen von früher, das gehofft hatte, alles würde gut werden", hörte ich mich sagen. Ich war selbst überrascht über meine Worte, aber es stimmte. Ich war erwachsen geworden. Meine Mutter war tot. Ich vermisste sie auf eine schwer definierbare Weise, aber sicherlich nicht das Leben mit ihr. Es lag hinter mir. Ich konnte jetzt eigene Entscheidungen treffen, und ich war es leid, mich irgendetwas zu beugen.

Überraschender als meine eigenen Gedanken und Worte war Lex' Erwiderung. Ich war überzeugt davon gewesen, dass er mich abhalten würde oder zumindest darauf beharrte, mich zu begleiten.

„Pass auf dich auf", sagte er stattdessen und ließ sich auf die Couch zurücksinken. In diesem Moment sah er dermaßen erschöpft und mutlos aus, dass ich drauf und dran war, meine Pläne über Bord zu werfen, zu ihm rüberzugehen und … Ja, was dann? Ihn in den Arm zu nehmen? Ihn zu küssen und damit von allem abzulenken, was uns beide beschäftigte? Ihn zu trösten und ihm zu sagen, dass nichts Schlimmes passieren würde? Das konnte ich ihm keinesfalls versprechen. Darüber hinaus wusste ich nicht, wie so etwas ging. Lex würde das bestimmt ohnehin nicht wollen, und ich musste mich jetzt erst einmal um mich selbst kümmern.

Also nickte ich steif, unsicher, ob er es überhaupt gesehen hatte, und ging.

Die Sonne auf meinem Gesicht, gepaart mit dem gleichmäßigen Rhythmus meiner Schritte, schafften es, meinen übervollen Kopf zu leeren. Meine Füße trugen mich durch die Stadt und weiter in den kleinen Park. Ich marschierte am Spielplatz vorbei. Betrachtete die Schaukeln und stellte mir vor, dass mich meine Mutter in einem Paralleluniversum hier als Kind womöglich angeschaukelt hätte, statt ihren Rausch vom Vortag auszuschlafen. Ein bittersüßer Gedanke.

„Wenn das nicht Amy Stuart ist!", rief plötzlich jemand hinter mir.

War das ...? Ich drehte mich um – und erstarrte.

„Galac Easton?", stammelte ich ungläubig. Ja, das war er. Mein ehemaliger Mitschüler auf der Highschool. Der Quarterback und feuchte Traum aller Mädchen. Er war gut einen Kopf größer und, wenn das überhaupt möglich war, noch breitschultriger als damals. Sein Kinnflaum war zu einem dichten, akkurat gestutzten Männerbart geworden. Nur die himmelblauen Augen sahen ebenso jungenhaft und ungestüm aus wie vor Jahren schon.

Er trug dunkelblaue Shorts und ein weißes Rippshirt, sah damit aus, als wäre er einem Modemagazin entsprungen. Breit grinsend joggte er zu mir herüber.

„Die verlorene Tochter ist zurückgekehrt!", meinte er und blieb vor mir stehen.

„Ja. Ich habe die Bar meiner Mutter übernommen." Wow. Das klang genauso absurd, wie es sich anfühlte.

„Ich hab von ihrem Tod gehört. Mein Beileid", erwiderte er.

„Danke."

Ein unangenehmes Schweigen breitete sich zwischen uns aus. Mal abgesehen davon, war ich überrascht, dass er mich überhaupt wiedererkannt hatte. Ich war ein Niemand auf der Highschool gewesen. Hatte nicht zu den beliebten Schülern gehört wie Galac. War nie auf Partys gegangen oder hatte mich auf irgendeine andere Weise am Sozialleben beteiligt. Ich hatte andere Sorgen gehabt.

„Sieh dich an! Aus dem kleinen, schüchternen Mädchen ist ein Vamp geworden", sagte Galac und strahlte mich an. Mein trockenes Lachen war draußen, bevor ich es aufhalten konnte. *Schüchtern*? So hatte mich meine Umwelt wahrgenommen? Ich war nie schüchtern gewesen. Einfach zurückgezogen. Und ein *Vamp*? Unwillkürlich sah ich an mir hinunter. Was an mir, bitte schön, veranlasste diesen immer schon verboten gut aussehenden Typen, mich als *Vamp* zu bezeichnen?

„Ähm, danke." Schätzte ich. Galac grinste weiter und checkte mich seinerseits ab. „Ich hatte nicht den Eindruck, dass du überhaupt von meiner Existenz wusstest", sprach ich das aus, was ich dachte.

Nun war er es, der lachte. „Ach, Amy. Ich habe bereits in der Schule ein Auge auf dich geworfen“, erwiderte er und zwinkerte mir zu. Soso.

Allein die Vorstellung, dieser athletische Kerl könnte tatsächlich Interesse an mir haben, trieb mir die Röte auf die Wangen. Dabei gab mir die Tatsache, dass er mich bei meinem ersten Vornamen nannte, das Gefühl, unsichtbar und belanglos zu sein, katapultierte mich zurück in eine Zeit, die lang vergangen war, und ließ mein Gesicht wieder erblassen. Ich hasste diesen Namen, aber das konnte ich ihm schlecht sagen. Abgesehen davon blitzte ungewollt ein Bild vor meinem Geistigen Auge auf. Lex. Er hatte es geschafft, mich bis in den Park zu verfolgen, obwohl er vermutlich nach wie vor auf meiner Couch hockte.

Um all die unerwünschten Gedanken und Gefühle zu vertreiben, setzte ich ein, wie ich inständig hoffte, kokett wirkendes Lächeln auf und wurde dafür mit einem weiteren Zwinkern von Galac belohnt.

„Was machst du denn an unserem Geburtstag?“, fragte er und fuhr sich mit der Hand über sein kurz geraspeltes Haar. Stimmte ja. Wir hatten am selben Tag Geburtstag, und dieses Ereignis jährte sich in wenigen Tagen. Immer wenn er eine riesen Party geschmissen und mit seinen zahlreichen Freunden einen draufgemacht hatte, war für mich alles wie üblich abgelaufen. Meine Mutter hatte sich nur sporadisch an meine Geburtstage erinnert.

Ich zuckte unbeholfen mit den Schultern.

„Was hältst du davon, wenn wir dieses Jahr zusammen feiern? Wie ich gehört habe, hast du die Bar ganz schön aufpoliert. Lass uns gemeinsam anstoßen“,

schlug Galac vor. Ich hatte wenig Lust, meinen Geburtstag zu feiern, allerdings war ich noch weniger erpicht
darauf, ihm zu erklären, warum das so war. Also spielte
ich mit.

„Ja, klar", stimmte ich zu. Was war schon gegen einen
ausgelassenen Abend einzuwenden?

Altlasten

Lex

Ich hatte mich wieder gefangen. Es hatte drei ganze Tage gedauert, drei Tage, in denen nicht die von mir erwartete Katastrophe eingetreten war. Niemand hatte Lynne bei ihrem Spaziergang entführt und Lösegeld für sie verlangt. Dabei hätte ich sie am liebsten an die Heizung gekettet, damit sie ja nicht das Haus verließ. Aber ich durfte das nicht. Nicht nur den Teil mit dem Anketten, ich durfte Lynne auch nicht meine unheilvollen Ängste überstülpen, das war mir in den letzten Tagen klar geworden.

Abgesehen davon, dass es diese Frau verdient hatte, frei, lebensfroh und selbstbestimmt zu sein, war es ohnehin ein Ding der Unmöglichkeit, ihr irgendetwas aufzuoktroyieren, das sie nicht wollte. Lynne tat, wonach ihr der Sinn stand. Nicht unüberlegt, aber unerschrocken, und wenn ich ehrlich war, fuhr sie damit bei Weitem besser als ich mit meiner eingeschliffenen Vorsicht.

Nachdem ich völlig ziellos aus dem Knast gekommen war und bloß eines wollte, nämlich, nie wieder in alte Gewohnheiten zurückzufallen, hatte ich dichtgemacht. Ich hatte mein Leben auf *stand-by* gestellt. Die Arbeit in der Bar und Marians Gesellschaft waren einfach gewesen. Absehbar. Ungefährlich. Bereits nach wenigen

Tagen hatte ich gewusst, dass ich es dort ewig aushalten könnte, ohne mich wieder in Schwierigkeiten zu bringen. Warum gerade dieser Ort, diese Arbeit und eine versoffene Mittvierzigerin mein Anker gewesen waren, konnte ich beim besten Willen nicht sagen. Es war eben so. Gewesen, zumindest. Nach Marians Tod schien alles aus dem Ruder gelaufen zu sein, und trotzdem war ich nicht erpicht darauf, in einen Drugstore einzubrechen, irgendjemanden beim Pokern über den Tisch zu ziehen oder einen anderen Schwachsinn anzustellen. Ich sorgte mich. Nicht um mich, sondern um Lynne. Mit ihrem Auftauchen hatte ich nicht allein sie kennengelernt. Mir war, als hätte ich mich ebenfalls neu kennengelernt. Den Alexander Richardson, der ich hätte sein können, wenn ich mich nicht hinter meinem Trott und der Theke versteckt hätte. Einen Mann, der fühlte, mit anpackte, dem nicht alles egal war. Es war gut, dass sich etwas in mir veränderte, wach wurde. Aber es machte mir gleichzeitig Angst. Mehr als irgendwelche Gesichtslosen Geldgeber, die vielleicht hier auftauchten und Radau machten.

Lynne hatte in den letzten Tagen wieder viel Zeit allein in ihrer Wohnung verbracht. Ich nahm an, dass sie dort programmierte oder was auch immer sie genau an ihrem Laptop arbeitete. Ich kam meinen Pflichten als Barkeeper nach und war damit mehr und mehr ausgelastet. Es tauchten täglich neue Gäste auf. Sie tranken Kaffee, unterhielten sich, spielten Billard oder Tischfußball. Die Bar war so belebt und voller ausgelassener Leute, wie ich sie nie zuvor erlebt hatte. Die jungen vertrieben zwar die meisten der eingefleischten Gäste, die stets hergekommen waren, um sich in Ruhe zu betrinken, aber das störte mich nicht. Lediglich Jimmy kam nach wie vor beinah jeden Abend und genehmigte sich ein, zwei Gläser seines Whiskys.

Auch heute tauchte er wieder auf, diesmal mit ungewöhnlichem Gepäck. Er setzte sich mir gegenüber an die Theke und stellte eine kleine Pappschachtel darauf ab.

„Hey, Lex“, begrüßte er mich. „Weißt du, ob meine Kleine heute noch runterkommt?“ Damit meinte er zweifelsohne Lynne. Ich fand es ein wenig schräg, dass er sie immer *„meine Kleine“* oder „Kleines“ nannte, als wäre er ihr Onkel. Aber Lynne störte sich nicht daran. Offenbar hatte er sie schon als Kind so gerufen und es beibehalten.

„Ich glaube nicht. Aber ich kann sie holen gehen. Ist das für sie?“ Ich nickte zu der Schachtel. Jimmys Augen leuchteten auf, und ein Lächeln verzog seine stoppelbärtigen Wangen.

„Ja. Eine kleine Tradition zu ihrem Geburtstag.“ Bitte was? Geburtstag?

„Sie hat heute?“, fragte ich, bemüht, mir meine Überraschung nicht anmerken zu lassen. Jimmy nickte. Verdammt. Was sollte ich jetzt machen? Sollte ich überhaupt etwas machen? Warum hatte sie nichts gesagt? Na ja, das konnte ich mir eigentlich denken. Obwohl wir wieder recht normal miteinander umgingen, viel gesprochen hatten wir nicht.

Ich hatte mir vorgenommen, sie in Ruhe zu lassen. Mich nicht wie ein durchgeknallter Aufpasser aufzuspielen, sondern ihr Freiraum zu geben und mich darauf zu beschränken, meine düsteren Visionen allein zu durchleben. Aber hieß das automatisch, dass ich ihren Geburtstag ignorieren musste, sollte, durfte? Jetzt, wo ich davon wusste? Ein Geschenk hatte ich schon mal keines, das bedeutete aber noch lange nicht, dass ich Lynne nicht zumindest gratulieren konnte.

„Warte einen Moment, Mann. Ich mixe ihr schnell ihren Lieblingscocktail, dann hol ich sie", teilte ich Jimmy mit und machte mich sofort an die Arbeit. Er nickte, doch in seinem Blick lag ein seltsamer Ausdruck. Ich interpretierte es als Genugtuung. Warum auch immer Jimmy diese empfinden sollte, nur weil ich für Lynne einen Cocktail zu ihrem Geburtstag mixte.

Ich schnappte mir das große Pokalglas, in das gut die dreifache Menge eines normalen Cocktails hinein-passte, und bereitete darin den Virgin Mojito zu. Als ich fertig war, wischte ich mir die klebrigen Hände an der Schürze ab und stieg die Treppe nach oben, um das Ge-burtstagskind auf den Plan zu rufen.

Ich klopfte an Lynnes Wohnungstür, aber sie rea-gierte nicht. Also öffnete ich die Tür einen Spalt und steckte den Kopf hinein. „Lynne? Unten in der Bar er-wartet dich jemand", rief ich, und diesmal hörte sie mich.

Ihre Stimme ertönte gedämpft durch die Badezimmer-tür. Gleich darauf öffnete sich diese ebenso einen Spaltbreit, und Lynnes feuchter Haarschopf, gefolgt von ihren grünen Augen und einem Stück nackter Schulter, erschien.

„Was hast du gesagt?", fragte sie und lenkte mich da-mit von meinen abschweifenden Gedanken ab. Sie war nackt. Oder zumindest oben ohne, denn ich konnte kei-nen BH-Träger auf ihrer Schulter erkennen.

„Es wartet jemand unten auf dich", wiederholte ich mit einiger Verspätung, woraufhin sich ihre Augen erschrocken weiteten.

„Was, jetzt schon? Sag ihm, ich brauche noch ein wenig", stieß Lynne gehetzt hervor und verschwand wieder im Bad. Mein Kopf steckte nach wie vor im Türspalt, während ich versuchte zu verdauen, dass Lynne Jimmy erwartet hatte. Es war also keine Geburtstagsüberraschung von seiner Seite. Mit ihm ihren Geburtstag zu feiern, war geplant. Nur mich hatte sie außen vorgelassen.

Grummelnd trollte ich mich wieder nach unten in die Bar und teilte Jimmy mit, dass Lynne bald kommen würde. Zum Glück waren in der Zwischenzeit neue Gäste eingetrudelt, und ich war vollends damit beschäftigt, ihre Bestellungen abzuarbeiten.

Ungefähr eine halbe Stunde später stand Lynne auf einmal neben mir. Ihre Beine steckten in einer engen schwarzen Röhrenjeans. Darüber trug sie entgegen ihrer Gewohnheit kein Spruchshirt, sondern ein dunkelviolettes schulterfreies Top. Auch ihre Haare, die sie normalerweise immer zusammengebunden hatte, fielen ihr jetzt in haselnussbraunen Wellen auf den Rücken.

Ich starrte sie an wie ein Trottel. Lynne wiederum ließ ihren Blick suchend durch die Menge schweifen und runzelte leicht die Stirn, bevor ihr Blick an Jimmy hängen blieb. Ihre Mundwinkel hoben sich, während ihre Augen einen seltsam melancholischen Ausdruck annahmen.

„Ist es das, was ich denke?", fragte sie.

„Natürlich", erwiderte Jimmy strahlend und öffnete vorsichtig die Pappschachtel. Zum Vorschein kam ein kleiner Cupcake mit rosafarbenem Sahnehäubchen und bunten Zuckerstreuseln. Jimmy kramte in der Innentasche seiner Jacke und beförderte eine kleine weiße Kerze zutage, die er in die Mitte des Cupcakes steckte.

Das war ein armseliger Geburtstagskuchen, aber Lynne schien sich darüber zu freuen, obwohl sie zur selben Zeit traurig wirkte.

Ich griff unter die Theke nach meinem Feuerzeug und zündete die Kerze an.

„Wünsch dir etwas", meinte Jimmy.

Lynnes Blick wanderte zu mir. Sie sah mich einfach an. Machte keine Anstalten, die Kerze auszupusten. Mir kam es ewig vor, dabei konnten es sicherlich bloß wenige Sekunden gewesen sein, in denen sie mich leicht lächelnd fixierte.

„Happy Birthday", sagte ich und brach damit den Zauber.

Lynnes Mundwinkel hoben sich ein weiteres Stück, dann wandte sie ihre Aufmerksamkeit dem Cupcake zu und blies die Kerze aus.

Während sie sich auf die Arbeitsfläche hinter der Theke setzte und zufrieden ihren Geburtstagscupcake verspeiste, erzählte mir Jimmy, was es mit dieser *Tradition* auf sich hatte.

„Marian war keine Bäckerin, das weißt du bestimmt", begann er mit einem traurigen Lächeln.

Lynne neben mir stieß hörbar Luft durch die Nase, und mir war, als wollte sie etwas ergänzen. Stattdessen schob sie sich ein weiteres Stück des Törtchens in den Mund.

„Als Marian das erste Mal ...“ Jimmy stockte und sah zu Lynne hinüber, die sich gerade etwas von der Zuckerglasur aus dem Mundwinkel leckte. Sie blickte grimmig zurück und zuckte mit den Schultern. In einer anderen Situation hätte mich der Anblick, wie sich Lynnes Zunge über ihre Lippen bewegte, sicher angetörnt. Jetzt aber schoss mir das Bild einer viel jüngeren Ausgabe von ihr durch den Kopf. Ich meinte zu wissen, wie dieser Satz enden würde, und die Vorstellung ließ mir das Blut in den Adern gefrieren.

Jimmy seufzte und nahm den Faden wieder auf. Es fiel ihm sichtlich schwer, das auszusprechen. „Als sie das erste Mal ihren Geburtstag vergessen hat, war Lynne vier. Nachdem ich am Abend hergekommen war und es bemerkt hatte, bin ich noch mal los und hab ihr einen Cupcake aus dem Drugstore gekauft. Für eine richtige Torte war es zu spät, aber Lynne hat sich riesig über diese Kleinigkeit gefreut. Deshalb habe ich es jedes Jahr wieder so gemacht“, schloss er, und die Wärme seiner Worte drückte aus, wie viel Zuneigung er für Lynne empfand. Warum auch immer, Jimmy hatte es sich offenbar zur Aufgabe gemacht, ein wenig auf Lynne aufzupassen, das verstand ich mittlerweile.

Jetzt kam mir der Minikuchen nicht mehr armselig vor. Im Gegenteil. Er hatte wesentlich mehr Substanz als mein Last-Minute-Geburtstagscocktail, den Lynne ohnehin nicht bemerkt zu haben schien. Ich vermied es, sie anzusehen, und griff nach dem Glas, um es auszuleeren, da umfassten ihre Finger mein Handgelenk.

„Ist der für mich?", wollte sie wissen. Ich wandte den Kopf zur Seite und entdeckte einen Krümel in ihrem Mundwinkel, den ich ihr allzu gern weggewischt hätte.

„Ja. Zur Feier des Tages", murmelte ich und hielt mich davon ab, die Hand nach ihr auszustrecken.

„Tut mir leid, dass ich nichts gesagt habe, aber ich habe meinen Geburtstag nie groß gefeiert", erklärte Lynne und griff nach dem Cocktail. Damit meinte sie bestimmt, Marian hatte ihn nie groß gefeiert, weil sie zu betrunken oder mit sich selbst beschäftigt gewesen war. Nicht zum ersten Mal, fragte ich mich, wie sich die Marian, die ich gekannt hatte, die zwar unzuverlässig und schlampig, aber trotzdem mein Halt gewesen war, nie richtig um ihr eigenes Kind hatte kümmern können.

Lynne vernichtete den Riesenmojito im Nullkommanichts, verabschiedete sich kurz darauf allerdings auf die Toilette.

Über Marian und diese Geburtstagssache nachgrübelnd, räumte ich das Glas weg, als hinter mir jemand auf die Holztheke klopfte.

Pflichtschuldig wandte ich mich um, obwohl ich ein derart präpotentes Verhalten nicht leiden konnte.

Ein protzig muskulöser Typ grinste mir entgegen. Bestimmt irgendein Sportler. Zumindest sah er selbstgefällig genug dafür aus.

„Ist Amy da?", fragte er und musterte mich neugierig. Amy?

„Die Besitzerin", legte er nach, weil ich nicht antwortete. Stimmt ja, *Amy Lynne Stuart.* Was wollte dieser Lackaffe von ihr, und warum nannte er sie *Amy*?

„Wer will das wissen?"

„Sag ihr einfach, Galac ist da“, erwiderte er und lehnte sich mit einer selbstverständlichen Lässigkeit gegen den Tresen, die mich langsam wütend machte.

Ich verschränkte die Arme vor der Brust und nahm den Typen jetzt meinerseits genauer in Augenschein. Markenklamotten, penibel gestutzte Frisur, passender Bart und ein Goldkettchen um den Hals. Nicht sein Ernst!

„Ich bin mit ihr verabredet. Heute ist ihr Geburtstag, weißt du?“, meinte er, weil ich noch immer keine Anstalten machte mich zu bewegen. Verabredung. Ein Date? Lynne hatte keine Dates. Mein Mageninhalt begann, heiß zu brodeln. Am meisten ärgerte mich jedoch, dass sogar dieser dahergelaufene Proll von Lynnes Geburtstag wusste. Anscheinend war ich der Einzige, der davon überrascht wurde.

Ich wollte ihm gerade erklären, dass er und die anderen Typen, die mit ihm gekommen waren und sich hinten auf die Ledercouch gepflanzt hatten, gleich wieder verschwinden konnten, als Lynne von der Toilette zurückkehrte.

„Hey, Babe, da bist du ja", rief Galac, in dem Moment, in dem ich einen Fuß in den Schankraum setzte. Er stand einem ziemlich genervt dreinblickenden Lex gegenüber, ließ diesen unbeachtet stehen und kam auf mich zu.

Babe. Ach du meine Güte. Mich hatte nie zuvor jemand *Babe* genannt, und ich war mir nicht sicher, ob ich diese Bezeichnung nun schmeichelhaft oder blöd finden sollte.

Galac schlang seine langen Arme um mich, als wären wir alte Freunde, was wir definitiv nicht waren, aber von mir aus. Sein Aftershave roch würzig herb, und seine kurzen Barthaare stachen mir in die Wange. Ich war so viel Aufmerksamkeit nicht gewohnt und stand unbeholfen da, als er mich wieder losließ.

„Meister, eine Runde Rum-Cola für uns", bestellte Galac und deutete von sich auf mich und weiter nach links, wo es sich drei Typen auf dem Ledersofa bequem gemacht hatten.

„Ich trinke nicht", teilte ich Galac mit, was er gekonnt überging. Er schlang den Arm um meine Hüfte und zog mich zu seinen Freunden hinüber.

Nachdem er mir alle vorgestellt hatte, kam Lex mit einem Tablett voller Longdrinkgläser an den Tisch. Er nahm einen der Drinks und drückte ihn mir kommentarlos in die Hand. Die restlichen Gläser stellte er auf den Tisch ab und verschwand wieder. Hoffnungsvoll schnupperte ich an meinem Getränk und nippte vorsichtig daran. Kein Rum, nur Cola. Lex hatte mich nicht enttäuscht. Dankbar suchte ich seinen Blick. Er sah drein wie ein Baby, dessen Schnuller geklaut worden war, und schaute rasch weg.

Was hatte er denn jetzt wieder für ein Problem?

Seufzend wandte ich mich Galac zu, der einem seiner Freunde gerade irgendetwas über ein Basketballspiel erzählte, ich glaubte zumindest, dass es darum ging.

Zu meiner Erleichterung hatte Galac Gesprächsthemen abseits der aktuellen Sportgeschehnisse auf Lager. Es war überraschend leicht, sich mit ihm und den anderen zu unterhalten. Sie waren witzig, lachten viel, und die Art, mit der Galac mich ansah und mich immer wieder berührte, ließ keinen Zweifel daran, dass er tatsächlich Interesse an mir hatte. Obwohl dieses vermutlich rein sexueller Natur war. Er legte den Arm um meine Schulter oder streichelte mein Knie. Nicht aufdringlich, aber trotzdem war es mir irgendwie unangenehm. Oder zumindest nicht so angenehm, wie es hätte sein sollen. Es regte sich rein gar nichts in mir. Galac war nett und überaus gut aussehend, und es war ein schönes Gefühl, umschwärmt zu werden. Mehr nicht.

Dafür hatte ich den ganzen Abend den Drang nachzusehen, was Lex machte. Die meiste Zeit war er mit den anderen Gästen beschäftigt. Er unterhielt sich auch mit Jimmy, bis dieser nach Hause ging. Ab und an aber trafen sich kurz unsere Blicke. Er sah äußerst angesäuert aus, und das wiederum machte mich wütend. Seine miese Stimmung gab mir das Gefühl, dass Lex grundsätzlich dagegen war, gleichgültig, was ich machte. Er war mit nichts zufrieden, und das frustrierte mich immens. Sollte er eben schmollen, beleidigt oder grantig sein. Mir egal! Ich war in bester Gesellschaft, und obwohl sich die Bar langsam leerte, machten Galac und seine Kumpel nicht den Anschein, als würden sie heimgehen wollen.

„Yeah!", grölte einer von Galacs Freunden, da *Cheap Tricks I Want You To Want Me* aus den Boxen dröhnte. Er sprang auf, schwankte erst einmal, weil er bereits einige Rum-Cola intus hatte, und begann, zur Musik zu tanzen. Oder etwas Ähnliches, das mit viel Hüftgewackel und Händegefuchtel zu tun hatte. Galac lachte und zog mich auf die Beine. Sein Blick war glasig, trotzdem stand er gerade, ohne jegliche Gleichgewichtsprobleme.

„Ich will nicht tanzen, Gal", meinte ich und konnte mir ein Lachen ebenfalls nicht verkneifen, weil sein mordsbetrunkener Freund gerade einen grottenschlechten Robot Dance hinlegte.

Galac legte seine große, warme Hand in meinen Rücken und beugte sich zu meinem Ohr hinunter. „Was willst du dann?", fragte er mit tiefer, verheißungsvoller Stimme.

Ich hatte keinen blassen Schimmer. Krampfhaft suchte ich nach irgendeiner halbwegs passablen Antwort auf diese eindeutig zweideutige Frage. Um etwas Abstand zwischen mich und den Muskelberg zu bringen, legte ich die Hände auf seine harte Brust. Ich wollte gerade kräftig drücken, da neigte Galac, der diese Geste offenbar missinterpretierte, das Gesicht zu mir. Ehe ich A sagen konnte, lagen seine feuchten Lippen bereits auf meinen. Der süßlich scharfe Geschmack des Rums traf auf meine Zunge. Ich spannte meine Armmuskeln an, schob – und plötzlich wurde Galac von mir weggerissen. Überrumpelt und erleichtert gleichzeitig schnappte ich nach Luft. Lex hatte Galac am Kragen seines weißen Poloshirts gepackt und zerrte ihn zur Seite.

„Hey, was soll denn das? Spinnst du?", protestierte Galac, und seine Freunde mischten sich mit verärgerten Schreien ein.

Lex schrie nicht. Er sprach gerade laut genug, dass man seine messerscharfe Stimme über die Musik hinweg hören konnte. „Verschwindet und kommt nie wieder!" Er war zwar nicht ganz so breit gebaut wie Galac, aber größer, und die Bedrohlichkeit drang ihm aus jeder einzelnen Pore. Wenn Blicke hätten töten können, würde Galac mit Bestimmtheit nicht mehr unter den Lebenden weilen, so vernichtend sah Lex ihn an.

Galac wirkte überrascht, seine Augen zuckten unsicher zu mir. Ich war ihm jedoch keine große Hilfe. Wie das Reh vor dem Scheinwerfer stand ich da und beobachtete gebannt, was als Nächstes passieren würde. Wenn er sich also von mir Fürsprache erwartet hatte, musste ich ihn leider enttäuschen. Das kapierte auch Galac in diesem Moment. Sein Gesicht wurde hart, und er riss seinen ausgeleierten Kragen hoch.

„Kommt, Jungs, wir gehen. Diese Bude stinkt mir!", spie er uns entgegen, und seinem Blick nach zu urteilen, wäre ich nicht verwundert gewesen, wenn er mir vor die Füße gespuckt hätte. Mir war es jedenfalls recht, dass er ohne großen Radau mit seinen Freunden abzog.

Als die Tür hinter dem Letzten zuknallte, sperrte Lex sofort ab. Ich hatte nicht einmal die Gelegenheit, mir zu überlegen, was das alles sollte, da war er wieder bei mir, schloss fest die Finger um meine Hand und zog mich hinter sich her. Im Eiltempo umrundete er mit mir im Schlepptau die Theke, wobei ich fast rennen musste, um mit ihm Schritt halten zu können, und schleifte mich die Treppe nach oben. Ich war zu perplex und bald außer Atem, um mich dagegen zu wehren, und eigentlich wollte ich das auch nicht. Seine bescheuerte Aktion war weitaus aufregender als der ganze Abend mit Galac, und allein die Berührung von Lex' Hand löste wesentlich mehr in mir aus, als es die eines jeden anderen gekonnt hätte.

Kaum waren wir in seinem Apartment angelangt, ließ er meine Hand los, knallte die Tür zu, drehte den Schlüssel einmal herum und blieb mit dem Rücken zu mir stehen. Sein Brustkorb hob und senkte sich genauso schnell wie meiner. Ich konnte jeden seiner keuchenden Atemzüge hören.

„Wir sind keine Freunde. Wir waren es nie, und wir werden es nie sein", sagte Lex und wandte sich langsam zu mir um. Seine Worte trafen mich mitten ins Herz. Wie konnte er so etwas sagen? Klar, wir hatten unsere Probleme, wie man unschwer an der Szene gerade hatte erkennen können, für die ich ihm eigentlich gehörig den Marsch blasen sollte, wohlgemerkt. Aber zu behaupten, dass wir nie darüber hinwegkommen, niemals Freunde werden würden, war echt heftig.

„Warum?" Meine hohe, zittrige Stimme drückte leider exakt aus, wie gekränkt ich war.

Mit einem Schritt war Lex bei mir, nahm mein Gesicht in beide Hände und sah mir direkt in die Augen. Mir war, als könnte ich durch seine Pupillen hindurch direkt in seine Seele blicken.

„Weil ich viel zu viel für dich empfinde, um nur mit dir befreundet sein zu können. Du machst mich verrückt, in jeglicher verdammten Hinsicht. Ich will dich“, presste er hervor und legte eine Hand auf sein Herz. „Hier.“

Sein Geständnis, seine Nähe und mein rasender Puls ließen mich schwindeln. Ich wollte ihn ebenso. Schon die ganze Zeit über, selbst wenn ich mir einzureden versucht hatte, es nicht zu tun. Langsam hob ich die Hände, legte eine auf seine, die nach wie vor auf seiner Brust ruhte, und umfasste mit der anderen seine Wange. Lex schloss für einen Moment die Augen und schmiegte sich in meine Berührung. Als er die Augen wieder öffnete, brannte das Karamell darin lichterloh, entfachte ein Feuer in mir, von dem ich nicht gewusst hatte, dass es überhaupt jemals würde brennen können.

Er schien zu warten, auf was, wusste ich nicht, aber für mich gab es kein Halten mehr. Ich drückte mich auf die Fußspitzen hoch, streckte mich ihm entgegen und presste meine Lippen fordernd auf seine.

Mein Körper explodierte wie ein Feuerwerk.

Dieser Kuss übertraf alles Dagewesene. Sein Echo hallte in jeder einzelnen meiner Zellen nach, füllte mich gänzlich aus und war trotzdem nicht genug. Lynnes Geschmack, ihr Geruch, die leisen Laute, die sie von sich gab, weckten animalische Instinkte in mir, derer ich nicht mehr Herr wurde.

Ich umfasste ihren Po und hob sie an. Bereitwillig schlang sie die Beine um meine Hüften. Der dadurch entstehende Druck auf bestimmte Teile meines Körpers war zu viel. Blind und ohne unseren Kuss zu unterbrechen, marschierte ich los, stieß mit dem Fuß die angelehnte Schlafzimmertür auf, stolperte weiter bis zum Bett und fiel rücklings mit Lynne in den Armen auf die Matratze. Das Bettgestell gab ein ächzendes Geräusch von sich, aber das war mir egal. In diesem Moment hätte das ganze Haus unter uns einstürzen können, es hätte mich nicht von ihr abgehalten.

Sie löste den Mund widerwillig von meinem, um ein paarmal tief Luft holen, und ich richtete den Blick auf ihre geröteten Wangen und die von unseren Küssen geschwollenen Lippen.

Meine Hände stahlen sich auf ihre Hüften, glitten forschend nach oben und nahmen den dünnen Stoff ihres Tops mit. Ich zog es ihr über den Kopf und warf es achtlos beiseite. Der Anblick und das Gefühl ihrer seidigen Haut unter meinen Fingern ließen ein knurrendes Geräusch tief aus meiner Kehle steigen. Wie ein Raubtier stürzte ich mich auf sie, drehte Lynne herum, sodass sie jetzt unter mir lag, und schlug meine Zähne in ihre Schulter. Ich knabberte und küsste mich an ihrem Schlüsselbein entlang weiter nach unten.

Lynne keuchte und zerrte an meinem Shirt. Unwillig unterbrach ich meine Liebkosungen und befreite mich davon. Eigentlich hätte unsere Kleidung bei dem Feuer, das mich von innen heraus verzehrte, ruhig in Flammen aufgehen können, dadurch hätte ich mir zumindest das lästige Ausziehen erspart.

Ich beugte mich wieder über Lynnes bebenden Körper, und nun traf Haut auf Haut. Ein unbeschreibliches Gefühl. Ich konnte mich nicht erinnern, je so erregt gewesen zu sein, eine andere Frau jemals dermaßen begehrt zu haben. Ich wollte jeden Sekundenbruchteil unseres Liebesspiels auskosten, jedes einzelne Fleckchen ihres Körpers erkunden, allerdings war noch immer zu viel Stoff zwischen uns.

Lynne gab einen protestierenden Laut von sich, als ich erneut von ihr abließ und mich hochrappelte. Die beiden Lichtkegel, einer aus dem Wohnzimmer, der hell durch die offen stehende Schlafzimmertür strahlte, der andere, schwächere von den Straßenlaternen vor meinem Fenster, trafen sich auf Lynnes Körper. Ihre Haut war an denjenigen Stellen gerötet, an denen ich mit meinen Zähnen und Lippen entlanggefahren war. Der Blick aus ihren lodernd grünen Augen fraß sich in meinen Leib, während ich mit raschen Bewegungen meine Hose öffnete und sie samt der Boxershorts auszog. Kurz weiteten sich ihre Augen.

„Solltest du das nicht wollen, dann ...", begann ich mit rauer Stimme, unterbrach mich aber, als Lynne ohne zu zögern den Knopf ihrer Jeans löste und auffordernd das Becken hob. Ich war sofort bei ihr, hakte die Finger in den Bund ihrer Hose und zog sie mit einem Ruck von ihren Beinen. Sie wollte es. Wollte mich. Ein sehnsuchtsvolles Ziehen zuckte durch meinen Körper, das nichts mit der sexuellen Begierde in mir zu tun hatte, diese aber in ungeahnte Höhen katapultierte.

Einen Atemzug später war ich wieder über ihr. Hart stießen unsere Lippen aufeinander. Ich befreite sie von ihrer Unterwäsche, und danach gab es nichts mehr, das uns voneinander trennte. Stöhnend versank ich im Nebel meiner Lust, vergaß alles andere um mich herum. Jetzt zählten nur Lynne, die weichen Rundungen ihres Körpers und die prickelnde Hitze unserer Berührungen.

Lex' Haar glitt durch meine Finger wie Seide. Ich war gerade erst aufgewacht und konnte nicht glauben, was passiert war. Noch steckte ich in einem wohligen Kokon aus postkoitaler Umwölkung und war nicht bereit, diesen Zustand allzu bald wieder zu verlassen. Ich wollte mir keine Gedanken über die Bar oder sonst etwas machen. Mir reichte der Anblick von Lex' muskulöser Brust, die sich mit jedem seiner tiefen, gleichmäßigen Atemzüge hob und senkte, und die Erinnerung an unsere gemeinsame Nacht.

Langsam regte er sich neben mir. Die Augen hatte er geschlossen, aber seine Hand tastete suchend über das Laken, tappte ein-, zweimal ins Leere, bevor sie auf die Kurve meiner Hüfte traf. Lex' Finger krallten sich in meinen Hintern, und er zog mich mit einem gekonnten Ruck an sich. Erst jetzt öffnete er die Lider und sah mich mit dunklem Blick an. Dieser Mann war gierig. Besser konnte ich es nicht ausdrücken. Mir sollte es recht sein, denn nach gestern war ich bereit, ihm alles zu geben und alles von ihm zu nehmen.

„Wenn du weiterhin mit meinen Nackenhaaren spielst, weckst du das Monster", warnte er mich mit rauer Stimme. Das Monster? Ich sah ihn amüsiert an und schlang ein Bein um ihn. An meinem Bauch konnte ich fühlen, von welchem *Monster* er gesprochen hatte.

„Ich mag Monster", neckte ich ihn und drückte ihm einen raschen Kuss auf die Lippen.

„Dieses Monster hat aber ganz dringend eine Dusche und eine große Portion Eier mit Speck nötig, und wenn ich nicht gleich Reißaus nehme, verbringe ich vermutlich den Rest meines Lebens mit dir in diesem Bett", erwiderte Lex mit einem halben Lächeln. Ich konnte den innerlichen Streit in seinen warmen Augen erkennen, die meinen gesamten Körper in sich aufsogen.

„Dann geh, sonst kann ich für nichts garantieren", meinte ich lachend und schubste ihn von mir weg. Murrend stieg er aus dem Bett. Beim Anblick seiner von der hereinscheinenden Mittagssonne perfekt in Szene gesetzten Rückansicht zog sich mein Unterleib sehnsüchtig zusammen.

„Sabber mir nicht ins Bett", rief Lex über die Schulter. Ach was! Noch immer derselbe arrogante Kerl, den ich vor wenigen Wochen kennengelernt hatte.

„Sieh zu, dass du weiterkommst!", empörte ich mich und warf ein Kissen nach ihm.

Lex verschwand lachend ins Bad, und ich sank erschöpft, aber glücklich ins Laken zurück. Glücklich. Ja, das war ich tatsächlich. So glücklich wie … Na ja, ich glaubte nicht, jemals in meinem Leben etwas Derartiges empfunden zu haben wie für Lex. Um genau zu sein, waren meine derzeitigen Emotionen ein ganzes Bukett neuartiger Empfindungen. Manche konnte ich leicht zuordnen, obwohl ich sie nie in der Form oder Intensität erlebt hatte.

Lust zum Beispiel. Eifersucht, wobei ich der Ansicht war, dass Lex eine große Menge mehr an Eifersucht verspürte als ich. Ich versuchte mir vorzustellen, wie ich reagieren würde, wenn Lex diese billige Tussi küsste, die uns beim Fensterputzen gestört hatte, und revidierte meinen letzten Gedanken.

Darüber hinaus gab es aber Gefühle, die so neu für mich waren, dass ich nicht wusste, was ich damit anfangen sollte. War das, was ich für Lex empfand, Liebe? Dieses warme Ziehen, wann immer er mich ansah? Das Flattern in meinem Bauch, wenn er mir nahekam oder herzhaft mit mir lachte? Und was war mit jenen Emotionen, die bisher nicht rein positiv zu werten gewesen waren? Seine ewige Sorge um mich etwa, die mich einerseits nervte und andererseits …

Um mich hatte sich nie jemand wirklich gekümmert. Von Jimmys gelegentlichen Rettungsaktionen einmal abgesehen. Vielleicht war es das, was ich nicht definieren konnte. Ja, das musste es sein. Ich ließ die letzten Wochen Revue passieren. Versuchte, mir jeden Moment ins Gedächtnis zu rufen, in dem sich Lex um mich gekümmert hatte. Es gab viele. Unzählige. Ich hatte es nur nie als das angesehen, was es gewesen war. Hatte die Gesten nicht deuten und schon gar nicht annehmen können. Ich war es so gewohnt, allein im Regen zu stehen, dass ich die Tendenz entwickelt hatte, dem Regenschirm auszuweichen, wenn mir jemand einen hinhielt. Würde das jetzt ein Ende haben? Lex wollte mich aus tiefstem Herzen heraus. Das hatte er unmissverständlich klar gemacht. Wenn ich mich auf ihn einließ, wäre er dann immer an meiner Seite und würde mich beschützen, für mich da sein? Konnte ich das zulassen? Meine Mutter hatte mich zeit meines Lebens gelehrt, dass es besser war, nicht zu viel von den Menschen zu erwarten, die man liebte.

„Hey, willst du auch unter die Dusche?", rief Lex aus der offenen Badezimmertür, seinen prächtigen Unterkörper in ein Handtuch gewickelt. „Wenn du willst, schäume ich dir den Rücken ein." Ein sehr verlockendes Angebot, aber in mir hatte sich ein anderer Gedanke festgefressen.

Ich schluckte schwer, versuchte, dadurch meine schlagartig trocken gewordene Zunge zu befeuchten. „Ich will auf den Friedhof gehen und das Grab meiner Mutter besuchen."

Das war eine fürchterlich miese, nein, grottenschlechte Idee von mir gewesen. Schon auf dem Weg zum Friedhof war mir flau im Magen. Was wollte ich eigentlich hier? Diese Frau hatte mir nie etwas gegeben, was also erwartete ich mir von ihren verbuddelten Überresten?

„Bist du sicher, dass du bereit dafür bist?", fragte Lex eindeutig besorgt. *Nein.* Ich nickte. *Verdammt.* Genau deswegen musste ich es tun. Ich musste endlich mit meiner verkorksten Vergangenheit abschließen, denn wenn ich ehrlich zu mir selbst war, hatte ich das nie getan. Ich war davongelaufen. Vor meiner Mutter, meinem alten Leben und irgendwie vor mir selbst. Vor der kleinen einsamen, ungeliebten Amy, die zu einer eigenbrötlerischen Frau geworden war, unfähig, jemanden an sich heranzulassen. Aber das wollte ich. Ich wollte meine Mauern niederreißen. Stein für Stein. Um das zu bewerkstelligen, musste ich Frieden schließen. Mit meiner Mum und mit dem Teil von mir, der sich stets nach einer Zuwendung gesehnt hatte, die ich nicht bekommen hatte.

Das war mir alles klar. Leichter wurde es dadurch trotzdem nicht.

Lex legte den Arm um meine Schulter und führte mich den Kiesweg entlang. Die kleinen Steinchen knirschten bei jedem Schritt unangenehm laut unter unseren Sohlen.

Vor einem hellgrau marmorierten Grabstein blieb er stehen. Da war es. Genau an dieser Stelle, unter einer dicken Kruste aus Erde und Würmern, lag meine Mutter.

Die Erkenntnis, dass sie unwiederbringlich fort war, traf mich härter, als ich gedacht hätte. Ich wusste seit Wochen von ihrem Tod, und mir war in der ganzen Zeit bewusst gewesen, dass ich sie nie wiedersehen würde, aber es brauchte den Anblick ihres Grabs, um zu begreifen, was das bedeutete. Ich würde sie niemals wieder lachen hören. Würde nie wieder in meinem Bett liegen und darauf warten, dass ihre Schritte die Treppe nach oben polterten. Es war ausgeschlossen, ihr jemals zu sagen, wie sehr sie mich verletzt hatte und dass ich sie trotzdem liebte und immer vermissen würde.

Lex' Finger strichen sanft über meine Wangen, und erst da bemerkte ich, dass ich weinte. Ein leises Schluchzen drang aus meinem Mund, und meine Muskeln spannten sich unwillkürlich an. Ich wollte weglaufen. Weg von dem elenden Schmerz, den sie nicht verdient hatte. Weg von meinem gebrochenen Herzen.

„Es tut mir so leid, Lynne“, sagte Lex mit erstickter Stimme, was mich dazu veranlasste, zu ihm aufzusehen. In seinen Augen standen ebenfalls Tränen. Eine Traurigkeit lag darin, die mich an Ort und Stelle fesselte.

Was er genau mit seinen Worten meinte, blieb meiner Fantasie überlassen, denn er sagte nichts mehr. Stattdessen nahm er mich in seine starken Arme. Automatisch schmiegte ich mich an ihn. Atmete tief seinen mittlerweile vertrauten Duft ein. Seine Nähe, ja, seine reine Anwesenheit waren tröstlich und genau das, was ich jetzt brauchte. Lex gab mir den Halt, den ich nie hatte erfahren dürfen. Er machte die Bar zu einem Zuhause für mich.

Meine zitternden Hände krallten sich verzweifelt in sein Shirt, das bereits nass von meinen Tränen war. Er füllte die Leere aus, die Sehnsucht geliebt zu werden, die ich mein Leben lang verspürt hatte. Ich wusste nicht, was aus uns werden würde, aber dieser Moment gab mir so viel mehr, als ich mir jemals erhofft hatte.

Keine Ahnung, wie lange wir so dastanden, innig und eng umschlungen. Irgendwann versiegten meine Tränen, und die Taubheit in meinen Gliedern ließ nach.

„Willst du etwas essen?", fragte Lex sanft und strich mir übers Haar.

„Nein, aber ich will auch noch nicht nach Hause gehen", erwiderte ich.

Resonanz

Lex

Mir war, als wären Lynne und ich Schallplatte und Grammofon. Sie die Platte und ich die Nadel des Tonarms. Ich konnte jede ihrer Schwingungen spüren, nahm sie in mich auf wie Musik.

Ihren Ehrgeiz, ihren Humor, ihre Sinnlichkeit und ihre Trauer.

Der Besuch von Marians Grab hatte Lynne einiges abverlangt. Gründlich schien sie den Schmerz jahrelang in sich versteckt gehalten zu haben. Zu gut konnte ich nachvollziehen, wie es war, wenn einen die Vergangenheit einholte. Mir ging es da nicht anders. Der gravierende Unterschied zwischen Lynne und mir war jedoch, dass sie sich nie hatte etwas zuschulden kommen lassen. Ich hingegen hatte das Ticket zu meiner persönlichen Hölle selbst gelöst.

Mitzuerleben, wie sie sich ihren Dämonen stellte, war erschütternd gewesen. Bis zu diesem Zeitpunkt hatte ich nicht gewusst, was es bedeutete, den Schmerz einer anderen Person zu teilen. Genau das tat ich nun. Ich fühlte ihn, fühlte sie, konnte ihr nichts von der Last abnehmen, obwohl ich es liebend gern getan hätte. Aber ich konnte für sie da sein. Lynne zeigen, dass sie nicht mehr allein war. Sie halten und trösten und wenigstens versuchen, etwas davon wiedergutzumachen. Eine gänzlich neue Erfahrung. Erschreckend und erfüllend gleichzeitig.

Wir waren den ganzen Nachmittag scheinbar ziellos umhergewandert. Abends hatte ich es sogar geschafft, Lynne dazu zu bewegen, eine Kleinigkeit zu essen. Anfangs hatte sie kaum ein Wort gesagt, irgendwann aber begonnen, über ihre Mutter und das, was sie bewegte, zu sprechen.

Objektiv betrachtet konnte ich mir besser, als mir lieb war, vorstellen, wie es Lynne mit Marian als Mutter ergangen sein musste. Trotzdem fiel es mir nach wie vor schwer, die Marian, unter der sie gelitten hatte, mit der Version in Einklang zu bringen, die meine Rettung gewesen war. Als hätte es Marian zweimal gegeben. Dabei durfte ich jedoch nicht außer Acht lassen, dass ich ein erwachsener Mann gewesen war. Ich hatte keine Mutter gebraucht, sondern einen Anker, eine Konstante. Und das war Marian für mich gewesen. Auf eine unverlässliche Art berechenbar. So verrückt das klingen mochte.

Es war beinah zwei Uhr morgens, da schlenderten wir die Straße, in der die Bar lag, Arm in Arm entlang. Auf einmal versteifte sich Lynne. Der Druck ihrer Hand in meiner nahm zu.

Ich wollte sie bereits fragen, was los war, da sah ich es. Die Tür der Bar stand offen. Nein! Nicht schon wieder. Alles in mir zog sich zusammen. Die altbekannten Alarmglocken schrillten augenblicklich los, und ich zog Lynne näher an mich heran.

Im Haus war es dunkel. Lediglich das durch die Fenster hereinscheinende Licht der Straßenlaternen ermöglichte uns ein wenig Sicht auf die Umrisse des

Mobiliars. Ich löste mich von Lynne und schob sie hinter mich. Hörte ihren schnellen Atem in meinem Rücken. Glasscherben knirschten unter meinen Schuhen. Ich wollte die Deckenlampen nicht anschalten, wollte nicht sehen, was uns erwartete.

Lynne schien es da anders zu gehen. Sie trat hinter mir ein und betätigte sofort den Schalter. Erschrocken keuchte sie auf. Die Bar war das reinste Chaos. Vor uns erstreckte sich ein Durcheinander aus umgestoßenen Möbeln und zerbrochenem Glas. Jemand hatte systematisch alles, was Lynne und ich in den letzten Wochen aufgebaut hatten, zunichtegemacht. Mir wich schlagartig das Blut aus dem Gesicht, und meine zu Fäusten geballten Hände wurden taub. Während ich so dastand, in meiner fassungslosen Erstarrung, kam Bewegung in Lynne. Sie kickte einen am Boden liegenden Stuhl beiseite und bahnte sich einen Weg durch das Scherbenmeer zur Hintertür. Kurz bückte sie sich hinter der Theke, und als sie sich wieder aufrichtete, hielt sie eine abgebrochene Flasche am Hals umklammert. Ihr wütender Blick riss mich aus meiner Trance.

„Warte", stieß ich hervor und war nur Sekunden später bei ihr. Es war zwar zu still im Haus, als dass ich glaubte, die Verursacher dieses Chaos wären noch immer da, trotzdem würde ich Lynne auf keinen Fall vorgehen lassen. Ich packte ihre freie Hand, die sich klamm und zittrig in meine legte, und ging ihr voran nach oben. Ein Blick in meine Wohnung verriet mir, dass hier ebenfalls jemand gewesen war. Der Couchtisch lag umgekippt auf der Seite, und einige der Küchenladen standen offen. Im Vergleich zu Lynnes Apartment war das allerdings harmlos.

Hier schien jeder Winkel durchsucht worden zu sein. Töpfe und Besteck lagen zwischen zerbrochenen Gläsern vor der Küchenzeile. Der Wandschrank im Wohnzimmer war ausgeweidet worden. Marians Zimmer sah aus, als hätte darin eine Bombe eingeschlagen. Das Bettzeug war aufgeworfen, die Matratzen vom Gestell gehoben und aufgeschlitzt, sodass die Sprungfedern zu sehen waren und Schaumstofffetzen den Boden bedeckten. Marians Kleider lagen überall verstreut. Über den Spiegel ihrer Kommode zogen sich dunkle Risse.

Lynne entwand sich mir und stürmte in ihr Zimmer, das um nichts besser aussah.

„Es ist alles weg. Das Geld und sogar mein Laptop", sagte sie schwach und hob ein Blatt Papier hoch, das auf ihrem leer gefegten Schreibtisch lag. Schweigend las sie, was auch immer darauf geschrieben stand. Der Bogen in ihrer Hand zitterte leicht.

Lynne hob den Kopf und blickte mir direkt ins Gesicht. Wut und Verzweiflung schlugen mir entgegen. Rote Flecken zeichneten sich auf ihren Wangen ab. Ihre Augen glänzten voller ungeweinter Tränen. Wortlos reichte sie mir den Zettel. Darauf stand ein handgeschriebener Zweizeiler.

Bring das restliche Geld am Sonntag in einer Woche nach Sonnenuntergang zum Grab deiner Mutter, ansonsten ergeht es dir wie der Bar.

Ein eisiger Schauer lief mir über den Rücken. Ich zerknüllte das Blatt und warf es auf Lynnes zerwühltes Bett.

„Du hattest recht", stellte sie heiser fest. Ich konnte nichts erwidern, war zu geplättet von dem Szenario. Kopfschüttelnd wiederholte sie die Worte, diesmal weniger ungläubig, dafür umso anklagender. Ein hysterisches Lachen drang über ihre bleichen Lippen, während sie sich erneut im Raum umsah. Dann kam sie auf mich zu, die Hände erhoben und zu Fäusten geballt. Sie versetzte mir einen kraftlosen Schlag gegen die Brust und noch einen und einen weiteren, bis ich ihre Handgelenke umfasste und sie aufhielt. Lynne wehrte sich gegen meinen Griff, zog und zerrte und sah mich so flehentlich an, dass mir heiß und kalt wurde. „Warum? Warum hattest du recht?" Ihre Stimme klang anklagend, und die ersten Tränen kullerten über ihre erhitzten Wangen.

„Hatte ich nicht", würgte ich hervor, unsicher, was sie eigentlich von mir wollte. Ihre Blicke spießten mich förmlich auf.

„Doch. Du wusstest es. Du hast mir immer wieder gesagt, dass etwas faul ist, dass ich es ernst nehmen muss. Du wusstest, dass irgendetwas Schlimmes passieren wird. Woher?" Das letzte Wort schleuderte sie mir regelrecht entgegen. Frage und Aufforderung in einem.

Lynne wusste zu gut, dass ich etwas vor ihr verheimlichte. Nie wirklich ehrlich zu ihr gewesen war. Jetzt war es so weit. Alles holte mich ein. Meine Taten, mein Schweigen, meine Vergangenheit.

Plötzlich sah Lynne so verletzlich, so klein und verlassen aus, dass sich alles in mir aufbäumte. Das Gefühl, sie vor alledem beschützen und für sie da sein zu wollen, überrollte mich, einer Lawine gleich.

Es bestärkte mich darin, ihr endlich alles zu erzählen. Ich würde schon merken, was sie davon hielt. Natürlich hatte ich Angst, dass sie mich, wenn sie es wusste, nicht mehr mit denselben Augen sah. Dass es mit uns, nachdem wir endlich zusammengefunden hatten, wieder vorbei sein würde. Aber alles war besser, als dass weiterhin etwas zwischen uns stand. Lynne hatte mein Vertrauen und meine Ehrlichkeit wahrlich verdient.

„Du willst, dass ich dir die Wahrheit sage?", fragte ich und ließ ihre Arme unvermittelt los, trat einen großen Schritt zurück, um Abstand zu ihr zu gewinnen. Es lag nichts von der Kälte in meiner Stimme, die ich bei meiner Frage verspürte. Ich klang matt, tonlos, leer. Dabei tobte in mir ein Orkan aus Ängsten und Erinnerungen.

Lynnes Ausdruck veränderte sich. Sie schien sich zu fassen, straffte die Schultern, stark und bereit, sich dem zu stellen, was ich ihr zu sagen hatte.

„Ja", sagte sie bestimmt und strahlte plötzlich vollkommene Ruhe aus. Ich konnte nicht nachvollziehen, wie sie dazu in der Lage war, stand es doch im krassen Gegensatz zu meinem gegenwärtigen Gefühlschaos.

Sie lächelte schmallippig, nickte mir auffordernd zu.

Ich griff nach ihrem umgeworfenen Schreibtischstuhl und setzte mich verkehrt herum darauf, sodass die Lehne zwischen mir und Lynne als eine Art Barriere fungierte. Sie sah mich einen Moment lang an, richtete dann die zerwühlten Kissen auf ihrem Bett und setzte sich ebenfalls.

Ich sammelte mich, schloss meine verkrampften Finger um die Stuhllehne und schluckte schwer.

Jetzt spuck's endlich aus, Lex!

„Ich bin ganz anders aufgewachsen als du. Mein Vater war Buchhalter. Meine Mutter eine Tischdeckchen häkelnde, Kuchen backende Hausfrau." Sofort hatte ich den Geruch von Zitronentorte in der Nase und das Bild von meiner Familie und mir beim Abendessen vor

Augen. Die friedvolle Erinnerung erschien mir vollkommen deplatziert, machte es mir schwer weiterzusprechen.

Ich sah Lynne an, die mich ihrerseits intensiv musterte. Wie es ihr wohl erging, wenn ich von einer Kindheit sprach, nach der sie sich vermutlich immer gesehnt hatte?

„Mir hat es nie an etwas gemangelt. Ich wurde umsorgt, geliebt, hatte jeden Tag eine warme Mahlzeit auf dem Teller, besuchte eine gute Schule." Es schmerzte mit anzusehen, was meine Worte in ihr auslösten. Ich wollte sie nicht quälen oder vor den Kopf stoßen, aber sie musste das hören, musste meine Ausgangssituation genau kennen, damit sie verstand, was ich verspielt hatte.

„Ich war ein Musterschüler. Der Vorzeigesohn. Hatte eine glänzende Zukunft vor mir, mit allem Drum und Dran." Unruhig rutschte ich auf meinem Stuhl herum. Jetzt kam der schwere Teil, der Teil der Geschichte, in dem ich mein perfektes Leben mit Füßen getreten und in die Tonne gekippt hatte.

„Ich war verwöhnt, gelangweilt. Habe mir selbst einen Riesendruck wegen der Schule gemacht, und irgendwann wurde ich unzufrieden, regelrecht ruhelos." Dumm. Ich war dumm gewesen. Blind für das, was ich gehabt hatte. „Mein bester Freund Danny und ich hatten das biedere, behütete Vorstadtleben satt. Wir wollten Spaß haben. Abwechslung vom schnöden Alltag." Ich schüttelte den Kopf. Die Erinnerung an Danny tat am meisten weh an der Sache. Ich hatte ihn wie einen Bruder geliebt. Hatte ihm vertraut, zu ihm aufgesehen.

Lynne schwieg.

„Anfangs waren es nur normale Partys. Wir tranken Alkohol und zogen um die Häuser. Ich lernte weniger. Meine Noten wurden stetig schlechter. Irgendwann hatte ich keine Lust mehr auf die Schule oder den Stress mit meinen Eltern, der unweigerlich folgte. Also habe ich immer wieder geschwänzt, war oft tagelang nicht zu Hause. Meine Eltern wussten sich bald nicht mehr zu helfen, weil ich einfach tat, was ich wollte, ohne Rücksicht auf Verluste, egal welche Strafe sie mir aufbrummten, und obwohl sie versuchten, zu mir durchzudringen. Schließlich haben sie mir das Geld gestrichen, und mein Lotterleben hätte ein jähes Ende gefunden, wenn ich nicht ..." Ich stockte. Plötzlich fand ich es stickig in Lynnes kleinem Zimmer. Das Atmen fiel mir schwerer, und ein pochender Schmerz hatte sich hinter meinen Schläfen eingenistet. Ich schluckte gegen den Kloß in meinem Hals an und versuchte, ruhig und gleichmäßig Luft zu holen.

Lynne sagte noch immer nichts.

„Meine erste Straftat war ein Ladendiebstahl", fuhr ich fort. „Ich klaute eine Flasche Wodka. Es folgten viele weitere Delikte, über Monate hinweg. Diebstähle und Schlägereien, für die ich natürlich zur Rechenschaft gezogen wurde. Verhaftungen und Gerichtsverhandlungen wechselten sich in regelmäßigen Abständen ab. Zu dieser Zeit war mir alles egal. Ich hätte die Reißleine ziehen können, aber ich bevorzugte den freien Fall – bis ich ungebremst auf den Boden der Tatsachen aufschlug."

Mit Tränen in den Augen hob ich den Kopf und blickte in Lynnes ernstes Gesicht. Sie hatte die Arme um sich geschlungen, als wäre ihr kalt. Ich wollte unendlich gerne zu ihr hinübergehen und sie an mich ziehen. Den Kopf an ihre Schulter legen und ihr sagen, dass alles bloß eine traurige Geschichte gewesen war. Aber das konnte ich nicht. Ich hatte weder Mitleid noch Absolution verdient.

„Als Danny und ich das letzte Mal mit einer Bewährungsstrafe davonkamen, meinte er, wir müssten es schlauer, geschickter anstellen, an Geld zu kommen. Unsere Zeit nicht mehr mit Ladendiebstählen oder Vandalismus vergeuden." Ich lachte bitter. Im Nachhinein gesehen hätte ich spätestens zu diesem Zeitpunkt erkennen müssen, dass der Danny, mit dem ich aufgewachsen war und meine halbe Kindheit verbracht hatte, nicht mehr existierte. Er hatte sich verändert, und nicht zum Guten.

Lynne schloss für einen Moment die Augen und nickte leicht.

Ich hatte keine Ahnung, was diese Geste zu bedeuten hatte, nahm es aber als Aufforderung weiterzusprechen. „Er hat angefangen, Leute zu bedrohen, zu erpressen und ihnen auf die Tour ihr Geld abzuknöpfen. Ich wollte mit diesen Spielchen nichts zu tun haben. Stattdessen habe ich weitergemacht wie bisher. Ich wusste, was er trieb und dass es immer übler wurde. Aufgehalten habe ich ihn trotzdem nicht", sagte ich und hörte, wie meine Stimme brach. Das war es, was ich am allermeisten bereute. Ich hatte viel Scheiße gebaut, keine Frage. Das zu decken, was Danny vielen Menschen angetan hatte, war das Schlimmste von allem.

Es dauerte einige Minuten, bis ich mich wieder in der Lage fühlte weiterzuerzählen. Lynne schwieg mit mir, umgeben von den Trümmern unserer Existenz.

„Nicht jeder, den Danny über den Tisch zu ziehen versuchte, hat das anstandslos hingenommen. Er geriet an ein paar üble Typen, die es wenig berauschend fanden, dass er sie um ihr Geld erleichterte. Sie lauerten uns auf, haben uns angegriffen. Es kam zu einer ziemlich blutigen Auseinandersetzung. Danny ist getürmt, ich hingegen wurde eingebuchtet, saß insgesamt anderthalb Jahre im Gefängnis. Allein. Ohne je von meinen Eltern besucht zu werden.“

Lynne schnappte hörbar nach Luft.

„Ich kann es ihnen nicht verübeln. Was ich ihnen angetan habe, war grauenhaft. Sie hatten es nicht verdient, einen Sohn zu haben, der sich um nichts und niemanden scherte. Sie sind besser ohne mich dran. Deshalb bin ich auch so weit weggegangen wie möglich, nachdem ich aus dem Gefängnis entlassen wurde. Die Haft hat mich verändert, mir endlich den Kopf gewaschen. Ich wollte neu anfangen, alles wiedergutmachen und das Leben führen, das sich meine Eltern für mich gewünscht hätten.“ Ein raues, verbittertes Lachen kam über meine Lippen.

Lynne sah mich mit großen Augen stumm an.

„Leider musste ich feststellen, dass man als Ex-Knacki und ohne Schulabschluss so gut wie keine Chancen hat, eine vernünftige Anstellung zu bekommen. Also zog ich umher und versuchte, mich mit Hilfsjobs über Wasser zu halten. Bis ich eines Abends diese Bar betrat.“ Ich deutete mit dem Finger auf den Boden, wo unter uns die Bar, in ihre Einzelteile zerlegt, lag. Stellte mir die Bar vor, wie sie ausgesehen hatte, als ich zum ersten Mal meinen Fuß über die Schwelle gesetzt hatte. „In dieser Nacht habe ich zum ersten Mal seit meiner

Inhaftierung wieder Alkohol getrunken, mich voll abgeschossen und Marian die armselige Geschichte meines Lebens erzählt. Willst du wissen, was sie zu mir gesagt hat?" Diesen Satz würde ich nie vergessen.

Lynne nickte, während Tränen ihre blassen Wangen hinabliefen.

‚Hör auf, dich selbst zu bemitleiden und krieg gefälligst deinen Arsch hoch, Kleiner!' Ich konnte mich genau an Marians Gesichtsausdruck und den Klang ihrer Stimme erinnern.

Lynne stieß ein ersticktes Lachen aus und wischte sich die Tränen aus den Augen.

Ich atmete zitternd aus. „Tja, und das habe ich gemacht. Mit Marians Hilfe. Sie hat mir angeboten, für eine Weile zu bleiben und ihr in der Bar zu helfen. Ab diesem Moment habe ich meine Vergangenheit hinter mir gelassen und nach vorne geblickt. Marian und die Bar waren meine Rettung. Wäre ich nicht bei ihr, sondern irgendwo anders gelandet, hätte ich den ganzen Mist vermutlich nie auf die Reihe gekriegt", schloss ich und erhob mich zögerlich.

Es war raus. Ich hatte ihr tatsächlich alles erzählt, und Lynne war noch immer da. Sie war nicht aufgesprungen und weggelaufen oder hatte mich verurteilt, sondern saß nach wie vor auf dem Bett und sah mich aus ihren grün funkelnden Augen an. Nicht verächtlich. Auch nicht verurteilend oder voller Abscheu, wie ich es verdient hätte. Sie sah bloß traurig aus.

„Sag doch was", bat ich mit rauer Stimme.

Lynne sagte nichts.

Ich starrte auf eine der herausgerissenen Schubladen aus meiner Kommode, mit feuchten Wangen und schwerem Herzen. Keine Ahnung, wann ich das letzte Mal so viele Tränen vergossen hatte wie in den letzten Stunden. In meinem Inneren herrschte das gleiche Chaos wie um mich herum, nur war ich zu betäubt, um zu wissen, wo ich mit dem Aufräumen anfangen sollte. Ein Teil von mir war froh, nun endlich zu wissen, was Lex die ganze Zeit über vor mir verborgen hatte. Langsam setzten sich die einzelnen Puzzleteile zu einem plausiblen Bild zusammen. Es machte mich unendlich traurig. Alles daran. Lex' Geschichte, sein Schmerz, seine unübersehbaren Schuldgefühle und die Tatsache, dass erst jemand die ganze Bude zu Kleinholz hatte verarbeiten müssen, damit er es mir anvertraute.

„Es ist vorbei", sagte ich leise und hob mühsam den Kopf, um Lex anzusehen. Sein bleiches, leidgeplagtes Gesicht versetzte mir einen Stich. Ich wollte nicht, dass er sich dermaßen quälte, wusste aber zu gut, wie es war, mit den Dämonen der Vergangenheit zu leben.

Er sog scharf die Luft ein und spannte sich an. Meine eigenen Worte und ihre Wirkung auf Lex wurden mir bewusst. Er missverstand mich. Darum schluckte ich schwer, um den Kloß in meinem Hals zu vertreiben, und beeilte mich weiterzusprechen.

„Du hast es hinter dir gelassen. Nicht die Erinnerungen, aber die Fehler, die du begangen hast. Mag sein, dass uns die Vergangenheit zu dem gemacht hat, was wir heute sind. Das heißt jedoch längst nicht, dass wir dieselben Menschen von damals sind. Du hast dich geändert. Du sorgst dich. Du kümmerst dich, und du schaust nicht mehr weg. Es tut mir leid, was es dich gekostet hat, um hier zu landen, und dass du jetzt mit mir in dieser Scheiße sitzt. Aber ich bereue es nicht, dich bei mir zu haben, und daran ändert deine Vergangenheit nichts."

Endlich begriff er. Ich konnte es in seinem Blick erkennen. Das gerade noch stumpfe dunkle Braun seiner Augen leuchtete auf, verflüssigte sich und wurde zu dem wunderbaren Karamellton, der mich von unserer ersten Begegnung an in den Bann gezogen hatte.

Lex meinte vielleicht, es nicht verdient zu haben, dass man ihm verzieh und ihn trotz allem liebte. Das hinderte mich aber nicht daran, es zu tun.

Ich wollte ihn in meine Arme schließen und für ihn da sein, wie er es wenige Stunden zuvor für mich getan hatte. Allerdings fühlte ich mich außerstande mich zu bewegen. Die Last der schier ausweglosen Situation, in die ich mich selbst manövriert hatte, drückte mich unerbittlich nieder.

Lex trat zu mir ans Bett. Seine Hände tastete nach meinen. Er zog mich auf die Beine und direkt in seine Arme. Zu gern wollte ich mich in diesem ungewohnten Gefühl der Geborgenheit verkriechen und nie wieder daraus auftauchen. Aber die harte Realität zerrte erbarmungslos an mir.

„Was sollen wir jetzt machen?", nuschelte ich, das Gesicht in seine Halsbeuge vergraben. Der Griff seiner Arme verstärkte sich um meinen Körper.

„Wir machen weiter, finden einen Weg. Gemeinsam." Lex manövrierte mich durch den Irrgarten meiner Wohnung hinüber in seine, legte sich mit mir ins Bett und hielt mich die ganze restliche Nacht.

Ich wusste nicht, wie spät es gewesen oder wann ich eingeschlafen war. Am Morgen erwachte ich in seinen Armen und war unsagbar froh, ihn bei mir zu haben, als mich die Ereignisse des gestrigen Tages einholten. Ich fühlte mich erschlagen, unendlich müde und doch nicht allein. Das war mein Stern am dunklen Firmament. Lex an meiner Seite zu haben. Ich wusste nicht, wie ich es schaffen sollte, das Geld aufzutreiben und die Bar wieder einigermaßen herzurichten. Aber die Verzweiflung deswegen wurde durch ihn gedämpft. Ich würde nicht aufgeben, nicht jetzt, nachdem ich so vieles überstanden hatte.

Es kostete uns den ganzen Tag, die beiden Wohnungen aufzuräumen. Erst abends stiegen wir hinunter in die Bar. Beim Anblick der umgeworfenen Möbel, die in einem Meer aus Glasscherben dahinzutreiben schienen, drehte sich mir der Magen um. Obwohl mich Lex heute immer wieder dazu hatte bringen wollen, etwas zu essen, hatte mein Appetit nicht ausgereicht, auch nur einen Bissen herunterzubekommen. Jetzt war ich dankbar dafür. Lex trat hinter mich, legte die Arme um meinen Bauch und das Kinn auf meinem Kopf ab.

„Sollen wir für heute Schluss machen?", fragte er. Ich spürte, wie sich sein Kiefer bewegte und die Vibrationen seiner Worte in meinem Rücken. Es tat unglaublich gut, ihn zu spüren. Er gab mir den Halt, den ich gerade bitter nötig hatte.

„Nein. Lass uns noch ein wenig sauber machen", erwiderte ich tonlos und wandte mich in seinen Armen zu ihm um. Der warme Blick seiner Augen fing mich auf. Nichts stand mehr zwischen uns. Wir hätten glücklich sein müssen, und doch waren wir es nicht. Ich verfluchte diese abscheulichen Menschen, die uns das angetan hatten. Meiner Mum, Lex und mir.

Selbst ein wenig verwundert darüber, dass ich meine vermaledeite Mutter dafür, dass sie uns diesen Mist eingebrockt hatte, nicht auf die Seite der Bösen stellte, legte ich den Kopf an Lex' Brust. Ich hörte seinen Herzschlag, gab mich für einen kurzen Moment dem friedlichen Rhythmus hin. Sie hatte ihn gerettet. Wie und warum, wusste ich nicht, aber das spielte ohnehin keine Rolle. Ich grämte mich nicht mehr, dass sie für ihn da gewesen war und für mich nicht. Auch sie war ein Opfer dieser Misere. Wenngleich unüberlegt und sicherlich auf die denkbar schlechteste Weise, hatte sie nur ihr Lebenswerk, die Bar, retten wollen.

Seufzend löste ich mich von ihm und griff nach dem Besen.

In stiller Eintracht machten wir uns an die Arbeit, wobei immer wieder Schemen vor den Fenstern und der Tür auftauchten. Wir hörten gedämpfte Stimmen, sahen, wie die Gestalten einige Augenblicke unschlüssig vor der versperrten Tür mit dem *Closed*-Schild darauf verharrten und allesamt wieder abzogen. Ich gab mein Bestes, sie zu ignorieren. Den Gedanken zu verdrängen, dass die Bar jetzt eigentlich gut besucht und von lachenden Stimmen erfüllt sein sollte.

Wenig später ließ mich ein forderndes Klopfen hochfahren. Ich war gerade dabei gewesen, die letzten

Glassplitter auf eine Schaufel zu kehren, und erschrak dermaßen, dass mir der Besen entglitt und sich die Scherben wieder um mich herum verteilten.

„Scheiße, verdammte", stieß ich hervor und sah zu Lex. Er wirkte ebenso erschrocken wie ich, hatte es aber geschafft die Flaschen, die er in den Händen hielt, nicht fallen zu lassen.

„Lex! Lynne! Seid ihr da?", erklang Jimmys vertraute Stimme von draußen. Erneut hämmerte er mit der Faust gegen die Eingangstür. Lex stellte die Flaschen ab und sperrte rasch auf, bevor Jimmy vielleicht noch auf die Idee kam, uns die Tür einzutreten.

„Was, um Himmels willen, ist denn hier passiert?", keuchte er und fasste sich mit einer Hand an die Stirn. Ungläubigkeit und Erschütterung zeichneten sich in seinem Gesicht ab.

„Jemand hat die Bar demoliert", sprach ich das Offensichtliche aus und warf Lex einen, wie ich hoffte, eindeutig warnenden Blick zu. Ich wollte nicht, dass Jimmy mehr als nötig erfuhr. Zu groß war die Scham in mir, Mums Bar mit meiner Naivität derart in den Abgrund gestürzt zu haben.

Doch Lex sah mich nicht einmal an. Er fixierte Jimmy mit einem undefinierbaren Ausdruck im Gesicht.

„Aber wer sollte so etwas machen?", wollte Jimmy wissen. Er fing sich langsam wieder, ging, ganz der Cop, der er nun einmal war, in die Hocke und hob eine Glasscherbe vom Boden auf.

Mein Mund öffnete sich, um irgendeine brauchbare Erklärung zu liefern. Fast musste ich über mich selbst lachen. Was, bitte schön, sollte ich ihm auftischen?

„Marian hat sich in irgendeine dubiose Sache verstrickt. Wir haben vor einigen Wochen Geld gefunden
und es für die Bar ausgegeben. Dann kam das hier." Lex
griff in seine Hosentasche und zog den Zettel hervor,
den die unbekannten Erpresser in dem Koffer depo-
niert hatten. Warum hatte er den eingesteckt? Trug er
ihn etwa immer mit sich herum?

„Lex! Nicht", zischte ich, aber es war längst zu spät.

Jimmy griff nach dem Blatt, und Lex plauderte munter weiter. Okay, er sah ziemlich verkniffen und fertig
aus. Das hielt ihn zu meinem Leidwesen jedoch nicht
davon ab, Jimmy die ganze Misere haarklein und brüh-
warm zu servieren. Ohne mich zu fragen.

In mir keimte ein übler Gedanke auf, und ich trat an
Lex heran, während Jimmy gerade den zweiten Zettel
überflog. „Hast du ihn herbestellt?", flüsterte ich und
kannte die Antwort auch ohne den scheinheilig entschuldigenden Blick, den er mir daraufhin zuwarf.

„Wir schaffen das nicht ohne Hilfe, Lynne. Ich werde
nicht riskieren, dass dieser Mistkerl seine Drohung
wahrmacht und dir das Gleiche antut wie der Bar", erwiderte er wesentlich lauter als ich zuvor. Musste er
mich unbedingt an den genauen Wortlaut der Nachricht erinnern? Mein ohnehin flauer Magen zog sich
unangenehm zusammen.

Ich begegnete Jimmys alarmierten Blick.

„Warum seid ihr nicht früher damit zu mir gekommen?", fragte er zunehmend verärgert. Na, ganz toll!
Genau das brauchte ich jetzt unbedingt: Vorhaltungen.

„Wir haben es nicht ernst genug genommen. Das war
ein großer Fehler", meinte Lex. *Wir*? Wenn die Situation nicht in einem heiklen Maß angespannt und

ausweglos gewesen wäre, hätte ich laut losgelacht. Aber ich begnügte mich damit, den Mund erstaunt aufzuklappen. Lex war definitiv nicht derjenige von uns beiden gewesen, der die Sache ohne die nötige Ernsthaftigkeit betrachtet hatte. Trotzdem nahm er mich vor Jimmy in Schutz. Seine Finger tasteten nach meiner Hand, umschlossen und drückten sie sanft.

Jimmy bedachte Lex mit einem strengen, beinah vorwurfsvollen Blick und fuhr sich aufgebracht durchs Haar. „Gerade du solltest es besser wissen, Junge", warf er ihm vor. Lex zuckte zusammen und wurde bleich um die Nase. „Glaube ja nicht, ich hätte keine Erkundigungen über dich eingeholt, als du damals hier aufgetaucht bist", ergänzte er, was Lex' Finger dazu brachte, sich fester um meine zu schließen.

Es reichte. Ich würde nicht schweigend herumstehen und zusehen, wie Lex freiwillig die Vorwürfe einsteckte, die rechtmäßig mir zustanden.

„Er ist in keiner Weise verantwortlich für diese Situation. Lex hat mir von Anfang an gesagt, dass etwas mit dem Geld faul ist. Ich wollte es nicht wahrhaben. Es ist ganz allein meine Schuld", erklärte ich Jimmy und straffte die Schultern. Dann wandte ich mich Lex zu. „Ich hätte auf dich hören sollen. Es tut mir leid", fügte ich hinzu. Lex zog mich wortlos an sich.

„Nun gut", murmelte Jimmy. „Ich nehme diese Briefe mit aufs Polizeirevier. Mal sehen, ob wir irgendwelche Spuren darauf finden. Nachdem ihr bereits am Aufräumen seid, wird es wohl wenig Sinn ergeben, in der Bar nach weiteren Spuren zu suchen. Lynne, hast du das Konto deiner Mutter noch, oder wurde es aufgelöst?"

Ich hatte Jimmy nur mit einem Ohr zugehört. Zu sehr beschäftigte mich Lex' Versuch, mich vor ihm in Schutz zu nehmen. Bei der Frage aber runzelte ich verwirrt die Stirn. Was wollte er mit dem Konto?

„Ich habe es übernommen", teilte ich ihm mit und löste mich aus Lex' Armen.

„Gut." Jimmy nickte. Jetzt sah er wesentlich zufriedener aus als vor wenigen Augenblicken. Professionell und voller Tatendrang. „Ich werde dir Geld überweisen, damit ihr die Bar wieder herrichten könnt", sagte er ohne Umschweife. *Bitte was?* Das konnte jetzt nicht sein Ernst sein! Fassungslos starrte ich ihn an.

„Das ist nicht …", setzte ich an, wurde aber sofort von Jimmy unterbrochen.

„Doch, das ist nötig, Kleines!" Sein strenger, entschlossener Tonfall ließ keine Widerrede zu. Dabei stand der traurige Ausdruck in seinem Gesicht im krassen Gegensatz zu seinen Worten. „Ich habe es vor einigen Monaten auch Marian angeboten. Aber du kanntest ja deine Mutter. Sie wollte keine Hilfe von mir annehmen. Stattdessen hat sie sich, wie es aussieht, lieber Geld von irgendeinem Kriminellen geliehen." Er klang eigenartig verhärmt. Als hätte ihn diese Abfuhr persönlich getroffen. Ich hatte das Gefühl, dass viel mehr hinter seinen Worten steckte, kam aber nicht mehr dazu, diesen Gedanken weiterzuverfolgen. „Mach nicht den gleichen Fehler wie deine Mutter", sagte er eindringlich und fixierte mich mit seinen grünen Augen.

Ich wollte keine Almosen von ihm. Er hatte, weiß Gott, genug für mich getan. Aber was blieb mir anderes übrig, wenn ich die Bar und das Haus nicht verlieren wollte?

„Danke“, meinte ich leise. Ich hatte seine Hilfe nicht verdient.

Wieder nickte Jimmy. „Mal sehen, was wir herausfinden. Wenn euch irgendetwas einfallen sollte, gebt mir Bescheid. Ansonsten melde ich mich bei euch.“

Mit diesen Worten verließ er die Bar und ließ mich mit einem noch größeren Chaos in meinem Kopf zurück. Ein Teil von mir war dankbar für seine Unterstützung und erleichtert darüber, dass sich nun die Polizei einschalten würde. Das war nur vernünftig. Trotzdem hinterließ es einen bitteren Geschmack auf meiner Zunge.

Zwei Tage später wurden wir von Jimmy aufs Polizeirevier bestellt. Beide mussten wir getrennt voneinander eine offizielle Aussage machen. Schon beim Betreten der Wache wurde ich gnadenlos in meine Vergangenheit zurückkatapultiert. Wahrscheinlich war das einer der Gründe gewesen, warum ich Lynne hatte gewähren lassen und nicht früher zu Jimmy gegangen war. Die tief in mir verankerte Angst und der Widerwille, mit der Polizei in Kontakt zu kommen. Wenngleich ich mir dieses Mal nichts hatte zuschulden kommen lassen, von meiner Feigheit abgesehen, fühlte es sich furchtbar an, hier zu sein. Alles in mir schrie danach, sofort wieder kehrtzumachen und zu verschwinden. Aber da musste ich jetzt durch. Um Lynnes willen.

Meine Anspannung blieb ihr nicht verborgen, und obwohl ich mich schämte, half es, dass sie wusste, was in mir vorging. Es war tröstlich, damit nicht allein zu sein.

Einer von Jimmys Kollegen führte mich in einen der typischen Verhörräume, was mir gar nicht gefiel. Ich sah mich in meiner Erinnerung die unzähligen Male, die ich einen ähnlichen Weg gegangen war. Wenn auch in einem anderen Bundesstaat, auf einem anderen Polizeirevier. Den schmalen, fensterlosen Gang entlang, durch die dunkle Metalltür in den Raum mit einem Tisch und zwei Stühlen. Mein Atem beschleunigte sich, und mir war, als könnte ich die Handschellen wieder um meine Gelenke spüren. Unruhig rieb ich mir über

die Haut und folgte der Aufforderung des Beamten
mich zu setzen.

Er platzierte eine Akte und ein Diktiergerät zwischen
uns auf dem Tisch und nahm ebenfalls Platz.

„Mister Richardson", begann der Cop die Befragung,
nachdem er den Rekorder eingeschaltet hatte.

„Nennen Sie mich Lex", unterbrach ich ihn, in der
Hoffnung, eine persönlichere Anrede würde meine
Nervosität dämpfen. Er bedachte mich mit einem pro-
fessionell undurchdringlichen Blick, nickte dann aber.
Langsam atmete ich aus und versuchte, mich davon ab-
zuhalten, auf meinem Stuhl herumzurutschen.

„Lex, Sie sind im Oktober vor fünf Jahren bei Miss
Stuart eingezogen und haben in ihrer Bar zu arbeiten
begonnen." Das war keine Frage, trotzdem musterte er
mich abwartend. Als ich keine Anstalten machte zu
antworteten, sprach der Cop weiter. „Was hat Sie dazu
veranlasst? Warum haben Sie nach Ihrer Entlassung
den Bundesstaat verlassen und sind gerade bei Marian
Stuart untergekommen?" Obwohl er völlig ruhig und
sachlich sprach und kein Anzeichen von Misstrauen
oder Vorwürfen durchsickern ließ, verstärkte seine
Fragerei mein Unbehagen. Was wollte er eigentlich von
mir?

„Ich dachte, Sie wollen mich zu der Erpressung befra-
gen", warf ich ein und hoffte dadurch, seinen Fragen
ausweichen zu können. Ich hatte keine Lust, mit diesem Fremden über meine Vergangenheit zu sprechen.

„Beantworten Sie einfach meine Fragen, Lex."

Ich schluckte. *Lynne. Du tust das für Lynne. Sie können dir nichts anhaben. Du hast nichts Unrechtes getan,* sagte ich mir selbst und suchte fieberhaft nach den

passenden Worten. Ich war weggegangen, weil ich
mein altes Leben in den Sand gesetzt, meine Familie
verletzt und meine Zukunft verspielt hatte. Aber das
wollte ich ihm nicht gerade auf die Nase binden.

„Ich wollte so weit wie möglich weg aus dem Dunst-
kreis, in dem ich mich vor meiner Haftstrafe bewegt
habe. Marian hat mir eine Bleibe und einen Job angeboten. Es war Zufall, dass ich ausgerechnet bei ihr gelandet bin“, erklärte ich.

Mein Gegenüber nickte bedächtig. Offenbar stellte
ihn meine Antwort zufrieden. „Wussten Sie, dass die
Bar schlecht lief?“ Es war sinnlos zu lügen, also bejahte
ich. „Und hatten Sie Kenntnis davon, woher Miss Stuart die Geldsumme hatte, die eindeutig nicht aus den
Einnahmen der Bar stammte?“

„Sie hat es mir nicht gesagt. Ich denke, sie wollte mich
nicht in die Sache hineinziehen“, erwiderte ich und
wusste selbst, wie lahm das klingen musste.

Trotzdem nickte der Cop erneut. Er stellte mir einige
weitere Fragen zu meinen Beobachtungen, zu Marian
und schließlich zu den aktuellen Geschehnissen. Es
kam mir vor wie Stunden, bis ich endlich aus dem sti-
ckigen kleinen Raum entlassen wurde.

Lynne erwartete mich bereits und schloss mich sofort
in die Arme. Ich musste genauso bleich um die Nase
und fertig aussehen, wie ich mich fühlte.

„Geht es dir gut?“, fragte sie besorgt und drückte
meine Hand.

„Das wird schon“, antwortete ich und versuchte mich
an einem Lächeln. Ich wollte nicht, dass sie sich meinetwegen Gedanken machte. Sie hatte ohnehin genug
Probleme.

Da wir unsere Aussagen gemacht hatten, ging Jimmy mit Lynne und mir in einen Besprechungsraum, um uns auf den neuesten Stand der Ermittlungen zu bringen.

In seiner Uniform wirkte er wie ein anderer Mensch. Viel autoritärer und bestimmter. Ich konnte diesen Jimmy, der mit harten Zügen und stechendem Blick vor mir stand, nicht mit dem Mann in Einklang bringen, der annähernd jeden Abend die Bar besuchte.

„So wie es aussieht, hat sich Marian nicht einfach nur Geld von einem Kredithai geliehen. Sie hätte es unmöglich wieder zurückbezahlen können. Stattdessen ist sie wohl einen Deal mit einem Geldwäschering eingegangen", meinte Jimmy. Er wirkte ganz und gar nicht begeistert über seine eigene Annahme.

Das erklärte einiges. O Marian!, dachte ich bei mir, und mein Herz wurde schwer. Da hatte sie uns einen ordentlichen Schlamassel vermacht. Lynne neben mir spannte sich an.

„Wie konnte sie dermaßen dumm sein?", keuchte sie. Jimmys Blick verriet mir, dass er genau das Gleiche dachte. Der Ausdruck in seinem Gesicht glich haarklein Lynnes, als hätte man ihr einen Spiegel vorgesetzt.

„Und was machen wir jetzt? Wir können schlecht warten, bis diese Mistkerle erneut auftauchen und ihre Drohung wahrmachen. Umgekehrt haben wir das Geld nicht, um sie zu bezahlen", warf ich ein. Die Ausweglosigkeit der Situation und die Vorstellung, Lynne könnte in die Hände dieser Verbrecher fallen, machten mich schier wahnsinnig.

„Wir werden euch das Geld geben, und Lynne wird es wie verlangt zu Marians Grab bringen", teilte Jimmy uns mit.

„Die Polizei bezahlt für uns? Oder du?", fragte Lynne skeptisch und sah überhaupt nicht begeistert aus. In dieser Hinsicht war sie wie ihre Mutter. Stark und unabhängig, egal was es sie kostete.

Jimmy schüttelte den Kopf und fuhr sich mit einer Hand über den dunklen Bartschatten an seinem Kinn. „Weder noch. Wir werden den Koffer mit einem Peilsender versehen und die Scheine markieren. Nachdem das Geld übergeben wurde, können wir dadurch die Drahtzieher verfolgen und sie hoffentlich ausheben", erklärte er. Sofort spürte ich, wie bei Jimmys Worten das Blut in meinen Adern zu kochen begann. Das konnte nicht wirklich sein Plan sein!

„Ihr wollt Lynne als Köder benutzen? Was, wenn sie Lunte riechen? Hast du daran schon mal gedacht?", brauste ich auf.

„Ich mache es. Diese Schweine sollen im Gefängnis verrotten", erwiderte Lynne ohne Umschweife.

„Sicher nicht! Du bringst dich nicht in Gefahr!" Jetzt schrie ich fast. Die beiden hatten offensichtlich den Verstand verloren. Nie und nimmer würde ich das zulassen.

„Lex, lass gut sein. Ich schaffe das", hielt Lynne vehement dagegen. Sie wollte nach meiner Hand greifen, aber ich zuckte weg, bevor sie mich berühren konnte.

„Nein!", sagte ich mit Nachdruck und wandte mich an Jimmy. „Ich übergebe das Geld. Denen wird es egal sein, von wem sie die Scheine bekommen, und wenn etwas schiefläuft, ist es nicht Lynne, die ihren Kopf für diese Scheiße hinhalten muss.“

„Aber …“, setzte Lynne neben mir an.

„Ja, so machen wir es“, stimmte Jimmy zu und schnitt ihr damit das Wort ab.

Es passte mir überhaupt nicht in den Kram, dass die beiden über meinen Kopf hinweg und allen meinen Einwänden zum Trotz beschlossen hatten, Lex würde den Geldkoffer am Grab meiner Mutter übergeben. Ich empfand diesen ganzen Mist als mein eigenes Problem, und doch wollte Lex es für mich lösen. Natürlich wusste ich, dass er sich schuldig deswegen fühlte und mich lediglich beschützen wollte. Seine Gründe in allen Ehren, aber mir erging es da nicht anders. Ich hätte wesentlich besser mit der Aussicht leben können, die Gefahr auf mich zu nehmen, statt mich im Hintergrund zu halten und nun um Lex' Sicherheit bangen zu müssen.

Meine Unruhe hatte allerdings einen positiven Nebeneffekt. Ich fegte wie ein Wirbelwind durchs Haus, und bald waren alle Spuren der Zerstörung beseitigt. Zumindest jene, derer ich mit einem Besen, Putzlappen oder durch Aufräumen Herr werden konnte.

Es blieben einige Dinge zurück, die ich erst in Angriff nehmen würde, wenn diese Erpresser-Geldübergabe-Sache ausgestanden war. Da wir den Laden bis dahin ohnehin nicht wieder öffnen würden, konnte sich niemand an den zerschlagenen Lampen oder der fehlenden Glasplatte des Kickertisches stören. Außer mir. Es schmerzte, die Bar in diesem Zustand zu sehen, nachdem Lex und ich Schweiß und Blut in ihre Neugestaltung gesteckt hatten. Natürlich konnte ich mit dem Geld, das Jimmy mir überwiesen hatte, vieles davon wiederherstellen, trotzdem würde es nicht das Gleiche sein. Die Bar hatte Narben davongetragen – und ich auch.

Bis zum Tag X würde mir wohl oder übel nichts zu tun bleiben, als weiter meinen düsteren Gedanken nachzuhängen. Ohne meinen Laptop hatte ich keine Chance, mich in irgendeiner Weise vom Bevorstehenden abzulenken.

Das hatte ich zumindest gedacht, bis Lex mit einem Rucksack bepackt und den Motorradhelmen unter dem Arm auftauchte.

„Wir machen eine Spritztour", teilte er mir mit und drückte mir einen der Helme in die Hand.

„Eine Spritztour?"

„Einen Ausflug, einen Trip, eine Spazierfahrt. Nenn es, wie du willst. Ich muss hier raus, und du musst mit." Lex grinste mich schief an. Ich hatte sein Lächeln vermisst, und mir wurde klar, dass wir seit unserer ersten gemeinsamen Nacht nichts mehr zu lachen gehabt hatten. Nun gut, gelacht hatten wir *dabei* ebenfalls nicht, aber immerhin war es positiv gewesen. Sehr positiv, um genau zu sein.

Da es beschlossene Sache zu sein schien und ich definitiv nichts gegen eine Spritztour, einen Ausflug, einen Trip oder was auch immer mit Lex einzuwenden hatte, erwiderte ich sein Lächeln und stimmte zu.

Dann fiel mir etwas ein. „Warte mal!" Ich packte Lex, der sich zum Gehen gewandt hatte, an seinem Rucksack und hielt ihn auf. „Ist da noch Platz drin?", wollte ich wissen und war drauf und dran, den Reißverschluss zu öffnen, als sich Lex mir protestierend samt seinem Rucksack entwand.

„Kommt darauf an, wofür", erwiderte er und zog fragend eine Augenbraue hoch.

„Mittagessen." Jetzt wanderte auch die andere Braue nach oben.

„Du kannst kochen?"

„Ich habe viele Qualitäten, von denen du nichts weißt", gab ich spitz zurück und erntete damit ein weiteres schiefes Grinsen von Lex. Wenn er mich weiterhin so ansah, frech, herausfordernd, neckend, konnte er seine Spritztour vergessen. Entweder würde er es sich mit mir verscherzen, oder ich würde einfach über ihn herfallen, denn diese Sticheleien zwischen uns hatten eine eigenartig aphrodisierende Wirkung auf meine Libido.

„Du hast, seit ich dich kenne, nie etwas gekocht. Höchstens Essen bestellt oder dir ein Brot geschmiert."

Ich schob demonstrativ die Unterlippe vor und schmollte ihn an. „Soll ich jetzt holen, was ich für uns vorbereitet habe, oder wolltest du auswärts mit mir essen gehen?" Meine Neugierde entflammte. Lex durchschaute mich sofort und gab mit keinem Wort preis, wo es hingehen sollte.

„Na, hol schon dein Selbstgekochtes. Ich warte draußen auf dich", sagte er immer noch grinsend.

Hinter Lex auf der Victory zu sitzen, mich an ihm festzuhalten, jede seiner Bewegungen mitzumachen, wenn er sich mit der Maschine in die Kurve legte, das tiefe Röhren des Motors im Ohr, begleitet von den sanften Vibrationen, das alles war Balsam für meine Seele. Kaum waren wir aufgestiegen und losgefahren, hatten sich meine trüben Gedanken verabschiedet. Es war, als hätte ich sie in der Bar zurückgelassen.

Die Umgebung zog an uns vorbei, Straßen, Häuser, Menschen, bis wir die Stadt hinter uns ließen. Kaum wurden die letzten Fassaden durch Bäume ersetzt, erhöhte Lex die Geschwindigkeit. Mein Magen hob sich, der Fahrtwind rauschte laut über unsere geduckten Körper hinweg, und das Adrenalin ließ meine Haut prickeln. Es war, als würden wir fliegen. Frei und unbeugsam. Dieses Gefühl war unglaublich. Ich gab mich ihm ganz hin und genoss jede einzelne Sekunde, bis Lex das Tempo allmählich wieder drosselte und auf einen schmalen, von dicht stehenden Bäumen gesäumten Schotterweg einbog. Vor einem kleinen See hielt er schließlich an. Die Sonne brachte die sich sanft kräuselnde Wasseroberfläche zum Glitzern, und ich streifte mir rasch den Helm vom Kopf, um die feucht würzige Waldluft tief in meine Lungen zu saugen.

Mit wackeligen Beinen stieg ich ab und sah mich genauer um. Der See wurde zu allen Seiten von Bäumen und Sträuchern eingefasst, nur unterbrochen von dem kleinen Stück Wiese, in der der Weg endete, und einer klapprigen Holzhütte samt Veranda und Steg zu unserer Linken. Die sonnengebleichten Dielen verliefen beinah bis zur Mitte des Sees, die Luft war erfüllt vom Zwitschern der Vögel und gelegentlichem Platschen, wenn ein Fisch durch die Wasseroberfläche brach und sich eines der surrenden Insekten schnappte.

Diese friedliche Atmosphäre durchdrang mich, und ich hatte zum ersten Mal seit Tagen das Gefühl, wieder frei atmen zu können.

Meine Mundwinkel zogen sich nach oben, als ich mich zu Lex umdrehte. Er stand ein paar Schritte hinter mir und beobachtete mich.

„Woher kennst du diesen Ort?“, wollte ich wissen und senkte sofort die Stimme, weil sie mir hier draußen viel zu laut vorkam.

Lex trat auf mich zu, nahm mir den Helm ab und hängte ihn gegenüber von seinem auf den Lenker der Victory. „Einer der älteren Gäste hat mir davon erzählt. Er meinte, es sei ein ausgezeichneter Platz, um zu angeln und abzuschalten.“

„Dürfen wir denn hier sein?“ Lex beantwortete meine Frage mit einem Schulterzucken, woraufhin ich ihn mit einem skeptischen Blick bedachte.

„Ich weiß zwar nicht genau, wem dieses Grundstück gehört, aber er meinte, wenn ich einmal den Kopf freibekommen müsste, könnte ich herkommen. Ich denke also, es ist in Ordnung“, beruhigte er mich, dann nahm er meine Hand in seine und führte mich ans Ende des Stegs.

Lex nahm mir den Rucksack ab und holte zwei Handtücher daraus hervor, die uns als Kopfkissen dienen sollten. Wir zogen unsere Schuhe aus und ließen die nackten Füße ins Wasser baumeln. Jetzt sah er sich die Plastikbox genauer an, in die ich den vorbereiteten Nudelsalat abgefüllt hatte. Lex hob den Deckel an und schnupperte in den Spalt hinein, während ich die beiden mitgebrachten Gabeln aus dem Rucksack heraussuchte.

„Es riecht nach Salat, sieht aber aus wie Makkaroni mit Käse“, merkte Lex an und verzog das Gesicht. So eine Frechheit. Er verurteilte mein Essen, ohne davon gekostet zu haben. Zur Strafe pikste ich ihn mit der Gabel in den Arm. „Hey. Ich habe ja nicht gesagt, dass es schlecht riecht oder aussieht. Nur dass der Geruch und die Optik nicht zusammenpassen." Jaja. Mit dem Nachtrag konnte er sich auch nicht mehr retten.

„Hier." Auffordernd hielt ich ihm eine der Gabeln hin. Lex sah sie an, als hätte sein letztes Stündchen geschlagen. Der stellte sich aber an.

Beherzt langte ich nach der Box, die er mir widerstandslos übergab, und nahm den Deckel ab. Ein säuerlicher Geruch stieg daraus auf, und ich fragte mich, ob ich es mit dem Essig womöglich ein wenig übertrieben hatte. Trotzdem wollte ich Lex beweisen, dass ich durchaus in der Lage war zu kochen. Dann würde ich eben zuerst probieren, um seine albernen Bedenken auszuräumen.

Es stellte sich allerdings heraus, dass es gar nicht leicht war, davon zu essen. Die Nudeln waren wahrscheinlich weicher gekocht, als nötig gewesen wäre, und zerfielen eine nach der anderen beim Versuch, sie aufzuspießen, oder flutschten von der Gabel. Meine Jagd in der Box brachte Lex zum Lachen. Mit einem Blick, der eindeutig sagte *Halt gefälligst die Klappe, oder ich setze dir den Nudelsalat auf*, brachte ich ihn allerdings zum Schweigen. Zumindest, bis ich mir einen Bissen davon in den Mund schob. Es war glitschig und sauer, und so sehr ich mich bemühte zu kauen und unbeteiligt dreinzuschauen, es gelang mir nicht. Ich unterdrückte ein Würgen und schluckte tapfer runter. Als ich aufsah, hielt mir Lex eine Mineralwasserflasche entgegen. Dankend nahm ich sie ihm ab und trank, während er lauthals lachte und die Büchse der Pandora wieder schloss.

„Sag nichts", verlangte ich, nachdem ich den widerlichen Geschmack endlich fortgespült hatte. Lex lachte noch lauter und hielt sich den Bauch, gab aber tatsächlich keinen Kommentar dazu ab, obwohl ihm das sicherlich schwerfallen musste.

Stattdessen legte er sich auf den Steg und richtete den Blick nach oben. Ich schob die Box angewidert von mir, beschloss, dass ich nicht alles können musste, wie zum Beispiel Essen zubereiten, und tat es ihm gleich. Obwohl mein Hausfrauenstolz, von dem ich bis eben nicht gewusst hatte, dass ich ihn besaß, verletzt war, hatte mein verkorkster Kochversuch wenigstens eines bewirkt. Er hatte Lex lachen lassen, wie ich es nie zuvor bei ihm gehört hatte. Der Anblick seines heiteren Gesichts war es jedenfalls wert gewesen. Dafür würde ich gern mehr ungenießbare Gerichte kreieren.

Die Sonne stach warm vom wolkenlosen azurblauen Himmel auf uns herab und veranlasste Lex nach kurzer Zeit, sein T-Shirt auszuziehen. Er verschränkte die Hände hinter dem Nacken, ließ sich mit einem zufriedenen Laut wieder neben mich sinken und schloss die Augen. Ich legte den Kopf auf seinem Oberarm ab und sah zu, wie sich sein Brustkorb langsam und gleichmäßig mit jedem seiner Atemzüge hob und senkte. Von ganz allein legten sich meine Finger auf seine glatte Haut und zeichneten die Berge und Täler seiner Muskeln nach. Lex' Bizeps unter meiner Wange spannte sich an, und sein Mund öffnete sich leicht. Ich konnte an seiner Atmung hören, was meine Berührungen mit ihm anstellten. Gemächlich ließ ich die Finger nach unten wandern, bis sie die feinen Härchen direkt unter seinem Bauchnabel erreicht hatten. Blitzschnell schoss Lex' Arm unter seinem Kopf hervor und packte meine Hand.

„Wenn du so weitermachst, muss ich mich zum Abkühlen demnächst in diesen stinkenden Fischteich versenken", teilte er mir mit tiefer Stimme mit und wandte den Kopf, damit er mich ansehen konnte.

Die Sonnenstrahlen zauberten goldene Sprenkel in den karamellfarbenen Ring um seine Pupillen. Lex' Atem strich verheißungsvoll über meine Lippen. Aus diesen Dingen sollte mein Leben bestehen: Ruhe, Frieden, Sonnenschein und Lex. Wenigstens für den Moment war es so, und ich lechzte förmlich danach, mich dieser ungewohnten Unbeschwertheit hinzugeben, meinen Verstand auf Sparflamme zu schalten und ihn einfach nur zu spüren.

Ich lehnte mich ein Stück näher zu Lex und legte den Mund sanft auf seinen. Küsste seine Oberlippe, dann seine Unterlippe, bevor er mir endlich entgegenkam, meine Hand losließ und mich stattdessen mit seiner fest an sich zog. Ich schlang ein Bein um seine Hüfte, nutzte die wiedergewonnene Bewegungsfreiheit meiner Hand dazu, meine Finger in das weiche Haar an seinem Hinterkopf gleiten zu lassen, während er seine unter meinem Shirt meinen Rücken hinaufwandern ließ. Unser inniger Kuss und das Streicheln seiner Hände auf meiner erhitzten Haut, gepaart mit dem Wunsch, alles um mich herum zu vergessen, weckten einen Wagemut in mir, den ich nicht kannte. Ich drückte mich an ihn, bis er auf den Rücken zurückrollte und ich rittlings auf ihm saß. Es war mir schnuppe, dass wir unter freiem Himmel, in der Öffentlichkeit waren, wenn auch abgeschieden. Ich schob jeden Gedanken daran fort, dass uns jemand bei dem, was wir hier trieben, überraschen könnte, und begann, mein Becken auf Lex vor und zurück zu wiegen. Sein Stöhnen fing ich mit meinem Mund auf, presste mich fester an ihn, konnte fühlen, was diese köstliche Reibung zwischen unseren Körpern in ihm auslöste. Er packte meine Hüften, doch statt sie in ihren Bewegungen zu unterstützen, wie ich es erwartet hatte, wollte, brauchte, hielt er mich auf und stoppte unseren Kuss.

Schwer atmend sah er zu mir auf. Das Verlangen in seinen dunklen Augen verstärkte meine Frustration über diese Unterbrechung.

„Ich habe das ernst gemeint", stieß Lex heiser hervor. Äh, was genau? Mein fragender Blick ließ ihn schmunzeln. Lex richtete sich auf, sodass ich ein Stück an ihm hinunterrutschte und nun auf seinen Oberschenkeln saß. Er legte die Stirn an mein Schlüsselbein. Seine tiefen Atemzüge kitzelten meine empfindlich gewordene Haut. „Ich habe keine Kondome dabei." Er seufzte an meiner Schulter. War das sein Ernst? Ich starb tausend Tode.

„Hast du nicht?" Die Entrüstung in meiner Stimme brachte ihn zum Lachen. Lex hob den Kopf und fixierte mich.

„Sag bloß, du hast mich nicht hierher in die Wildnis gebracht, um Sex mit mir zu haben?", meinte ich halb im Scherz. Er lachte wieder, aber ich konnte regelrecht zusehen, wie das Feuer in seinen Augen langsam erstickte.

„Ich wollte nur raus und uns beiden einen sorgenfreien Tag gönnen."

„Und inwiefern muss dieser sorgenfreie Tag jugendfrei sein?" Obwohl ich mir ein wenig wie ein kleines triebgesteuertes Monster vorkam, rückte ich wieder näher an ihn heran und legte die Arme auf seine Schultern. Ich war definitiv nicht bereit, diese wunderbare Blase der Leichtigkeit, in der ich mich befand, endgültig platzen zu lassen. Fehlende Kondome hin oder her. Dann beschränkten wir uns eben auf Dinge, bei denen Verhütung keine Rolle spielte.

Lex schien einen ähnlichen Gedanken zu haben. Er umschlang meinen Hintern mit einem Arm und stemmte sich mit dem anderen hoch. Ich sah uns schon platschend ins Wasser fallen, weil er kurz mit mir ins Schwanken geriet, aber er fing sich gleich wieder, und wir kamen beide auf dem schmalen Steg zum Stehen. Lex griff nach meiner Hand und dem Rucksack. „Wenigstens habe ich eine Decke eingepackt."

„Ach", erwiderte ich, während mich Lex den Steg entlang zu der kleinen Holzhütte führte.

Umgeben von unzähligen Spinnweben, altem Angelkram und dem fahlen Licht, das durch das einzige, schmutzige Fenster der Hütte nach innen drang, lag ich in Lex' Armen. Die dicke Wolldecke unter uns, bewahrte unsere von einem dünnen Schweißfilm bedeckten Körper wenigstens davor, über und über von Staub paniert zu werden.

„Es ist fürchterlich dreckig hier drinnen", sprach ich meinen Gedanken aus.

Lex lachte leise. „Das fällt dir erst jetzt auf?"

Ja, das tat es. Blöde Frage! Immerhin war er es gewesen, der mich schnurstracks hier reingezerrt hatte und dann … „Ich war mit anderen Sachen beschäftigt."

„Willst du mich jetzt als ‚Sache' bezeichnen?", wollte Lex in aufgesetzt empörtem Tonfall wissen.

Meine Antwort darauf bestand aus einem laschen Hieb mit der flachen Hand auf seine nackte Brust, der überraschend laut klatschte, und einem gemurmelten „Idiot".

„Aua! Jetzt schlägst du mich auch noch, und das, nachdem ich dich gerade …"

Ich erstickte sein Gequengel mit einem Kuss. Er musste mich nicht daran erinnern, was er vor wenigen Minuten mit mir angestellt hatte. Die Berührungen seiner Finger und Lippen prickelten einem Echo gleich auf meiner Haut. Nicht, dass ich mich darüber beschweren wollte. Ich hatte mich seit Tagen nicht mehr so entspannt und angenehm gelöst gefühlt.

Schweigend sah ich den Staubpartikeln zu, die kreiselnd über uns schwebten, und kostete seine Nähe in vollen Zügen aus.

„Als ich ein kleiner Junge war, sind meine Eltern mit meiner Schwester und mir jeden Sommer zum Lake Michigan gefahren", erzählte Lex, und ich hatte das Gefühl, dass er die Erinnerungen an seine Familie schön fand. Es schwang zwar unverkennbar Melancholie in seiner Stimme mit, aber er wirkte nach wie vor entspannt. Ganz anders als beim letzten Mal, bei dem er mit mir über seine Vergangenheit gesprochen hatte.

Ich wusste nicht recht, was ich darauf erwidern sollte, denn ich konnte mit keiner schönen Geschichte aufwarten. Der erwartete Stich in meiner Brust blieb allerdings aus, was ich überrascht und gleichermaßen zufrieden feststellte. Ich würde mir meine eigenen schönen Erinnerungen schaffen. In der Zukunft. Hoffentlich mit Lex.

„Du kommst also aus Wisconsin, Illinois, Indiana oder Michigan“, sagte ich stattdessen, um unser Gespräch am Laufen zu halten.

Lex wandte mir den Kopf zu und runzelte die Stirn. „Du kennst alle Bundesstaaten, die an den Lake Michigan grenzen?“

Ich lächelte verlegen. „Streberin. Schon vergessen?“

Er erwiderte mein Lächeln und drückte mir einen Kuss auf die Nase. „Ich komme aus Ohio, du kleine Streberin.“

„Und willst du irgendwann nach Hause zurück?“ Die Worte waren aus meinem Mund, bevor ich sie hatte aufhalten oder darüber nachdenken können, was sie womöglich in Lex auslösten. Seine Miene veränderte sich augenblicklich, und die Muskeln unter meinem Kopf spannten sich an. „Es tut mir leid. Ich wollte nicht …“, beeilte ich mich zu sagen, die Worte blieben mir diesmal jedoch im Hals stecken. Ganz toll gemacht, Lynne!, schimpfte ich mit mir selbst.

Lex lächelte wieder, jetzt aber um einiges trauriger als zuvor. „Wer weiß? Vielleicht mache ich das irgendwann“, sinnierte er. „Aber zuerst kümmern wir uns um die Bar.“

Nun waren es meine Muskeln, die sich zusammenzogen. „Du musst das nicht machen“, sagte ich tonlos, setzte mich auf und griff neben die Decke in eine dicke Staubschicht. Während ich meine Handflächen aneinanderrieb, um sie vom Dreck zu befreien, rappelte sich Lex hoch und sammelte seine Kleider ein.

„Ich denke schon", erwiderte er, ohne mich anzusehen.

„Was genau?" Meine Stimme klang schneidend, schärfer, als ich es beabsichtigt hatte. Sofort bereute ich meine Worte. Lex sah mir nun doch ins Gesicht. Die Leichtigkeit zwischen uns war Anspannung gewichen.

„Beides", antwortete er knapp und stieg in seine Hose. Selbst in dem schwachen Licht hier drin konnte ich erkennen, dass seine Sachen, die er vorhin achtlos auf den Boden geworfen hatte, schmutzig geworden waren. Meine Kleidung sah bestimmt nicht besser aus.

Seufzend stand ich ebenfalls auf und versuchte nicht einmal, den Staub von meinem Shirt zu klopfen, als ich es mir überzog.

„Warum glaubst du immer, mich retten zu müssen?" Diesmal schaffte ich es zum Glück besser, meine Stimme unter Kontrolle zu halten und nichts von dem aufkommenden Unmut darin mitschwingen zu lassen.

„Weil diese ganze Scheiße meine Schuld ist. Damals wie heute." Das dachte er? Seine zusammengepressten Lippen und der starre Blick aus seinen Augen, die im dämmrigen Licht fast schwarz wirkten, verrieten mir, wie richtig ich mit meiner Vermutung lag. Es schmerzte, ihn so zu sehen. Zerfressen von seinen eigenen Schuldgefühlen. Rasch streifte ich mir den Rest meiner Sachen über und trat zu Lex, der bereits die Tür geöffnet und einen Schritt nach draußen gemacht hatte.

So sehr wir es versuchten, wir konnten dem, was in zwei Tagen unweigerlich auf uns zukam, nicht entfliehen. Selbst dieser Trip, die Hütte und der See änderten nichts daran.

Ich war noch nicht bereit, mich diesem ganzen Mist
zu stellen. Vorsichtig griff ich nach Lex' Hand, in der
Erwartung, er würde sie mir vielleicht entziehen. Aber
er tat es nicht, sondern erwiderte den leichten Druck
meiner Berührung und verflocht die Finger mit meinen. Wir waren über und über mit Staub und Dreck bedeckt. Lex' Blick war auf den See gerichtet. Das alles in
Kombination mit dem Drang, unsere süße Isolation
weiter ausdehnen zu wollen, brachte mich auf eine
Idee.

„Vertraust du mir?", fragte ich leise.

Lex löste den Blick vom See und sah mich an. Zwei,
drei Sekunden verstrichen, dann nickte er.

Mein Herz begann zu flattern. „Und gehst du überall
mit mir hin?", machte ich weiter.

Nun kam seine Antwort prompt und ohne zu überlegen. „Ja."

Dieses kurze Frage-Antwort-Spiel bedeutete wesentlich mehr, als ich eigentlich damit hatte bezwecken
wollen, und brachte meinen Puls dazu, Fahrt aufzunehmen.

„Gut." Ich strahlte ihn an und marschierte mit Lex an
der Hand los. Er ließ sich ein Stück den Steg entlang widerstandslos mitziehen, bis ihm klar wurde, was ich
vorhatte.

„Lynne, was machst du da?" Er wollte stehen bleiben,
das ließ ich aber nicht zu. Ich verstärkte meinen Griff
um seine Hand und lief unbeirrt weiter auf den See zu.
„Das kann doch nicht dein Ernst sein", protestierte er

lachend, machte aber keine Anstalten, mich aufzuhalten, obwohl es ein Leichtes für ihn gewesen wäre.

Ich begann zu rennen, zog Lex mit mir. Uns trennten nur noch wenige Schritte von der grün spiegelnden Wasseroberfläche. Unsere Füße trampelten laut über die federnden Holzdielen. Ich öffnete den Mund und schrie, tauschte einen letzten Blick mit dem Mann, der mich hierhergebracht und mir mein Herz gestohlen hatte. Der wunderbar gelöste, sorgenfreie, jungenhafte Ausdruck in seinem Gesicht war das alles wert. Er stieß ebenfalls einen tiefen Schrei aus, dann hatten wir das Ende des Stegs erreicht. Ungebremst segelten wir durch die Luft und klatschten kreischend ins kalte Nass. Er ist meine Zukunft, war das Letzte, das ich dachte, bevor das Wasser über unseren Köpfen zusammenschlug.

Grabrede

Lex

Meine Finger krampften sich um den kühlen Metallgriff des Koffers und spiegelten damit exakt meine innere Anspannung wider. Dabei war ich nicht nervös wegen der Geldübergabe an sich. Es war das, was danach kommen würde, was mir zu schaffen machte. Jimmys Plan musste aufgehen, damit wir endlich Ruhe vor diesem elenden Dreckspack hatten. Andernfalls würde ich Lynne schnappen und mit ihr verschwinden. Ob sie wollte oder nicht.

Mit einem ungestümen Ruck zog ich den Koffer zu mir heran und öffnete die Schnallen. Er klappte auf und gab den Blick auf die Geldscheine im Inneren frei. Bis auf die schiere Anzahl wirkten sie völlig unauffällig. Bunt durchmischt, manche abgegriffen, andere neu aussehend. Wenn man es nicht besser wusste, hätte man meinen können, es wäre Geld aus unserer Kasse. Das war es aber nicht. Die Polizei hatte es gestellt und, wie Jimmy mir mitgeteilt hatte, handelte es sich um markierte Banknoten. Darüber hinaus war der Koffer mit einem Sender ausgestattet, um ihn später aufspüren zu können.

Ich klappte den Deckel wieder zu und sah zu Jimmy, der ein grimmiges Gesicht machte.

„Wenn du das Geld übergeben hast, machst du wie besprochen einen Umweg durch die Stadt und kommst anschließend aufs Polizeirevier. Meine Männer werden den Koffer verfolgen, der uns hoffentlich direkt zur Umschlagstelle führt. Wenn alles glatt läuft und wir die Drahtzieher schnappen, brauchen wir dich, um sie zu identifizieren“, erklärte er mir zum wiederholten Mal. Es störte mich nicht, unsere Strategie immer wieder von ihm vorgekaut zu bekommen.

Lynne, die bislang geschwiegen hatte, räusperte sich leise. Ob sie etwas sagen wollte oder genauso mit einem Kloß im Hals zu kämpfen hatte wie ich, konnte ich nicht ausmachen, aber als sich unsere Blicke trafen, lächelte sie verkniffen und rutschte vom Barhocker.

„Du wartest auf mich auf dem Revier, Lynne“, sagte ich, um sie zu beruhigen. Meine Worte schienen allerdings den gegenteiligen Effekt auf sie zu haben, denn der Zug um ihren Mund wurde hart.

„Ich würde lieber hierbleiben.“ Jetzt fing sie schon wieder damit an. Seit gestern diskutierten wir unablässig über das gleiche Thema. Lynne wollte nicht in der Sicherheit der Wache bleiben. Am liebsten würde sie das Geld selbst übergeben, aber das konnte sie sich abschminken. Es war beschlossene Sache. Alles geplant und abgesprochen. Ich würde sie nicht gehen lassen. Sie sollte ihren Hintern gefälligst schön brav auf einen Stuhl im Warteraum auf dem Revier pflanzen. Mir gefiel es schon nicht, dass sie erst eine knappe Stunde, nachdem ich aufgebrochen sein würde, dorthin fahren sollte. Aber Jimmy meinte, sie könnten nicht ausschließen, dass jemand die Bar observierte, und alles scheiterte, weil diese Verbrecher Lunte rochen. Lynne stimmte ihm da voll zu und war obendrein der Meinung, deshalb überhaupt nicht auf die Wache gehen zu wollen. Da wir leider keinen Schimmer hatten, wer diese Leute waren, konnte niemand abschätzen, was uns genau erwarten würde. Das Einzige, was mich überzeugte, war die Tatsache, dass vor der Bar ein Wagen mit zwei Zivilbeamten stand, die die Straße überwachten.

„Jetzt ist keine Zeit mehr für unnötige Diskussionen. Ich muss los", meinte Jimmy streng, bevor ich etwas erwidern konnte, und erstickte jeden etwaigen Streit damit im Keim. Er schnappte sich sein Handy und wechselte wenige Augenblicke später einige Worte mit seinen Kollegen draußen. „Bis später", sagte er, dann war er weg.

Ein Blick auf die Uhr verriet mir, dass ich eine knappe halbe Stunde Zeit hatte, bevor auch ich losmusste.

„Hey. Es wird alles gut." Ich ging zu Lynne, die sich an den Tresen gelehnt und ihren Kopf in den Nacken gelegt hatte, griff nach ihrer Hand und zog sie an mich.

Sie bettete ihr Gesicht in meiner Halsbeuge und murmelte leise: „Das weißt du nicht." Leider stimmte das.

„Doch, das weiß ich." Lynnes Hand wanderte an meine Seite und kniff mich überraschend fest in die Flanke. „Autsch!", protestierte ich. Langsam hatte ich das Gefühl, dass eine kleine Sadistin hinter der nerdigen Fassade schlummerte.

„Du bist ein schrecklicher Lügner!" Sie hob den Kopf und sah mich direkt an. Vorwurfsvoll und irgendwie traurig.

„Und deshalb hab ich den blauen Fleck verdient, der unweigerlich auf deinen tätlichen Angriff folgen wird?“

„Den hast du verdient, weil du an meinen Sachen warst und ohne mich Geheimpläne schmiedest“, erwiderte sie und musterte mich eingehend. Erwischt.

„Wie hast du …?“

Lynne unterbrach mich. „Du hast ein Shirt eingepackt, das ich heute tragen wollte. Auf der Suche danach habe ich die vorbereiteten Rucksäcke entdeckt.“ Das stechende Grün ihrer Augen und ihr verzogener Mund verlangten eindeutig nach einer guten Erklärung.

„Ein Ausflug, wenn das alles vorbei … Verdammt! Lass das!“ Dieses kleine Biest hatte mich schon wieder gekniffen, diesmal fester. Ihre Hiebe waren womöglich lächerlich schwach, aber das tat richtig weh. Verdient hatte ich es allerdings, so viel musste ich ihr zugestehen.

„Versuch's noch mal“, sagte sie seelenruhig, konnte allerdings nicht vor mir verbergen, dass sie in Wirklichkeit nicht so entspannt war, wie sie vorgab. Ihre Finger, die mich gerade gepiesackt hatten, spielten mit dem Saum meines Shirts, und ihr Blick zuckte unruhig zwischen meinen Augen hin und her. Ich schloss für einen Moment die Lider, um wenigstens kurz ihrem bohrenden Ausdruck zu entgehen.

„Notfallplan“, gab ich knapp zu. Lynne öffnete den Mund, aber ich kam ihr zuvor. „Du hast mich gefragt, ob ich dir überallhin folgen würde, und ja, das tue ich. Wenn dieser ganze Mist in die Hose geht, bleiben nur mehr du und ich. Egal, wo.“

Meine Füße trugen mich von selbst über die fast menschenleeren Bürgersteige. Ein Sturm braute sich über meinem Kopf zusammen, weshalb die letzten Passanten eilig in ihren Häusern verschwanden. Der wolkenverhangene Abendhimmel und die aufgeladene, zunehmend kälter werdende Luft drückten zusätzlich auf mein Gemüt. Lynne hatte eigenartig auf meinen *Notfallplan* reagiert. Jedenfalls nicht, wie ich es mir erhofft hatte.

Na gut, wenn ich ehrlich war, hatte ich die Rucksäcke immerhin nicht grundlos gepackt, ohne sie einzuweihen. Ein Teil von mir hatte bereits geahnt, dass sie die Idee, einfach zu verschwinden, wenn es brenzlig wurde, nicht gutheißen würde. So war Lynne eben. Sie lief nicht davon. Zumindest nicht mehr. Natürlich kannte ich sie erst, seit sie wieder in ihr altes Zuhause zurückgekehrt war. Trotzdem hatte ich den untrüglichen Eindruck, dass sie sich verändert hatte, nicht mehr dieselbe war seit dem Tag unserer ersten Begegnung. Es war gar nicht lange her, erst etwas mehr als zwei Monate, und fühlte sich dennoch sehr weit weg an.

Lynne gehörte mittlerweile zu meinem Leben. Keine Ahnung, wann das genau passiert war, aber ich konnte mir eine Zukunft ohne sie nicht mehr vorstellen. Ob es ihr da genauso ging oder nicht, war die alles entscheidende Frage. Ihre ablehnende Reaktion auf die Aussicht, mit mir wegzugehen, wenn das heute schiefging, konnte ich in verschiedene Richtungen deuten. Vielleicht konnte sich Lynne überhaupt nicht vorstellen, die Bar aufzugeben. Oder sie wollte es nicht mit mir tun. Obwohl wir uns inzwischen wesentlich nähergekommen waren, gab mir diese verrückte Frau nach wie vor Rätsel auf. Die Vorstellung, Lynne könnte meiner überdrüssig werden, bohrte sich wie eine Pfeilspitze in meine Brust. Beinah wäre ich am schmiedeeisernen Tor des Friedhofs vorbeigelaufen. Ich bog scharf rechts ab und schüttelte den Kopf, um die unguten Gedanken loszuwerden. Jetzt war es an der Zeit, mich zu konzentrieren und meinen Fokus auf das zu richten, was direkt vor mir lag.

Marians Grab kam in Sicht. Einsam und verlassen lag es vor mir im schummrigen Licht, genau wie der Rest des Friedhofs. Das dachte ich zumindest, als ich mit dem Koffer in der Hand vor dem Grabstein innehielt. Ich schaute mich suchend um, und tatsächlich lösten sich zwei Schatten vom Stamm einer Eiche in der Nähe. Die beiden Gestalten traten gemächlichen Schrittes auf mich zu, blickten sich ihrerseits immer wieder um.

„Das sieht mir nicht nach Marians Tochter aus, oder was meinst du?", hörte ich den Kleineren seinen leicht hinkenden Kumpanen süffisant fragen.

„Nein, er ist viel zu hübsch für ein Mädchen", erwiderte der andere und entblößte grinsend seine Zähne. Er schnippte den kümmerlichen, stinkenden Stummel seiner Zigarre über den nächsten Grabstein und blieb nach wie vor breit grinsend vor mir stehen. Während er den Koffer in meiner Hand in Augenschein nahm, blickte sich seine bessere Hälfte noch einmal nach allen Seiten um. „Bist du allein?" Seine kratzige Stimme wirkte weniger amüsiert.

Ich nickte, wollte dieses Theater mit den schmierigen Typen rasch hinter mich bringen. Keiner der Männer kam mir bekannt vor.

„Warum bist du hier und nicht Marians Tochter?", wollte der Raucher wissen.

„Ist verschnupft." Die konnten mich mal.

Der Kleinere ignorierte meinen bissigen Kommentar und fixierte den Koffer, der andere strich sich nachdenklich über die lange, krumme Nase.

„Hier. So gern ich mit euch beiden plaudern würde, das Wetter schlägt um, und ich wäre gern wieder zu Hause, bevor es regnet", teilte ich den Typen nach guter alter Barkeeper-Art – sei freundlich, aber bestimmt – mit und hielt dem Langen den Koffer auffordernd entgegen.

Wortlos nahm er ihn mir ab und wog ihn einen Moment in der Hand, bevor er zufrieden nickte. Wie er durch das Gewicht des Koffers auf den Inhalt schließen konnte, war mir schleierhaft, aber hey, sie waren schließlich die Profigangster. Gegen solche Haie war ich ein kleiner Fisch gewesen.

„Ich hoffe, damit hat sich unser kurzer, aber unangenehmer Kontakt erledigt. Wir verzichten in Zukunft darauf, mit euch Geschäfte zu machen", erklärte ich und wollte gehen, das heisere Lachen des Größeren aber ließ mich verharren. „Was?", knurrte ich und konnte nicht verhindern, dass sich meine Hände zu Fäusten ballten.

Wieder fuhr sich der Mann mit einem Finger über die Nase, und unwillkürlich fragte ich mich, ob diese Typen auch etwas mit Drogen am Hut hatten. „Das wird unserem Boss nicht gefallen. Er hat gern Geschäfte mit Miss Stuart gemacht."

„Marian ist tot und begraben. Lynne ist nicht wie ihre Mutter. Sie will mit euch und euren schmutzigen Angelegenheiten nichts zu tun haben", spie ich ihnen entgegen. Ich wusste, dass es ein Fehler war, diese Kerle zu provozieren. Jimmy würde mir bestimmt den Hals umdrehen, wenn er davon wüsste.

„Beruhig dich, Jüngelchen", blaffte der Raucher, „oder sollen wir deiner kleinen Freundin einen Gruß schicken? Blumen wären doch nett, vielleicht ein Veilchen auf ihrem hübschen Gesicht oder zwei."

Es fiel mir unglaublich schwer, die Beherrschung zu bewahren und mich nicht wie ein hohlköpfiger Esel auf ihn zu stürzen. Genau das wollte er, ich sollte ihm einen Grund liefern, uns weiter nachzustellen. Früher hätte ich keinen Augenblick davor zurückgeschreckt, diesem Arschloch gehörig die Fresse zu polieren. Es wäre mir völlig egal gewesen, dass sie zu zweit waren und mich höchstwahrscheinlich ordentlich vermöbelt hätten. Aber ich hielt mich zurück, um Lynnes willen.

Die beiden grinsten mich einige Atemzüge lang höhnisch an, dann verzogen sie sich und ließen mich zitternd vor Wut an Marians Grab zurück. Aufgewühlt kehrte ich ihrer Ruhestätte den Rücken und verließ eilig das Friedhofsgelände in Richtung Innenstadt. Eigentlich wäre ich viel lieber gleich zum Polizeirevier gegangen, aber ich hatte mich ohnehin viel zu wenig an unseren Plan gehalten, indem ich mich auf dieses kleine und äußerst dumme Wortgefecht eingelassen hatte, also ließ ich es bleiben.

Als ich mich wieder einigermaßen unter Kontrolle hatte, holte ich mein Handy hervor und schrieb Lynne.

Wo bist du?

Es dauerte keine zehn Sekunden, da vibrierte mein Smartphone auch schon, und auf dem Display wurde mir der Eingang einer Nachricht angezeigt.

Mache mich gleich auf den Weg zur Wache. Alles klar bei dir?

Sie war später dran als verabredet, was mich wieder unruhig machte.

Ja. Wir sehen uns dort. Geh jetzt los!

Zur Antwort schickte sie mir ein Augen verdrehendes Emoticon. Obwohl ich aufgeladen war wie eine Tausend-Volt-Batterie, zuckten meine Mundwinkel nach oben. Gleich darauf erreichte mich ein weiteres rundes gelbes Gesicht, diesmal das mit dem Kussmund. Daneben stand:

Bis nachher. P. S. Du hast ja sogar Tampons in meinen Notfallrucksack gepackt. Respekt.

Jetzt verzog ein breites Lächeln meine Lippen, und ein kleiner Teil meiner Anspannung verabschiedete sich ins Nirwana.

Der schwarze Himmel über mir grollte laut, und die ersten Regentropfen zeichneten ein wirres Muster auf den aufgeheizten Asphalt des Gehwegs. Deshalb beschleunigte ich meine Schritte, während ich mein Telefon wieder in der Hosentasche verstaute.

Eine knappe Stunde musste ich totschlagen, dann stand ich endlich vor der Wache. Soweit ich das sagen konnte, war mir niemand gefolgt. Dafür waren meine Klamotten ziemlich nass geworden. Mittlerweile regnete es heftig. Die Tropfen trommelten in einem steten Rhythmus auf das gläserne Vordach. Ich beeilte mich, ins Trockene zu kommen, fuhr mir unablässig durchs feuchte Haar, damit es mir nicht mehr im Gesicht klebte.

Ich kam am Schalter vorbei und nickte dem Desk Sergeant dahinter zur Begrüßung zu, bevor ich ihm meinen Führerschein zeigte. Er sah sich das Dokument kurz an und winkte mich weiter. Wie immer, wenn ich von so vielen Cops umgeben war, krampfte sich mein Magen zusammen, aber es war nicht das gleiche Gefühl wie sonst. Lynne war nirgendwo in dem lang gezogenen Wartebereich zu sehen. Ich versuchte, mich selbst zu beruhigen, indem ich mir einredete, sie sei bestimmt bei Jimmy. Erneut durchquerte ich den Raum und marschierte zurück zu dem Aufsicht führenden Beamten.

„Wo ist Jimmy?", wollte ich wissen. Das ungute Gefühl in mir schwoll mit jeder Sekunde weiter an.

Der Cop sah mich fragend an. „Meinen Sie Officer James?" Jimmy, James. Ja, könnte sein. Ich nickte ungeduldig. „Der ist vor einer ganzen Weile gefahren. Er ist aber bereits auf dem Rückweg, sollte gleich kommen." Verdammt. Ich wollte nicht warten, sondern sofort wissen, wo, zum Teufel, Lynne war.

Ohne etwas zu erwidern, zog ich mein Handy hervor und wählte ihre Nummer. Es klingelte, aber sie ging nicht ran. Ich drückte auf Wahlwiederholung. Nichts. Der Knoten in meinem Magen hüpfte zeternd auf und ab.

„Hey, Lex." Jimmy! Ich drehte mich zu ihm um, als er hinter mir zur Tür hereinkam. Er schob einen jungen Kerl vor sich her, dessen Arme mit Handschellen fixiert waren. In einer anderen Situation hätte mir der Anblick des trotzig vor ihm herlaufenden Jungen mit Sicherheit ein Déjà-vu-Erlebnis beschert, jetzt aber lag meine volle Aufmerksamkeit auf Lynne. „Ich bringe diesen Rowdy eben in eine Zelle, dann bin ich bei euch."

„Wo ist Lynne?" Meine Stimme war viel zu laut und hallte von den Wänden zurück.

„Ist sie nicht bei dir? Sie müsste längst da sein."

Ich wirbelte zu dem Polizisten hinter dem Pult herum. „Amy Lynne Stuart." Er schüttelte den Kopf. Lauthals fluchend machte ich kehrt und drängte mich an Jimmy, seinem Kollegen und dem mittlerweile zappelnden Jungen vorbei Richtung Ausgang.

„Warte, Lex!", rief mir Jimmy hinterher, hatte aber damit zu tun, den Burschen unter Kontrolle zu halten.

Die schwere Eingangstür der Wache schwang hinter mir zu, und der kalte, regenversetzte Luftzug ließ mich frösteln. Jetzt trieb mich nur ein Gedanke: Wo war Lynne?

Ich sah aus dem Fenster in meinem Wohnzimmer, obwohl Lex längst nicht mehr zu sehen war. In meinem Kopf schwirrte es, als hätte sich dort ein Schwarm monströser Bienen eingenistet. Er nahm das alles auf sich, während ich hier hockte und dumm auf die verlassene Straße glotzte. Warten und Nichtstun lagen mir nicht. Viel lieber hätte ich Lex begleitet. Noch schlimmer würde die Warterei auf dem Polizeirevier werden. Hier konnte ich mich wenigstens mit irgendetwas beschäftigen.

Ablenkung war genau das, was ich jetzt brauchte. Etwas zu tun, um nicht weiter über Lex und die Geldübergabe oder Lex und seinen Notfallrucksack nachdenken zu müssen. Die Vorstellung, dass er bereit war, mit mir fortzugehen, komme, was da wolle, versetzte mich in Aufruhr. Es würde schmerzen, die Bar hinter mir zu lassen. Sie war mein Zuhause, und mittlerweile verband ich mit ihr nicht mehr nur schlechte Erinnerungen. Außerdem wusste ich, wie viel sie Lex bedeutete. Trotzdem brachte die Tatsache, dass er sie, ohne mit der Wimper zu zucken, für mich aufgeben würde, bei mir bleiben wollte, mein Herz zum Flattern.

Ich warf einen letzten Blick auf die Straße und widmete mich dem Abwasch. Spülen hasste ich normalerweise, aber nun beruhigte mich das monotone Plätschern des Wassers. Anschließend schnappte ich mir die Rucksäcke, die Lex vorbereitet hatte, und räumte alles aus. Es interessierte mich, was er für seinen

Notfallplan eingepackt hatte. Ich beförderte drei Garnituren Kleidung, Zahnputzzeug, Duschgel, Haarshampoo und eine eindeutig neu gekaufte Bürste zutage, um deren Griff Lex einige schwarze Haargummis gewickelt hatte. Außerdem eine Packung Kondome und sogar Tampons. Ich schmunzelte. Eines musste ich ihm lassen. Er war organisiert, wenn auch ziemlich paranoid. Ich war gerade dabei, die Sachen wieder in den Rucksack zu schichten, als mein Handy ein lautes „Ping" von sich gab. Es war Lex, der mir geschrieben hatte.

Wo bist du?

Mein Blick flog auf die Zeitanzeige in der oberen Ecke des Displays. Mist! Ich sollte los. Rasch tippte ich eine Antwort.

Mache mich gleich auf den Weg zur Wache. Alles klar bei dir?

Wenige Augenblicke später trudelte eine neue Nachricht ein.

Ja. Wir sehen uns dort. Geh jetzt los!

Mann, war der angespannt! Ich wollte schon ein *Jawohl, Sir!* zurückschreiben, beschränkte mich aber auf ein Emoji, das seine kleinen Kulleraugen verdrehte. Gerade legte ich das Smartphone aus der Hand, da fiel mir die Packung mit den Tampons auf, die noch neben dem

Rucksack stand. Erneut entsperrte ich den Bildschirm und schickte eine weitere SMS hinterher.

Bis nachher. P. S. Du hast ja sogar Tampons in meinen Notfallrucksack gepackt. Respekt.

Schnell verstaute ich die Schachtel und ging ans Fenster. Ich wollte einen letzten Blick nach draußen werfen, bevor ich mich zum Revier aufmachte. Warum, konnte ich nicht genau sagen. Es war einfach ein Gefühl.

Vor dem Fenster war alles ruhig. Der weiße Chevrolet Pick-up, in dem Jimmy zufolge zwei Zivilpolizisten Stellung bezogen hatten, stand nach wie vor am selben Platz. Ich wollte mich gerade abwenden, da rollte ein anderer Wagen in mein Blickfeld. Dunkelgrauer Lack und getönte Scheiben, so viel konnte ich im fahlen Licht der Straßenlaternen ausmachen.

Der Dodge!

Mein Herz setzte einen Schlag aus, um gleich darauf in doppelter Geschwindigkeit weiterzupumpen.

Das Fahrzeug wurde langsamer und blieb direkt vor der Bar stehen. Ich hielt den Atem an, aber nichts geschah. Niemand stieg aus, alles blieb ruhig. Ich hatte keine Ahnung wie lange ich gebannt an der Fensterscheibe klebte und den Dodge fixierte. Es kam mir ewig vor, dauerte aber vermutlich nur wenige Minuten.

Als die ersten Regentropfen vom dunklen Himmel fielen, öffnete sich die Tür des weißen Pick-ups. Ein Bein streckte sich nach draußen, genau in dem Moment fuhr das dunkelgraue Fahrzeug an. Der Cop in Zivil zog das Bein wieder ein und schlug hastig die Wagentür zu.

Ich hörte das Geräusch durch die offen stehende Wohnungstür an meine Ohren dringen und erinnerte mich daran, das Fenster im Stiegenhaus vorhin aufgemacht zu haben, um etwas durchzulüften. Wenn ich es nicht schloss, würde es hineinregnen, aber das kümmerte mich gerade wenig. Meine Aufmerksamkeit lag auf den beiden Fahrzeugen. Der Dodge verschwand am Ende der Straße, und nur einen Wimpernschlag später sprang der Motor des weißen Chevy an. Er rollte los und hinterließ die Straße in gähnender Leere.

Mein Hirn fühlte sich ebenso leer gefegt an. Ich starrte hinaus in den Regen und überlegte fieberhaft, was das zu bedeuten haben könnte.

Glücklicherweise legte mein Verstand wieder den Gang ein und nahm, wenn auch träge, an Fahrt auf. Ich musste Jimmy anrufen und ihn fragen, was ich jetzt tun sollte. Oder mich an den Plan halten und mich Richtung Polizeirevier aufmachen. Unschlüssig blieb ich mitten im Raum stehen und lauschte dem prasselnden Regen.

Ein Geräusch ließ mich zusammenfahren. Ich hielt die Luft an, konnte erst nichts hören außer dem Rauschen in meinen Ohren. Dann vernahm ich ein leises Knarzen und noch eines und noch eines. Jemand stieg die Treppe hoch. Ich wirbelte herum und stürzte in mein Zimmer. Mit meinem Freund und Helfer, dem Baseballschläger, bewaffnet, schlich ich zurück ins Wohnzimmer und positionierte mich hinter der Apartmenttür. Adrenalin schoss siedend heiß durch meine Adern, und meine Kopfhaut kribbelte unangenehm.

Die Schritte kamen näher, hatten mich fast erreicht. Ich spannte die Finger fester um den glatten Holzgriff des Schlägers, da schwang auch schon die halb offen stehende Tür weiter auf. Tief einatmend holte ich aus und zog den Schläger voll durch. Er prallte gegen einen Kopf mit hellen Haaren, verursachte ein widerwärtiges Geräusch, bei dem ich sofort an aufplatzende Schädel und hervorquellende Gehirnmasse denken musste.

Der Mann ging keuchend zu Boden und blieb direkt vor meinen Füßen liegen. Er rührte sich nicht. Blut sickerte aus einer Wunde an seiner Schläfe und bildete eine kleine rot glänzende Pfütze unter seiner Wange. Zitternd stieß ich die Luft aus meinen verkrampften Lungen und ließ den Baseballschläger sinken.

Ein großer Fehler. Aus den Augenwinkeln bemerkte ich eine Bewegung, konnte allerdings nicht mehr schnell genug reagieren. Ein weiterer Mann griff nach dem Ende meiner Waffe und zog kräftig daran. Weil ich meine Finger instinktiv fest um den Griff schloss, gelang es ihm nicht, mir das Teil abzunehmen. Stattdessen stolperte ich über die Beine des Bewusstlosen und wurde auf den Gang hinausgezogen. Der unkontrollierbare Schwung brachte mich zum Straucheln, und ich wäre ziemlich sicher gestürzt, hätte mich der Mann nicht gepackt. Seine Hand umfasste meinen Nacken und drückte dermaßen ungehalten zu, dass sich mir ein schmerzerfülltes Kreischen entrang und mir Tränen in die Augen schossen. Ohne dass ich es verhindern konnte, lockerte sich mein Griff um den Schläger, und der Kerl riss ihn mir mit einem Ruck aus der Hand. In hohem Bogen schleuderte er ihn von sich und damit geradewegs aus dem offen stehenden Fenster. Ich schrie und erntete eine schallende Ohrfeige, die meinen Kopf zur Seite schleuderte. Schmerz explodierte in meinem Gesicht, und ich schmeckte Blut.

„Du kannst schreien, so viel du willst. Ich glaube nicht, dass dich jemand hören wird. Meine Männer haben unbehelligt das ganze Haus zerlegt, und niemand hat es mitbekommen“, ertönte eine tiefe, belustigt wirkende Stimme über mir.

Ich wischte mir mit dem Handrücken über die laufende Nase und spuckte diesem Mistkerl vor die Füße. „Was willst du von mir? Ihr habt euer Geld bekommen!“

Er lachte grollend und zog mich hoch. Der Mann war einen guten Kopf größer als ich, hatte dunkle Haare, die akkurat frisiert und an den Seiten grau meliert waren. Er trug eine schwarze Hose unter einem weinroten Hemd. In diesem Aufzug hätte er genauso gut ein Geschäftsmann oder Banker sein können. Aber das war er nicht. Dieser Kerl war die Krone des Abschaums, dem ich diesen Haufen Scheiße zu verdanken hatte, in dem ich bis zum Hals steckte. Von purer Wut getrieben, schlug ich nach ihm und hatte nicht die geringste Chance, ihn ordentlich zu erwischen, weil er mich nach wie vor im Nacken gepackt hielt. Seine Finger krallten sich fester in meine Haut, und er schüttelte mich.

„Der Überraschungseffekt ist dahin, Mädchen. Mich wirst du nicht so schnell umhauen. Also lass es bleiben!“, sagte er schroff. „Und um auf deine Frage zurückzukommen: Nachdem ich wesentlich länger als mit deiner Mutter verabredet auf mein Geld warten musste, dachte ich, es sei besser, auf Nummer sicher zu gehen.“ Er zog mich die Treppe hinunter, während er in einen munteren Plauderton wechselte. „Und wie es scheint, war das eine gute Entscheidung. Du bist ungezogen, einfältig. Deine Mutter war schlauer. Sie wusste, dass es besser ist, mich nicht aufs Kreuz zu legen. Mein Beileid übrigens zu deinem plötzlichen Verlust."

Ich knurrte und wurde von ihm unsanft in den Schankraum geschleift. Er stieß mich gegen den Tresen, und ich wimmerte, als ich mit der Hüfte dagegen prallte.

„Nachdem sie von uns gegangen war, dachte ich, mein Geld niemals wiederzubekommen. Marian hatte sich strikt geweigert, ihren kleinen Freund in unsere Geschäfte miteinzubeziehen. Weiß Gott, warum und was sie eigentlich mit ihm wollte. Aber ich will mir den Kopf schließlich nicht über die Bedürfnisse einer Frau zerbrechen."

Ich unterdrückte einen abfälligen Kommentar und rieb mir über die schmerzende Stelle an meinem Becken. Unterdessen hielt ich verzweifelt Ausschau nach einer Waffe. Eine Rumflasche stand ganz in der Nähe. Mein Gegenüber ließ mich allerdings keinen verfluchten Moment aus den Augen, weshalb ich keine Chance sah, mir die Flasche zu schnappen.

„Dann kamst du ins Spiel. Marians *Tochter*. Dein Auftauchen war reichlich unerwartet. Eine nette Überraschung. Leider musste ich feststellen, dass du nicht so leicht dazu zu bewegen warst, mir mein Geld zurückzugeben. Und mit der Sache zur Polizei zu gehen ..." Er ließ den Satz in der Luft hängen und schüttelte tadelnd den Kopf. „Was habt ihr da ausgetüftelt? Spuck's aus!" Seine Augen hefteten sich bedrohlich an mich.

Der konnte mich mal kreuzweise! Stur erwiderte ich seinen Blick. Er erhob die Hand und wollte mich zweifelsohne erneut schlagen, da erklang eine leise Melodie. Mein Telefon lag immer noch oben im Schlafzimmer und klingelte nun aus Leibeskräften.

Ich nutzte die Ablenkung und langte nach der Flasche, die ich vorher nicht hatte erreichen können. Aus dem Stand drehte ich mich um und rannte los. Er bekam meine Haare zu fassen, zum Glück jedoch nicht genug davon, um mich am Weglaufen zu hindern. Ein höllischer Schmerz setzte meine Kopfhaut in Brand, als er mir eine Strähne ausriss. Tränen verschleierten mir den Blick, aber ich hielt nicht inne. So schnell ich konnte, umrundete ich die Theke und stürmte an den Tischen vorbei zur Eingangstür.

„Nein!", schrie ich voller Panik, weil sich die Klinke nicht bewegen wollte. Es war abgeschlossen.

Ich wirbelte herum und sah den Mann mit wutverzerrtem Gesicht auf mich zukommen. In meiner Verzweiflung schlug ich die Flasche gegen die Wand. Der scharf süßliche Rumgeruch stieg mir in die Nase. „Lass mich in Ruhe!" Ich fuchtelte ihm mit dem abgebrochenen Ende der Flasche entgegen.

„Dein Kampfgeist in allen Ehren, aber ich fürchte, das geht leider nicht. Es wäre mir wohler dabei, die Räumlichkeiten zu wechseln. Nicht, dass uns noch einer deiner Polizeifreunde einen Besuch abstattet."

Ich gab alles, um ihn von mir fernzuhalten, wild entschlossen, mich nicht unterkriegen oder gar entführen zu lassen. Hoffentlich konnte ich so lange durchhalten, bis Hilfe kam.

Lex

Meine Schuhsohlen klatschten auf den Asphalt. Ich war völlig durchnässt und blind vor Angst um Lynne. Der strömende Regen versiegte langsam und ließ nichts als feuchte, kalte Nachtluft zurück. Das gelbe Licht der Straßenlaternen spiegelte sich in den Wasserlachen, als die Bar endlich vor mir auftauchte. Ich achtete kaum auf den Bürgersteig, war zu abgelenkt von meiner Sorge und dem ziehenden Stechen in meinen Flanken, deshalb übersah ich, was vor mir auf dem Boden lag. Mein Fuß traf gegen etwas, das klappernd davonrollte, und ich kam ins Schlittern, fing mich aber rechtzeitig.

Mit vor Schreck weit aufgerissenen Augen schaute ich dem länglichen Ding hinterher. Es rollte über den Gehsteig und prallte an der Wand neben der Tür ab. Schockiert erkannte ich, dass es ein Baseballschläger war. *Lynnes* Baseballschläger. Ich spürte, wie mir das Blut aus dem Gesicht wich. Fluchend hob ich den Schläger auf und blickte mich suchend nach dem Wagen mit den Zivilcops um, die die Bar hätten bewachen sollen. Keine Spur von ihnen. Dafür polterte es plötzlich laut hinter der Eingangstür der Bar.

Mein Kopf ruckte in die Richtung, und ich sah eine dunkle Silhouette hinter der bunten Glasscheibe auftauchen. Die Klinke zuckte leicht, bewegte sich aber nicht nach unten. Lynnes dumpfer Schrei drang durch die verschlossene Tür zu mir nach draußen. Meine Glieder zogen sich schmerzhaft zusammen, und ich rannte ohne Umschweife zur Hintertür. Sie war aufgebrochen, lehnte nur am Rahmen. Mit der Spitze des Baseballschlägers stieß ich sie auf und stürmte am Treppenabsatz vorbei zur Bar.

Da war sie. Lynne rangelte mit einem Mann um eine zerschlagene Glasflasche. Sie hielt den Hals verzweifelt umklammert, während der Kerl an ihren Armen riss und die scharfen Spitzen der Flasche gefährlich nah an ihr bleiches Gesicht brachte.

Ich schrie ihren Namen, hörte meine eigene Stimme seltsam verzerrt. Das Rauschen meines Blutes dämpfte die Geräusche um mich herum. Mit einem Satz hechtete ich über den Tresen und stürzte mich brüllend auf den Kerl. Er hatte es geschafft, Lynne die Waffe zu entwinden, und versetzte ihr ohne hinzusehen einen Stoß. Sie kippte nach hinten und landete hart auf einem der Tische, riss den Stuhl daneben mit sich und blieb leise wimmernd liegen. Bei dem Anblick blieb mir fast das Herz stehen.

Mein Gegenüber interessierte sich nicht für Lynne, sondern hieb mit der Flasche nach mir. Die Spitzen bohrten sich in meinen Unterarm und hinterließen ein warmes Rinnsal. Den Schmerz spürte ich kaum. Bevor er mich ein weiteres Mal angreifen konnte, holte ich meinerseits aus. Er duckte sich geschickt unter meinem Schwinger weg. Einige Augenblicke hielten wir uns gegenseitig auf Abstand. Sein vor Wut und Anstrengung gerötetes Gesicht kam mir bekannt vor. Ich wusste nicht, wo ich ihn schon einmal gesehen hatte, aber ich war mir sicher, ihm irgendwann begegnet zu sein.

„Es war ein großer Fehler, sich mit mir anzulegen“, ließ er mich wissen und preschte erneut vor.

Ich wehrte seinen Angriff in letzter Sekunde ab, wurde von ihm zurückgedrängt. Diese Stimme. Jetzt wusste ich wieder, woher ich ihn kannte. Er hatte vor einigen Monaten in der Bar mit Marian gesprochen.

Ich verpasste ihm einen Schlag gegen die Schulter, musste allerdings einen weiteren Schritt zurückmachen, um nicht von seiner Flasche erwischt zu werden, und prallte unsanft gegen eine Tischkante. Der Zusammenstoß brachte mich aus dem Gleichgewicht und ermöglichte es dem Dreckskerl, mir mit dem abgebrochenen Flaschenhals über die Brust zu fahren. Ein fürchterliches Brennen breitete sich an den Stellen aus, wo mir das Glas die Haut aufriss. Ich keuchte angestrengt und hielt mich am Tisch fest. Triumphierend lachte mein Kontrahent, da traf ihn etwas von hinten, und er taumelte in meine Arme. Die Flasche fiel ihm aus der Hand, und mir entglitt ebenfalls meine Waffe. Ich sah gerade noch Lynne hinter ihm aufragen, schwer atmend, wie sie den Stuhl, den sie gerade geschwungen hatte, an der Rückenlehne umklammert hielt, als der Kerl mir seine Faust in den Magen rammte. Die Luft blieb mir weg, und einen Moment lang begann Lynnes Bild, vor meinen Augen zu flimmern, ähnlich einem Fernseher mit schlechtem Empfang.

„Ich werde diesem Miststück geben, was es verdient hat, wenn ich mit dir fertig bin“, raunte er mir ins Ohr und schlug mir gleich darauf ins Gesicht. Mein Kiefer knirschte, aber das merkte ich nur am Rande. Entschlossen, ihm keine Gelegenheit mehr zu geben, seine schmutzigen Hände an Lynne zu legen, rammte ich ihm das Knie in die Seite. Er stöhnte gequält auf und kippte um, aber ich hatte noch nicht genug. Immer wieder schlug ich zu, bis er zusammengekrümmt auf dem Boden lag, blutend und nach Luft japsend.

„Lex", rief Lynne meinen Namen und klammerte sich an meinen Oberarm, damit ich nicht mehr zuschlagen konnte.

„Stopp!", hörte ich eine weitere Stimme rufen. Das war Jimmy, der die Theke umrundet hatte und neben uns verharrte. Er war da. Wir hatten es geschafft.

Erleichtert und mit einem Mal kraftlos sank ich neben dem zu Brei geschlagenen Drecksack auf die kühlen Fliesen.

Lynne sah völlig aufgelöst aus. Ihre grünen Augen wirkten riesig, und die rechte Wange war rot und geschwollen. Ich streckte einen Arm nach ihr aus, als plötzlich ein lauter Knall durch die Bar hallte und der Putz an der Wand hinter Lynne staubend absprang. Ich zuckte zusammen, und obwohl alles furchtbar schnell ging, spulte sich das Geschehen wie in Zeitlupe vor mir ab. Ein weiterer Schuss fiel. Jimmy schrie den Mann mit dem blutüberströmten Gesicht an, er solle die Waffe fallen lassen, hob seine eigene Pistole, doch der Kerl schoss unaufhörlich weiter. Ich wollte mich hochrappeln und Lynne irgendwie aus dem Kugelhagel schaffen, aber Jimmy war schneller. Er warf sich nach vorne und riss Lynne mit sich zu Boden. Ein letzter Knall ertönte, dann ging der Schütze ebenfalls in die Knie und verschwand hinter dem Tresen.

Warnlicht flackerte durch die Fenster herein. Sirenen und Rufe ertönten, als ein ganzes Bataillon an Uniformierten die Bar stürmte.

Ich wischte mir übers Gesicht und erkannte voller Schrecken, dass meine Hand dunkelrot glänzte. Lynne rollte Jimmys Körper von sich und presste sofort ihre Hände auf eine stark blutende Wunde an seiner Schulter. Rutschend kam ich auf die Knie und zog Lynne an mich, weg von Jimmy, dessen Gesicht grau geworden war, damit sich die Polizisten um ihn kümmern konnten. Sie heulte in meinen Armen auf, klammerte sich an mich.

Es war drei Tage her, seit ich mit Lex das Krankenhaus verlassen hatte. Wir sahen beide ziemlich ramponiert aus, ich mit meiner blau unterlaufenen Hamsterbacke und einigen hübschen Blutergüssen, Lex mit seiner aufgeplatzten Lippe und den dicken Verbänden an Arm und Brustkorb. Trotzdem waren wir glimpflich davongekommen. Es war Jimmy, den es schwer erwischt hatte. Die Kugel, die eigentlich für mich bestimmt gewesen wäre, wenn er sie nicht mit vollem Körpereinsatz abgefangen hätte, hatte ihm den rechten Lungenflügel zerfetzt. Mit Schrecken dachte ich an sein gräuliches, schweißnasses Gesicht, die unregelmäßigen, pfeifenden Atemzüge und das viele Blut zurück. Unwillkürlich schlossen sich meine Finger fester um Lex' Hand. Er sah zu mir, während wir den langen Krankenhausflur entlangliefen, um Jimmy zu besuchen.

„Soll ich dir die Blumen abnehmen?", fragte er sanft.

„Nein, schon gut", erwiderte ich rasch und lächelte ihn an, obwohl die Bewegung in meinem Gesicht ziemlich schmerzte. Ich brauchte diesen Strauß, damit ich mich daran festhalten konnte. Der Anblick von Jimmys komplett verkabeltem Körper, mit dem Atemschlauch in seinem Hals, war mehr, als ich ertragen konnte. Nichtsdestoweniger bestand ich darauf, jeden Tag mit Lex herzukommen. Jimmy hatte mir mit seiner Aktion vermutlich das Leben gerettet.

Überraschenderweise erwartete uns ein wacher Jimmy, mit einigen Schläuchen weniger im Körper. Er sah immer noch total fertig aus, lächelte aber, als wir das Zimmer betraten.

Jetzt drückte ich Lex doch den Blumenstrauß in die Hand und warf mich Jimmy um den Hals.

„Langsam, Kleines. Nicht so stürmisch", sagte er schwach, und ich ließ sofort wieder von ihm ab.

„Entschuldige, hab ich dir wehgetan?" Das wollte ich sicher nicht.

„Nichts passiert."

Erleichtert atmete ich aus und setzte mich auf den Stuhl, den Lex für mich neben Jimmys Bett gerückt hatte.

„Wie fühlst du dich?" Lex ließ sich neben mir auf einem weiteren Stuhl nieder, nachdem er die Blumen in eine Vase gestellt hatte.

„Ich erhole mich schon wieder." Er klang mitgenommen, aber vollkommen überzeugt. Sein aufmunterndes Lächeln wich langsam und machte einem harten Zug um seinen Mund Platz. „Es tut mir so leid, Kleines, wie alles gelaufen ist."

Ich griff nach seiner Hand und sah ihn unverwandt an. Keine Ahnung, was er genau meinte.

„Ich hätte merken sollen, was deine Mutter da trieb, und sie aufhalten müssen. Und ich hätte die Leitung an dem Einsatz nicht abgeben dürfen. Ich dachte, es sei besser, weil ich zu sehr emotional eingebunden war, aber vielleicht wäre es nie dazu gekommen, dass ihr beide verletzt werdet, wenn ich die Aufsicht gehabt hätte."

Er klang dermaßen niedergeschlagen und voller Reue, dass sich mein Herz schmerzhaft in meiner Brust wand. Dieser Mann hatte so viel für mich gegeben, sogar um ein Haar sein Leben verloren und machte sich trotzdem Vorwürfe.

„Lass das gefälligst sein!", schimpfte ich und fühlte, wie mir Tränen in die Augen schossen.

„Es ist vorbei, Jimmy. Dieses Pack wandert hinter Gitter, und nur darauf kommt es an", warf Lex beschwichtigend ein.

Damit hatte er recht. Jimmys Kollegen hatten den Koffer mit dem Geld bis nach Minneapolis verfolgt und einen zwanzigköpfigen Geldwäschering ausgehoben. Wenigstens die hatten gute Arbeit geleistet, was man von den beiden, die eigentlich die Bar hätten bewachen sollen, nicht gerade behaupten konnte. Sie hatten sich reinlegen lassen und ihren Posten, dem Köder folgend, verlassen. Zu meinem Leidwesen.

Sei's drum. Ich wollte keinen Gedanken mehr an das Ganze verschwenden. Die Geschehnisse würden mich ohnehin lange Zeit in meinen Träumen heimsuchen, da musste ich nicht auch noch im Wachzustand darüber nachgrübeln.

„Und wie sieht die Bar aus? Haben sie getan, worum ich gebeten habe?", wollte Jimmy als Nächstes wissen.

Lex und ich berichteten ihm, wie die halbe Polizeiwache auf seinen Wunsch hin im Anschluss an die Spurensicherung in der Bar aufgetaucht war und die Überbleibsel des Kampfes beseitigt hatte. Zufrieden nickte Jimmy.

„Hör mal, Lex, ich würde gern einen Augenblick mit Lynne allein sprechen."

„Dann besorge ich uns in der Zwischenzeit einen Kaffee aus der Kantine." Lex erhob sich. „Willst du auch etwas zu essen?"

Ich lehnte dankend ab und sah zu, wie er aus dem Krankenzimmer verschwand. Dann wandte ich mich wieder zu Jimmy um, der mich durchdringend betrachtete. Langsam griff er nach meiner Hand und drückte sie leicht, da ging die Tür erneut auf und eine Schar Cops drängte sich in den engen Raum.

Sie jubelten und begrüßten Jimmy, einer hatte sogar einen Luftballon mit dem Aufdruck *GET WELL SOON* dabei. Ich erhob mich, um seinen Kollegen Platz zu machen.

„Was machst du denn für Sachen, Stu? Du kannst uns doch nicht so erschrecken!", meinte einer und klopfte Jimmy aufs Bein. *Stu.* Hatte der Mann Jimmy gerade *Stu* genannt?

Wie angewurzelt stand ich da, zwischen den zahlreichen Rücken der Beamten, die das Krankenbett eingekesselt hatten, und hörte, wie ein anderer erneut diesen Namen verwendete. Mein Blick fiel auf die Metallstange am Fußteil des Bettrahmens, auf der halb von der Decke verdeckt ein Namensschild klemmte. Mit steifen Gliedern trat ich näher und hob den Deckenzipfel an. Da stand *Stuart James*. James. Jimmy.

Ein Bild flackerte durch meinen Kopf. Meine Mum, die mir eine Hand auf die Schulter legte und hinauf zur Leuchtreklame der Bar schaute, die gerade montiert worden war. Ich hatte keine Ahnung, wie alt ich damals gewesen war, jedenfalls zu jung, um ihren Worten eine tiefere Bedeutung beizumessen.

„Warum nennst du die Bar *Stu*, Mummy?", hatte ich sie gefragt und mich an den leuchtenden Buchstaben erfreut.

Ich liebe diese Bar, und ich liebe Stu, war ihre Antwort gewesen.

Ich hatte diese Szene vollkommen vergessen gehabt. Für mich hatte immer außer Frage gestanden, dass die Bar unseres Nachnamens wegen so hieß, wie sie eben hieß. Was aber, wenn ich mich geirrt hatte?

Der Polizist, der sich über Jimmys – oder sollte ich besser Stus sagen? – Bett gebeugt hatte, lehnte sich hinüber und gab den Blick auf den Mann frei, den ich mein Leben lang kannte und der mir nun fremd erschien. Er sah mich ebenfalls und musste erkennen, wie aufgewühlt ich war.

„Geht raus, allesamt!", bellte er seine Kollegen an und unterbrach damit die Gespräche und die heitere Stimmung im Raum.

Sie sahen ihn verwundert an, einige fragten, was denn los sei, aber Stuart James deutete kommentarlos auf die Tür. Die Männer trollten sich kopfschüttelnd.

„Setz dich, Lynne", bat er. Nun, da wir wieder allein waren, sprach er wesentlich leiser.

Ich war unfähig mich zu rühren. „Warum nennst du dich in der Bar *Jimmy*", ich betonte den Namen, der mir so vertraut war, wie ein Schimpfwort, „wenn du eigentlich Stuart heißt?"

„Deinetwegen." Was sollte das denn, bitte schön, bedeuten?

„Was hat das Ganze mit mir zu tun?" Ich legte die Stirn in Falten und lehnte mich an das untere Ende des Bettgestells.

„Du bist schlau. Du hättest auf die Idee kommen können, Fragen zu stellen. Nicht alles im Leben lässt sich mit Zufällen erklären." Sollte das etwa heißen, dass der

Name der Bar keiner dieser Zufälle war? Ich schluckte schwer.

„Warst du mit meiner Mutter zusammen?“, stellte ich in den Raum und sah, wie Jimmy tief Luft holte. Die Bewegung schien ihm Schmerzen zu bereiten, denn er zuckte zusammen und seufzte leise.

„Ich habe deine Mutter über alles geliebt, Kleines. Und ich habe nie damit aufgehört, selbst als sie mich in den Wind geschossen hat.“ Sein Geständnis überraschte mich nicht, ich hatte bereits eins und eins zusammengezählt, trotzdem brachten seine Worte meinen Magen zum Rumoren.

Darüber hinaus fehlte eine Variable in dieser Gleichung.

„Wann wart ihr ein Paar?“, hörte ich mich fragen. Meine Stimme war eine Oktave höher als gewöhnlich, und das unangenehme Flattern in meiner Magengegend nahm mit jeder Sekunde zu, in der Stuart James alias Jimmy schwieg.

„Vor über sechsundzwanzig Jahren. Lynne, ich bin dein Vater. Ich hätte es dir schon viel früher ...“

„Woher willst du das wissen?“, unterbrach ich ihn schroff. Ich hatte mir Zeit meines Lebens einen Vater gewünscht, hatte mir ausgemalt, wie er eines Tages zu uns zurückkehrte und Mum so glücklich machte, dass sie das Trinken aufgab. Sie hatte mir nie ein Sterbenswörtchen über den Mann verraten, der mich gezeugt hatte, alles Bitten und Betteln, Fluchen und Schreien war zwecklos gewesen. Und jetzt war da dieser Mann, den ich mein Leben lang kannte und behauptete, mein Vater zu sein. Er war immer für mich da, ganz in meiner Nähe gewesen und hatte nichts gegen Mums

Trinkerei unternommen. Er war nicht der strahlende Held, den ich mir immer ausgemalt hatte. Nicht einmal sein Einsatz bei der Schießerei änderte etwas daran.

„Sie hat mir nicht gesagt, dass sie mit dir schwanger war, aber irgendwann habe ich es herausgefunden. So was kann man eben nicht ewig verbergen. Ich wusste, dass du nur von mir sein konntest, und die Vehemenz, mit der sie es leugnete, bestätigte es."

Das ergab doch keinen Sinn! Wenn meine Mutter es geleugnet hatte, warum beließ er es nicht dabei? Wieder kamen mir Mums Worte in den Sinn: *Ich liebe diese Bar, und ich liebe Stu.*

Verdammt! Ich wusste nicht, was ich noch glauben sollte. Das alles war mir im Moment zu viel. Ohne eine Verabschiedung stürmte ich aus dem Zimmer und knallte die Tür hinter mir zu. Beinah wäre ich in Lex gekracht, der mit zwei Bechern Kaffee und einer kleinen Papiertüte in den Händen draußen stand.

„Lass uns gehen", presste ich hervor und packte ihn am Arm. Er protestierte und fragte mich unzählige Male, was denn geschehen sei und ob es Jimmy gut gehe.

„Mit *Jimmy* ist alles in bester Ordnung", grummelte ich und schwieg dann. Die Aufregung der letzten Wochen machte sich mit einem Schlag bemerkbar. Ich fühlte mich unendlich erschöpft und hatte die Dramen gehörig satt.

Eine Stunde später reichte es Lex. Er hatte mich schmollen lassen, und jetzt schien er beschlossen zu haben, dass genug damit war. Er legte sich neben mich ins Bett und sah mich einfach nur an, wohl wissend, dass es mich wahnsinnig machte, angestarrt zu werden.

„Sagst du mir jetzt endlich, was zwischen dir und Jimmy vorgefallen ist?“

Ich hielt den Blick stur auf die Zimmerdecke gerichtet.

„Komm schon, Lynne!“

Murrend drehte ich mich auf den Bauch und pfriemelte am Saum des Bettzeugs herum. „Wusstest du, dass er Stuart James heißt?“

„Ich habe es im Krankenhaus mitbekommen, als wir ihn das erste Mal besucht haben, ja.“ Warum, zum Teufel, hatte Lex es mitbekommen und ich nicht.

Ich ließ die Ellenbogen, auf die ich mich gestützt hatte, nach außen rutschen und vergrub das Gesicht im Kopfkissen.

„Und weiter?“, fragte Lex.

Ich murmelte die Antwort in das Kissen unter mir.

„Was?“ Er hatte mich nicht verstanden.

Ächzend hob ich den Kopf. Ich wollte es nicht laut sagen, aber Lex würde mir bestimmt keine Ruhe lassen, ehe er es wusste. „Stuart James ist mein verdammter Vater. Zumindest scheint er das zu denken.“ Ich hatte keinen Zweifel daran, dass Jimmy davon überzeugt war. Ob es nun stimmte oder nicht, blieb dahingestellt.

„Das erklärt einiges.“ Lex machte Anstalten, wieder vom Bett aufzustehen, wollte sich offenbar vor dem Donnerwetter, von dem er zweifelsohne wusste, dass es unweigerlich auf seine Erwiderung folgen würde, in Sicherheit bringen. Ich fuhr hoch und packte ihn am Handgelenk. Hiergeblieben, Freundchen!

„Was meinst du damit?“ Nun war er es, der zögerte. „Spuck's schon aus!“ Meine Geduld war wirklich am Ende.

Das begriff auch Lex langsam und sank seufzend zurück ins Bett. „Als Erstes ist mir die Vertrautheit zwischen euch aufgefallen.“

Ich stieß hörbar Luft durch die Nase. Das war kein besonders stichhaltiges Indiz.

„Bei eurem Wiedersehen in der Bar war ich ganz schön eifersüchtig“, gestand er mir, was mich erneut zum Schnaufen brachte. Er griff nach meiner Hand und strich mir sanft über die Fingerknöchel. Seine zarte Geste beruhigte mich etwas. „Ihr habt beide diese fantastischen grünen Augen.“ Lex hatte recht, Jimmys, pardon, Stuarts Augen waren grün wie meine. „Und ihr habt immer wieder diesen eigentümlichen Blick drauf, a là *Leg dich bloß nicht mit mir an, sonst zeig ich dir, wo der Hammer hängt*‘.“ Seine grottenschlechte Imitation und das Gesicht, das er dabei machte, brachten mich zum Lachen. „Außerdem war da immer ein Funke zwischen ihm und Marian“, fügte er hinzu und klang traurig.

„Warum hast du nie etwas gesagt?“, wollte ich wissen und gab mich der Vorstellung hin, Stuart könnte tatsächlich mein Vater sein. Das würde bedeuten, dass ich wenigstens noch einen Elternteil hatte.

„Ich war mit vielen anderen Dingen beschäftigt.“ Jetzt grinste Lex mich verschmitzt an, und ich konnte nicht anders, als es ihm gleichzutun. „Gib ihm eine Chance, Lynne. Immerhin hat er sich für dich vor eine Kugel geworfen.“ Da war was dran.

„Du hast recht“, meinte ich und ließ den kleinen Rest meiner Aufregung mit einem tiefen Ausatmen aus meinem Körper fließen.

„Immer“, feixte er, zog mich an sich und vertrieb die letzten trüben Gedanken mit einem stürmischen Kuss.

„Ein *Cask* für meinen Lieblingscop, kommt sofort“, sagte Lex ausgelassen und stellte Jimmy den Drink vor die Nase.

Obwohl mittlerweile ein gutes halbes Jahr vergangen war, seit ich wusste, dass er mein Vater war, fühlte es sich nach wie vor eigenartig an, ihn bei seinem richtigen Namen zu nennen. Oder gar Dad. Dieser Umstand schmälerte allerdings nicht meine Freude, ihn zu sehen. Er erwiderte mein Lächeln und umarmte mich, als ich die Theke umrundete und neben ihn trat.

„Und was habt ihr zur Feier des Tages Schönes vor, Kinder?“, wollte Jimmy wissen und nahm einen großen Schluck von seinem Whisky.

Mein Blick huschte zu Lex, der mich erwartungsvoll ansah. Er hatte heute Geburtstag und mein angekündigtes Geschenk bisher nicht bekommen. Die Neugier zerfraß ihn seit Tagen, was mich unglaublich amüsierte. Seine kindliche Aufregung und Ungeduld waren zum Dahinschmelzen und machte ihn in meinen Augen noch liebenswerter. Nun, da wir die Schrecken der älteren und jüngeren Vergangenheit endlich hatten hinter uns lassen können, lag mein Fokus ganz und gar auf diesem wunderbaren Mann. Es war unglaublich, wie glücklich er mich machte, auch wenn er es regelmäßig schaffte, mich zur Weißglut zu treiben. Aber keine Zankerei der Welt vermochte es, meine Gefühle für ihn zu mindern. Im Gegenteil. So unterschiedlich wir waren, verband uns doch eine große Menge mehr, als uns trennte. Die Bar, alles, was wir gemeinsam durchlitten hatten, und die Tatsache, dass wir einander von den Altlasten unserer jeweiligen Vergangenheit befreit hatten.

„Sie will es mir nicht verraten", murrte Lex als Antwort auf Jimmys Frage und riss mich damit aus den Gedanken.

Ich grinste diabolisch. „Tisch sechs möchte zahlen, und dann machen wir für heute zu, Lex", meinte ich und verschwand im Büro, wo ich alles für meine geplante Aktion vorbereitet hatte. Nun überkam mich ebenfalls Aufregung. Und ein wenig Zweifel. Was, wenn Lex es doof fand? Zu kitschig oder schlichtweg langweilig? Jimmy meinte, meine Idee sei, ich zitiere, „einzigartig". Trotzdem trübte meine Vorfreude mehr Sorge, als mir lieb war.

Schluss damit! Ich würde mich jetzt nicht unnötig fertigmachen. Tief durchatmend warf ich einen Blick durch die angelehnte Bürotür. Lex war gerade dabei abzuschließen. Lediglich Jimmy saß an seinem Platz an der Theke. Showtime. Ich betätigte den Lichtschalter, und die Deckenlampen im Schankraum erloschen.

„Hey, was? Lynne?", hörte ich Lex rufen.

„Alles in Ordnung. Bleib, wo du bist. Wehe, du rührst dich!" Hoffentlich hörte er auf mich. Lex murmelte etwas Unverständliches, das Jimmy rau lachen ließ. Na gut, jetzt oder nie. Ich straffte die Schultern, schüttelte meine Unsicherheit ab und schnappte mir Beamer und Laptop. „Au, verdammt!", fluchte ich, als ich mir beim Vorbeigehen den Ellenbogen am Tresen stieß. Es war wirklich verdammt dunkel hier. Die bunt blinkenden Lichter der Jukebox konnten den großen Raum kaum erhellen, sodass ich nur schemenhafte Umrisse erkannte.

„Was tust du?“, wollte Lex wissen. Er klang skeptisch und belustigt gleichzeitig.

„Warte einfach, und halt die Klappe“, gab ich zurück und schlängelte mich konzentriert zwischen den Tischen hindurch, begleitet von Lex’ Lachen. In der Mitte der Bar stellte ich den Laptop auf einem Stuhl ab und klappte den Bildschirm hoch, der mein Gesicht augenblicklich in sanftes Licht tauchte. Nachdem ich den Beamer platziert und mit dem Laptop verbunden hatte, war alles bereit. Lex hatte es tatsächlich geschafft, meinen Anweisungen zu folgen, und lehnte abwartend mit dem Rücken neben der Eingangstür. Ich schaltete den Beamer ein und richtete ihn auf Lex, der den Arm vor seine Augen hob und gegen das plötzliche Licht anblinzelte.

„Komm“, sagte ich und streckte ihm auffordernd die Hand entgegen. Er löste sich von der Wand und trat an meine Seite. Seine Hand legte sich in meine und drückte sie sanft.

„Was hast du dir denn da Verrücktes einfallen lassen? Muss ich Angst haben?“, fragte Lex, senkte den Kopf und fing meinen Blick ein. Das schwache künstliche Licht der Geräte spiegelte sich in seinen Augen.

„Nein, keine Angst.“ Mein Mund war auf einmal staubtrocken. Los jetzt, Lynne!, sagte ich zu mir selbst. Ich griff an ihm vorbei und drückte eine Taste auf dem Laptop. Der Schein des Projektors wechselte die Farbe, und auf der Wand erschien ein Bild. Es zeigte Lex und meine Mutter. Beide lachten herzlich, Mum hatte ihm die Hand auf die Schulter gelegt. Die Qualität der

Aufnahme war nicht besonders gut, und der unregelmäßige Hintergrund, auf den der Beamer projizierte, machte es nicht besser. Trotzdem und obwohl ich das Foto bereits kannte, zog sich bei dem Anblick etwas in mir zusammen. Der Griff seiner Hand verstärkte sich, was mir sagte, dass es auch ihn berührte. Das Bild von Mum und ihm verblasste langsam und machte einem anderen Platz. Lex und ich auf seinem Motorrad, ich saß hinter ihm, er hatte den Kopf an meine Schulter gelehnt und sah mich mit diesem unwiderstehlichen Blick an, der mich so verrückt machte. Die Aufnahme war erst wenige Tage alt. Ich hatte in den letzten Wochen ausdauernd fotografiert, um Material für diese Slideshow zu sammeln. Ein Bild nach dem anderen flackerte über die Wand, und bald begann ich den Beamer, der auf einem der höhenverstellbaren Barhocker stand, zu drehen. So bewegten sich die Bilder langsam durch den Raum, erzählten unsere Geschichte. An der Stelle, wo wir das Geld gefunden hatten, zeigte der Film eine zerspringende Glasscheibe, gleich gefolgt von einem Foto, auf dem mich Lex innig in seinen Armen wiegte. Mein Vater hatte es vor etwa zwei Wochen geschossen. Während die Projektion über die mit Spirituosenflaschen und Gläsern gefüllten Regale hinter der Theke wanderte, spielte ein kurzes Video von einem ausgelassenen Lex ab, der Cocktails mixte. Die Show war fast zu Ende. Das letzte Bild wurde an die Wand neben der Jukebox geworfen. Der Lake Michigan.

Ich stellte mich auf die Zehenspitzen und flüsterte Lex' ins Ohr: „Lass uns dort hinfahren." Unsicher, was er von meinem Vorschlag halten würde, verharrte ich. Lex drehte den Kopf zu mir, seine Wange streifte meine, bevor er sich zurücklehnte, um mir in die Augen sehen zu können. Seine Züge lagen im Schatten, deshalb konnte ich seine Reaktion nicht darin ablesen. Das war jedoch gar nicht nötig. Nur einen Wimpernschlag später lagen seine Lippen auf meinen, und er zog mich fest an sich.

„Ich gehe überall mit Ihnen hin, Miss Stuart", raunte er, als er sich von mir gelöst hatte. Mein Herz machte einen Hüpfer, und ich lächelte Lex strahlend an, auch wenn er es wahrscheinlich kaum erkennen konnte.

In dieser Nacht saßen wir noch lange zusammen und planten unseren Trip zum Lake Michigan. Jimmy leistete uns Gesellschaft und überraschte Lex mit seinem eigenen Geburtstagscupcake. Eine Geste, die bewies, wie sehr mein Vater den Mann an meiner Seite ins Herz geschlossen hatte. Alles war perfekt, was ich angesichts des turbulenten Starts mit Lex nicht als selbstverständlich betrachtete.

Hätte ich vor wenigen Monaten gewusst, wie sehr sich mein Leben verändern, was ich alles verlieren, hinter mir lassen, erfahren, erlangen und gewinnen würde, ich hätte es niemals geglaubt. Trotzdem wäre ich jederzeit bereit, den ganzen Schmerz und die Sorgen, die Wut und den Gram wieder auf mich zu nehmen, um hierherzugelangen. Um Lex kennen- und lieben zu lernen.

Für diesen Mann, mit der harten Schale und dem großen Herzen, hatte sich alles tausendmal gelohnt.